中國近百年詩詞名家叢書

胡漢民・陳融詩集

胡漢民　陳融　著
汪茂榮　整理

全國百佳圖書出版單位
時代出版傳媒股份有限公司
黄山書社

圖書在版編目(CIP)數據

胡漢民·陳融詩集 / 胡漢民，陳融著 ；汪茂榮整理. —合肥 ：黄山書社，2018.6
(中國近百年詩詞名家叢書)
ISBN 978 -7 -5461 -7559 -1

Ⅰ.①胡…　Ⅱ.①胡…　②陳…　③汪…　Ⅲ.①詩集 - 中國 - 現代②詩集 - 中國 - 當代　Ⅳ.①I226

中國版本圖書館 CIP 數據核字(2018)第 141017 號

胡漢民·陳融詩集　　**胡漢民　陳融 著　汪茂榮 整理**

出 品 人　王曉光
責任編輯　歐陽慧娟　李　敏
責任印製　戚帅　李磊
裝幀設計　李　昕
出版發行　時代出版傳媒股份有限公司(http://www.press-mart.com)
　　　　　黄山書社(http://www.hsbook.cn)
地址郵編　合肥市蜀山區翡翠路 1118 號出版傳媒廣場 7 層　230071
印　　刷　安徽國文彩印有限公司
版　　次　2018 年 8 月第 1 版
印　　次　2018 年 8 月第 1 次印刷
開　　本　880mm×1230mm　1/32
字　　數　260 千
印　　張　13.5
書　　號　ISBN 978 -7 -5461 -7559 -1
定　　價　58.00 圓

服務熱綫　0551 -63533706
銷售熱綫　0551 -63533761
官方直營書店(http://hsssbook.taobao.com)

胡漢民先生

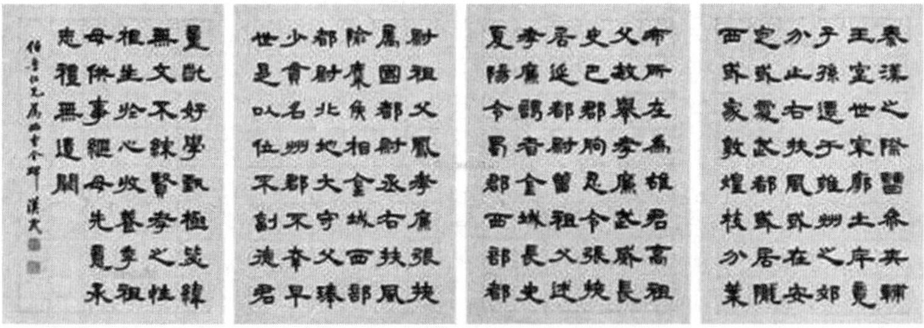
秦漢之際曹參夾輔
王室世宗廓土斥竟
子孫遷于雍州之郊
分止右扶風或在安
定或處武都或居隴
西或家敦煌枝分葉
布所在為雄君高祖
父敏舉孝廉武威長
史巴郡朐忍令張掖
居延都尉曾祖父述
孝廉謁者金城長史
夏陽令蜀郡西部都
尉祖父鳳孝廉張掖
屬國都尉丞右扶風
隃麋侯相金城西部
都尉北地大守父琫
少貫名州郡不幸早
世是以位不副德君
童齔好學甄極毖緯
無文不綜賢孝之性
根生於心收養季祖
母供事繼母先意承
志禮無遺闕

胡漢民先生手跡

陳融先生

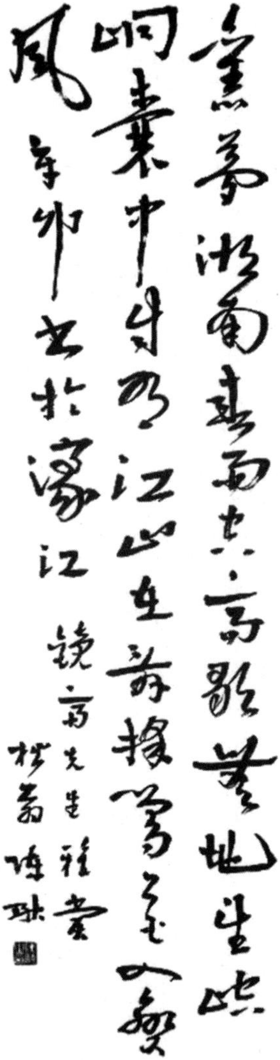

陳融先生手跡

中國近百年詩詞名家叢書總序

二十世紀百年間，我國面臨三千年未有之變局，在西方文化、革命浪潮的猛烈衝擊下，從政治、經濟體制到文化學術、思想觀念無不發生巨變。詩詞原為傳統文學之精粹，亦屢遭劫難，詩人詞家在艱難困苦中心憂邦國，情繫蒼生，創作數量極為宏富的篇章，延續中國古典詩歌千古不滅的精神命脈，具有崇高優美的思想藝術價值與重大史料價值。因歷經戰亂與政治運動，大量詩詞作品殘毀失傳，一部分作品僅存手稿、油印本或內部印本，民國間版本也早已絶版，尤其是老一輩已故名家的詩詞集，或庋藏於都市圖書館，或流散於民間，已成為珍貴的文化遺産，亟需發掘、整理。從文學史的角度看，古代詩歌史綿延不斷，惟獨到現當代缺乏傳統詩詞的紀述，衹有白話新詩的文學史是不全面、不真實的，這一片巨大的空白、嚴重的斷層，也亟待彌補。因此，全面搜集、整理近百年詩詞，采選其中的精品編校出版，為當今及後代子孫留下足資研究和創作借鑒的文本，是為當務之急，也是我們這一代人義不容辭的責任。

近十餘年來，在民間文化組織的支持下，我們先後從事《二十世紀詩詞文獻彙編》、《二十世紀詩詞名家別集叢書》、《當代詩詞家別集叢書》、《安徽近百年詩詞名家叢書》的編校工作，諸書出版後頗具社會效益，得到詩詞界與學術界一致良好評價。今承企業家陳小明先生慷慨資助，我們編輯整理《中國近百年名家詩詞叢書》，其體例與上述叢書大致相同，惟分為多輯，一輯數種，陸續出版，形成系列。儘管編委同仁兢兢業業，在廣征博覽的基礎上力求遴選足以傳世的精品，『別裁偽體親風雅』，而眼界、水平所限，或有謬采，校勘之誤亦未能免，殷切期待廣大讀者的批評指教。

中國近百年詩詞名家叢書編委會

二〇一七年十二月

中國近百年詩詞名家叢書編輯凡例

一、本叢書編入晚清、民國以來老一輩已故詩詞名家别集，擇其品質上乘、經編委會審閲通過者。

二、選取詩詞别集，以『情真、格高、語美、律嚴』為基本標準，在思想性與藝術性完美統一的前提下，兼容各種題材、體裁、風格與流派，在内容方面，不得有違出版部門的相關規定。

三、重點整理出版有失傳之危的詩詞手稿、油印本、内部印本和晚清、民國間刻印但今已絶版的文本。

四、叢書編委分任文獻普查和整理編校工作：（一）對入選叢書的每家詩詞，儘量搜集不同的版本加以比較，校勘文字，補遺輯佚；（二）出繁體字暨排版，使用現代通行的標點符號，通假字、古今字、異體字按出版社規定統一處理；（三）每家詩詞集先列總序、再列前言，介紹作家生平和作品的思想内容、藝術成就；作品後據實有資料，附録相關評論、作家年表或年譜、著作要目。

中國近百年詩詞名家叢書編委會

（以齒爲序）

楊啟宇　劉夢芙　段曉華　陳小明　汪茂榮

前言

『五嶺以南，舊為瘴雨蠻煙之地。宋元以後，文物日進，明清之間，外商麕集，貨品山積，繁庶侈麗，又逾江左。士生其間，發為文章，有奇麗之觀，具艱卓之質，蓋山川習俗使然也。』這段話，是近代詩論大家汪辟疆先生在他的扛鼎名文近代詩派與地域中說的。而『士生其間，發為文章』，主要指的是詩，也就是在華夏詩史上占有重要地位的嶺南詩派的詩。

『嶺南詩派』的名號，雖遲至明代纔由胡應麟提出；而論其所自，卻要溯源于唐代的張九齡，汪辟疆就曾云『嶺南詩派，肇自曲江』。自此而下，直至清嘉、道時期，嶺南一地詩人輩出，代有名手。如兩宋有余靖、崔與之、李昴英，元末明初有『南園五先生』，明代後期有區大相、鄺露，清初有被稱作『嶺南三大家』的屈大均、陳恭尹、梁佩蘭，順、康年間有『海雲十今』，康、雍年間有『惠門四子』『鳳城五子』，乾隆年間有合稱為『嶺南四家』的黎簡、吕堅、張錦芳、黄丹書，嘉慶年間有譚敬昭、黄培芳、張維屏，道光初年復有『粤東七才子』。這些詩人生活的時代儘管有别，創作的個性也多有差異，但在大的風氣上卻又有着極明顯的相同處，這就是宗法三唐，高振唐音，不輕隨時代風氣以轉移。誠如屈大均所指出的：『吾粵詩始曲江，以正始元音先開風氣，千餘年以來，作者彬彬，家三唐而户漢魏，皆謹守曲江規矩，無敢以新聲野體而傷大雅，與天下之為袁、徐，為鍾、譚，為宋、元者俱變。故推詩風之正者，吾粵為先。』

道、咸以還，内憂外患接踵而至，嶺表首當其衝。影響所及，詩風丕變。一則怵於世變，雖仍持唐風，而已多經世之意、家國之感，所作憫時念亂、指陳得失，間用新名詞，時現新理趣，體尚蒼涼，情多感慨，音節尤所擅場，其代表人物有朱九江、康有為、黄遵憲、丘逢甲、梁啟超、潘飛聲、丁惠康、麥孟華、鄧秋門等。二則時局變亟，詩人殷憂所在，上下求索，交遊亦隨之漸廣，道、咸以降勃興的宋詩派由此開始與嶺南詩派肸蠁相通。這方面的情況，汪辟疆也説得很清楚：『顧嶺南詩學，雄直之外，亦有清蒼幽峭近於閩贛派者，如梁鼎芬之幽秀，羅敦曧之駿快，羅敦㬊之簡遠，黄節之深婉，曾習經之濃至，潘博之清麗，黄孝覺之清警，則久居京國，與閩贛派詩人投分較深，思深旨遠，質有其文，與嶺南派風格迥乎異趣。是又於雄直之外自闢蹊徑者也。』

在這與傳統嶺南詩派風格迥乎異趣的自闢蹊徑者中，時間稍後一點，又産生了兩位代表人物，一為胡漢民，一為陳融。

汪茂榮

胡漢民詩述評

胡漢民（一八七九—一九三六），原名衍鸛，嗣改衍鴻，字展堂，别號不匱室主。廣東番禺人。中國近代資産階級革命家，中國國民黨早期主要領導人之一。光緒二十八年（一九零二）赴日本弘文書院留學，光緒三十年（一九零四）轉入法政大學。光緒三十一年（一九零五）加入同盟會，任本部書記、民報編輯，以漢民筆名撰文與改良派論戰。光緒三十三年（一九零七），隨孫中山參與策劃黄崗、鎮南關起義。宣統元年（一九零九），任同盟會南方支部支部長，策劃廣州新軍起義。宣統三年（一九一一），與黄興謀襲廣州，失敗後退南洋。廣東光復後任都督。民國元年（一九一二），任中華民國臨時大總統府秘書長，旋回粤任廣東都督兼民政長。二次革命後亡命日本，與孫中山組織中華革命党，任本部政治部長、民國雜誌編輯。民國五年（一九一六）回滬，策動討袁。民國六年（一九一七）九月任廣州護法軍政府交通部長。民國九年（一九二零），在滬編輯建設雜誌。民國十年（一九二一），任廣州非常大總府總參議，大本營秘書長、文官長兼政務處長。民國十二年（一九二三），復任大本營總參議。民國十三年（一九二四），當選為國民黨第一届中央執行委員，任上海執行部組織部長。旋回粤任廣東省長。同年九月，孫中山北伐，代行大元帥職權。民國十四年（一九二五）七月，任廣州國民政府外交部長； 九月，赴蘇考察，次年三月回國。民國十六年（一九二七）南京國民政府建立，任中央政治會議主席、國民政府主席、軍事委員會常務委員及中央宣傳部長，八月辭職赴滬。民國十七年（一九二八）一月赴歐考察，九月回國，起草國民政府組織法，出任國府委員兼立法院院長。民國二十年（一九三一）因與蔣介石發生『約法之争』，二月辭去本兼各職，被蔣囚禁于南京湯山； 同年十一月返廣州。此後聯合兩廣地方勢力與蔣長期對立。民國二十二年（一九三三），在香港創辦三民主義月刊。民國二十四年（一九三五）六月赴歐考察，十二月當選為國民黨中央常務委員會主席。民國二十五年（一九三六）一月返抵廣州，五月病逝。

胡漢民天資聰穎，十一二歲時，就已讀過十三經、史記等古籍。後肄業於菊坡書院、學海堂，治經史、詞章、性理之學，詩纔尤著，文采斐然，至為士林所重。年二十三，鄉試中舉。舊學之外，復嗜新學。庚子（一九零零）後，粵中新學漸興，斯時胡氏即飽讀書報譯本，以提倡新學自任。某歲元旦曾大書門外春聯曰：『文明新世界，獨立大精神。』見者多視為怪物。由是學貫中西，著述漸富，代表作有三民主義之連環性、胡漢民自傳、不匱室詩鈔。

民國處於新舊轉型時期，在此時期，系統接受新、舊教育的高官比較普遍，擅詩且有詩集傳世的亦復不少。而在這些擅詩且有詩集傳世的民國高官中，胡漢民應算得上是出類拔萃的一位。他的多達八卷的不匱室詩鈔，無論是從量還是從質上來説，都不是其他人所輕能比擬的。

關於胡氏詩的特點，比較顯著的，我們大致可以從三個方面來分析：

一、何妨餘事作詩人

胡漢民是中國近代史上著名的資產階級革命家、政治家。以著名的革命家、政治家的身份而兼作詩人，則其詩除了吟誦一些尋常的内容外，最具有個性特徵的當是詩中他對其所從事的各方面的活動或經歷的重大的事變亦同時作了比較全面深入的反映。而這顯然不是一個純粹的詩人所能做到的，誠如其老友易大厂所説：『其所至遂遠，所歷遂艱卓，所得于詩自然堅粹有物。』（不匱室詩鈔叙三）

（一）作為資產階級革命家的詩

胡漢民接受新知較早，對清朝統治者鉗制漢人的治術有著深刻的認識和高度的警覺，故很早就萌發了排滿的民族主義思想：

何人披髮祭伊川，胡運偏能過百年。日月無光空莫照，太平有道澤誰延。早知康樂非山賊，漫信孫登是水仙。縣令破門前日事，酣歌恒舞卻依然。

——紀事（乙未）

此詩作於馬關條約簽訂的光緒二十一年（一八九五）。其中前二聯是説清王朝入主中原，以夷變夏，曠日持久，導致日月無光，太平無望。第五句借歷史上以謀反罪名被殺於廣州的謝靈運暗指本年在廣州舉行起義的革命黨人孫中山、陸皓東，而『非山賊』者，顯見得是在給被清政府視為洪水猛獸的革命党人正名。第六句借『孫恩（原作為『孫登』，誤）是水仙』典諷刺上年北洋艦隊兵敗黄海，『漫信』者，即不可信也，即北洋艦隊官兵並未成水仙，而祇是葬身魚腹也。尾聯是説國門早已被打破，而統治者卻依然酣歌恒舞，長此以往，則不亡何待？這就從邏輯上揭示了反清革命的必要性。寫這首詩時，胡漢民雖纔十六歲，卻已有如此敏鋭的眼光和高昂的革命志氣，不能不令人拍案叫絶。

更系統的革命『言志』之作當屬他的五古為平田氏題螻曲圖。此詩共一百零四韻，為不匱室詩鈔中最長的一首詩。在這首詩中，胡氏首先批評了齊物、勿為天下先等老莊哲學及剛柔相濟的周易思想，認為其流傳越長，惡果益劇，『浸淫二千年，民族精神靡』。由於民族精神萎靡，導致『元胡』『建虜』先後入主中國，使得衣冠塗炭、綱紀崩圮，縉紳階層不但不以為恥，反而以以夏變夷自欺。凡此均説明中國人賴以衛國立身的學術精神出了問題，『問孰使之然，受病在根柢』。曲學善阿世，謬説良自詭』。那麽，什麽樣的學術精神纔能衛國立身呢？他提出了陽明之學，因為陽明之學『德行有獨尊，知行無二體』『腐弱何所容，剛克蓋足恃』，衹有用陽明的『剛克』精神戰勝老莊的『柔克』精神，纔能振興中華民族。但陽明之學在中國並未發揮應有的作用，原因是：『惜未洙泗追，遽遭流俗詆。鄉愿惡狂狷，庸工憎耍馳。異族慎防民，心學愈叢毀。』反倒是日本人得其真傳，推動日本社會進行了一場破舊立新的巨大變革：『異哉我東鄰，師法得上軌。造就衆豪傑，講習遍閭里。山鹿日呼號，西鄉躬踐履。攘夷敢執戈，倒幕真折棰。』環顧當時的内外形勢，國際上是『大者為鯨鯢，小者為魴鯉。……弱肉必強食，舐糠遂及米』，尤其是日本人『同文詗察來，接壤覬覦啟。……方詡兼併雄，肯會輔車倚』。強敵環伺之下，國内的形勢又是怎樣的呢？——『況彼秉鈞人，抑自隳基址。衹靳家奴子，寧贈朋友賄』，可見清政府仍在喪心病狂地執行他的『寧贈友邦，不予家奴』的政策。面對列強的侵略和清政府的腐敗，胡漢民肯定達爾文的進化論和尼采的超人哲學，詩言『進化導達文，超人建尼采』，堅決反對托爾斯泰的非抵抗主義，曰『獨聞托斯泰，義主無抵抗。……執此語天下，幾人同憤悱』，這實際是借反對托氏的觀點而提出了他的反抗觀點，以達到『國求所與立』的目的，而不至於『妄自菲』。此詩作於壬寅年（一九零二），其時胡氏雖尚未形成系統成熟的革命理論，而詩中反帝排滿思想已隱約可見，一旦時機成熟，是將會噴薄而出的。

當然，對於革命，胡漢民並不僅僅停留在理論探索上。在這一問題上，深受王陽明影響的胡漢民也是一個知行合一者。一九零三、一九零四年他曾兩次留學日本，接受新知；一九零五年又在東京結識孫中山，加入同盟會，並很快成為深得孫中山信任的同盟會骨幹之一。此後受委托編輯民報，與保皇派論戰，直接或間接組織參加了多次武裝起義。由於事務紛繁，這些艱苦卓絶的革命活動他大都没有用詩紀録下來，但從一些零星的篇什中，仍可窺一斑而知全豹。如下面這首作于民國元年（一九一二）的詩：

博浪椎秦志，原知未易酬。可憐成獨往，衹欲障狂流。日日中原事，沈沈大地憂。廣州三月暮，吾亦戴吾頭。

——《精衛獄中誤聞余死，有詩三首，至粵始出相示。依元韻和之》

汪精衛謀刺攝政王是在宣統二年（一九一零）。胡漢民雖反對汪這種個人英雄主義的暗殺行為，但在勸説無效後，則緊鑼密鼓地準備廣州起義，以為聲援。『余等既不能奪精衛之志，惟有極力進行軍事，余尤冀廣州事成，精衛或可不死。』（胡漢民自傳）從這事後追記的『廣州三月暮，吾亦戴吾頭』詩句，即可見黄花崗起義前後形勢的險惡及胡漢民為革命甘於赴死的決心。

辛亥革命推翻了帝制，從表面上看是成功了，但正如魯迅所説的，『内骨子是依舊的』。（范愛農）不獨封建餘孽不斷沉渣泛起，如張勳復辟事件，在胡漢民作於民國六年（一九一七）的七律組詩紀事中，對這一倒行逆施事件前後波譎雲詭的政局就有著全面深入的反映。同時，對權力的覬覦，亦不斷孳生出擁兵自重的新軍閥，從内部侵蝕著革命政權，如陳炯明就是如此。胡漢民作於民國十一年（一九二二）年二月的書憤所斥責的就是震動一時的陳炯明叛變事件：

紛紛狐鼠未驅除，攬轡中原計本疎。紫色蛙聲今竟爾，白龍魚服定何如。桓温誓墓甘遺臭，趙盾欺人畏直書。猶幸六師能討賊，秦庭不待哭包胥。

此詩首聯是説由於『狐鼠』作祟，孫中山北伐受挫。頷聯以『紫色蛙聲』比擬蜕化變質的陳炯明，以『白龍魚服』比擬蒙難的孫中山。頸聯上聯借桓温典痛斥陳甘於遺臭萬年，下聯借趙盾典揭露陳隱瞞事件真相。尾聯是慶幸討賊軍平叛成功，克廣州。

由此詩和前所舉紀事組詩，可見民國肇造的艱難和中國近代民主化進程的曲折。在作於民國十二年（一九二三）的秋女俠墓中，他對此即有著更深入的觀察和更深刻的反思：

見説椎秦願已酬，那知滄海尚横流。我來風雨亭邊過，不是秋時也欲愁。

椎秦願酬，而依然滄海横流，使得這位為民國建立付出巨大心血的革命家『不是秋時也欲愁』，很顯然，胡氏『欲愁』的絶非限於某個人的命運，否極未能泰來，辛亥革命的悲劇於此『欲愁』中是正可見出端倪的。

（二）作為政治家的詩

胡漢民既是中華民國開國元勳，又是南京國民政府高官。作為南京國民政府的高官，他經歷了國民政府初建時期諸多大事，洞悉種種政治内幕和權力角逐的秘辛。民國二十年（一九三一），由於政見不同，胡漢民與蔣介石矛盾漸形尖銳，二月被蔣軟禁，八個月後方獲釋，此後便逐漸淡出權力中心。而淡出權力中心，反為他觀察時局提供了更為開闊的視野。凡此種種，使得他寫於這一時期的許多詩作兼具了詩史的性質，故讀他的這些詩，同一時期的很多大事均可從這些詩作中得到深刻的、富有個性化的解讀。如，作於民國十六年（一九二七）八月的七律失題二首，即反映了寧漢合流前後國民黨内部各派系之間的權鬥，光怪陸離，不一而足。又如，作於民國十九年（一九三零）的七律組詩廟堂，則從不同角度揭示了中原大戰前後國内風雲變幻和各派勢力的盈虛消長，尖銳地批評了軍閥混戰所帶來的禍患：『古來藩鎮常為禍，亂世奸雄豈遇時。為詠詩書上京國，春農抛甲恐無期。』

作為一位富有愛國主義精神的政治家，胡漢民對國家的安危是極其關心的，終生都反對列強對中國的侵略，尤其是對日本人，他隨時都保持著高度的警惕，而這一點在其早期的詩作中就有所反映：

華夏與斯邦，僅隔衣帶水。孰實縣琉球，而復吞高麗。近攻昔已矜，鄰厚今尤葸。同文詗察來，接壞覬覦啟。交疏常閒親，兄啼以有弟。旦旦布腹心，泛泛忘唇齒。方詡兼併雄，肯念輔車倚。……
——為平田氏題蠖曲圖（按：此詩作於一九零二年）

進入二十世紀三十年代，日本人加快了侵略中國的步伐。胡漢民撫時感事，發而為詩，從『九一八』事變到華北事變等一系列重大事件，他的詩均有着系統的反映。在這些詩中，他斥責日本人的侵略，抨擊無良政客的妥協行為，表彰抗戰將士的浴血奮戰，眼光敏鋭見解高超，在在均顯示出他作為一位政治家的卓異和睿智。毫無疑問，這些情緒飽滿、內容厚重的詩，成了胡漢民全部詩作的亮點，對於三十年代前半期的抗戰史來説，亦是有重要意義的文獻。下面不妨分而敘述之：

新朔雖已更，舊節能勿憶。一月有圓蝕，萬人共興息。吾道豈其南，大患真在北。蛟龍失常馭，蛇豕食上國。沈荄靡有功，煎豆日惟迫。我脣及齒。敵得寸更尺。民巖詎無畏，天破曰可塞。當時養兔蟾，荆文太仁惻。
——和大厂中秋感賦，十用『惻韻』

這首詩作於民國二十年（一九三一），反映的是日本人侵略東北的『九一八』事變，『大患真在北』、『蛇豕食上國』均就此而言。其時寧、粵之間正兵戎相見，『九一八』事變爆發，形勢驟變，胡漢民認為國難當頭，應該尊重民意——『民巖詎無畏』，以民族利益為重，消除前嫌，團結禦侮。否則,『煎豆日惟迫』的結果,衹能是『我亡唇及齒,敵得寸更尺』。言之痛切,今日讀之猶能發人深省。

近畿苦被兵,遠道聞者惻。炮火中宵來,奔避夷埸塞。可憐百萬家,去死不踰尺。忍辱為廷議,開情致崩迫。詞客且哀時,將軍誰話國。我舟維自南,我馬嘶向北。無時畢憂虞,況計燕居息。陳意豈必深,回首龍池憶。

——感事,六倒用『惻』韻

捷書晝夜同,破涕心猶惻。取寇者誰歟?烽煙五月塞。桓桓蔡將軍,拔劍争地尺。部曲殊死戰,天驕不敢迫。軍興二十年,此役真衛國。義聲鑠西南,奇恥湔東北。咄哉婁敬輩,隱忍承鼻息。和親本無策,覆轍當自憶。

——捷書,七倒用『惻』韻

寇深君若何?兵退衆心惻。春申嗚咽流,蚩尤寒空塞。彌月抗戰功,棄之乃咫尺。肉食三千萬,呼援任哀迫。為敵實忌纔,相視如異國。守地輕東南,營構重西北。歡盟何由成,攻掠矧未息。小雅有采薇,今人多不憶。

——兵退,八倒用『惻』韻

伯始事不理,霽雲猶有失。遼瀋十萬户,痛哭秋風裏。去年寇來襲,帶甲一宵靡。奇辱古無聞,喪地自此始。主將得急報,方抱桑中喜。猿鶴外不愁,狼狽内相倚。錦州再撤兵,猶曰取進止。冠蓋走洛陽，效顰豈其似。彌月戰滬濱，幸未及桑梓。坐令失援敗，夸毗者誰子？登巔已窮行，濟盈惟有瀰。如何終弗圖，日蹙國百里。

——九月十八日，再用『里』韻

向戍城可封，繞朝策誰贈？一士諤有言，舉朝噤莫應。未聞守禦充，獨幸樽俎勝。瀋陽與洛陽，後先若相映。從來國家間，茹軟而吐硬。突厥居東方，遠近昔同病。一朝勇自存，萬國起畏敬。遂令不平事，一一為改正。媚外豈性生，舉棋終不定。其手故上下，其意猶兼併。不云彼當誅，而曰我無行。轍覆輪方遒，何必古為鏡。

——闕題，再用『贈』韻

這五首詩均寫於民國二十一年（一九三二），所寫内容亦均與上海『一·二八』事變相關。其中第一首是寫事變爆發，百姓受難，而廷議忍辱退讓，由此哀歎『將軍誰話國』。第二首是寫十九路軍上海抗戰。在讚揚蔡廷鍇等愛國將士為國守疆、殊死奮戰的同時，亦痛斥了婁敬輩的隱忍退讓、仰人鼻息的『和親』政策。第三首寫十九路軍孤軍奮戰，終致失敗，由此揭露蔣介石將十九路軍視為異類，見死不救，且衹重安内——『營構重西北』，不重攘外——『守地輕東南』等短視行為，憤怒地指出這種短視行為，必將導致局勢的進一步惡化——『攻掠殆未息』。第四、五首係寫於這一年的下半年，在經歷了上年的『九一八』事變及該年的『一·二八』事變、國民政府遷都洛陽等一系列大事後，胡漢民除進一步痛斥了張學良等軍政要員的顢頇誤事外，重點對政局進行了深刻的反思，認為國以勇而存，切忌茹軟吐硬，更不能一味媚外，否則就要重蹈日蹙百里、為人兼併的覆轍。

壯士問行藏，愧無寶刀贈。一夫振臂呼，宜有千百應。主將畏言兵，天驕遂乘勝。甲仗熊耳齊，烽火交河映。如以弱羽羣，遇彼嘴爪硬。潛師夜遁者，益為天下病。守邊豈無人，作事胡不敬。民巖大可畏，逐帥乃非正。紛紛秦賈儔，寧待蓋棺定。榮名與壽考，此事古難並。臨洮痛哥舒，石頭思士行。孰憐仲宣樓，尚嘲王莽鏡。

——虛吾北行從軍未旬日，而熱河警報至，感憤無似，七疊『贈』韻寄大厂、鶴亭

此詩作於民國二十二年（一九三三），是寫熱河事變的。詩之大意為：事變初起，平日貪暴無度、深為百姓痛恨的湯玉麟即率軍潛逃，不戰自潰。而南京國民政府派來的宋子文、張學良等軍政大員亦如秦檜、賈似道一流人物，敷衍塞責，毫無作為，同樣要對喪師失地負責任，其臭名昭著，不待蓋棺，即可論定。最後，胡漢民呼喚能有哥舒翰、陶侃那樣的名將橫空出世，來拯救民族危亡。

未聞防口易防川，城下為盟宋已然。誰使腹心成此患，可憐皮骨向人妍。狙爭未定山先盡，鰲戴無霸地又旋。黔首賜秦知不信，沈酣猶復夢鈞天。

從來季世祇相師，如此江山務觀詩。一士有言終自直，百年多病更何之。偏安王謝疑無罪，南渡汪黃似預期。縱使炎炎將必滅，纖兒已壞太平基。

——次韻榆生感懷二首

這二首詩作於民國二十二年（一九三三）。從編年排在熱河事變詩後及『城下為盟』語，可知此二詩是寫塘沽協定的。塘沽協定是中國政府和日本侵略軍於一九三三年五月三十一日簽訂的一喪權辱國的停戰協定。該協定規定中國軍隊撤至延慶、通州、寶坻、蘆台所連之線以西、以南地區，以上地區以北、以東至長城沿線為非武裝區，實際上是承認了日本對東北、熱河的佔領，同時劃綏東、察北、冀東為日軍自由出入地區，從而為日軍進一步侵佔華北敞開了大門。詩中，胡漢民毫不客氣地指出正是南京政府內部的達官顯貴纔直接導致了城下之盟的簽訂，且諷刺這些人妍皮裹著癡骨，是專事争權奪利的『狙』，是諂媚事敵的黄潛善、汪伯彥，是撞壞大好家居的『纖兒』。並就此發海潮音，作獅子吼：天並不獨佑中國，鈞天美夢應該要醒一醒了！

黍離麥秀歌，半為狡童惻。一姓不再興，頑民謗易塞。況當官天下，得尺非王尺。何物兒皇帝，熏穴求之迫。亶以夷亂華，猶曰舉廢國。韓亡三十年，席捲滿南北。豈無張（邦昌）與劉（豫），羶附偷視息。可憐凝碧池，右丞徒悲憶。

——書事，九倒用『惻』韻

遼瀋倉皇失大城，逡巡冀北又從盟。世間真見兒皇帝，昔日嘗為孺子嬰。朝有汪黄堪事敵，將非韓岳敢言兵。宣和舊事何無覩(聞偽號為『宣和』),預卜相從五國行。

——三月一日

這兩首詩均是寫偽滿洲國的。其中第一首作於民國二十一年(一九三二)。該年三月一日,偽滿洲國宣佈成立; 三月八日,溥儀在『新京』正式宣佈就任偽滿洲國執政。詩中,胡漢民指斥溥儀昧於『一姓不再興』的大勢,逆『官天下』潮流而動,而甘於做兒皇帝。同時,一針見血地揭露日本人『舉廢國』的本質,是『以夷亂華』,借機對東北實行殖民統治。第二首作於民國二十三年(一九三四)三月一日,該日溥儀『稱帝』,在長春南部杏花村舉行『登基典禮』,改『滿洲國』為『帝國』。針對這出鬧劇,此詩前二聯説繼『九一八』事變、熱河事變後,昔日清朝的傀儡小皇帝搖身一變成了日本人卵翼下的兒皇帝。後二聯則是説南京國民政府的,指出政府内文多覥顔媚敵的黄潛善、汪伯彦之流,武乏厲行抗戰若韓世忠、岳飛一樣的名將,若不改弦易轍,則最終的結局,極有可能會重演『宣和舊事』、五國城被囚的悲劇的。言之痛切,不啻給消極退讓的南京政府當頭一棒喝。

佳兵兵不祥,畏虜虜復至。曾為城下盟,不敢道隻字。肉食偷歡愉,邊人極哀思。媚奥與媚竈,神豈歆非類。向為身不受,今寧衆共棄。我聞石晉時,契丹可父事。降至宋南渡,楚齊師其意。何物汪與黄,詭詞護賊幟。蜮狐射影災,蛣蜣轉丸味。

——閲報,十一疊『至』韻呈佛成先生(一月二十五日)

此詩作於民國二十四年（一九三五），是寫察東事件的。該年一月，發生在沽源縣境的『察東事件』，是日本帝國主義爲吞併華北而製造的武力侵犯事件，係華北事變序幕中的一個重要組成部分。從詩中可見，此時胡漢民的憂患意識更強，已進一步感覺到正是肉食者的苟且偷安、『媚奥媚竈』，纔導致日寇步步進逼。在胡漢民的眼中，這些人如石敬瑭、劉豫，亦如黄濳善、汪伯彥，不獨大量出賣民族利益，且善於以遁詞自飾。鑒於此，他在詩中輕蔑地將這些民族敗類比擬為射影的蜮狐、轉丸的蛣蜣，而毫不留情地永遠釘在歷史的恥辱柱上。

胡漢民曾説：『我們中華民族是一個誠篤和平的民族，……雖然我們的最後目的，是要以偉大的三民主義的王道精神，去普遍感化這一個目前尚陷在講強權尚武力之中的世界。我們對於任何外國都用王道的感化，而不用霸道的強逼。』（中俄外交的知彼知己）但外交的人道感化祇是就普遍精神説的，一旦民族遇到侵略，胡漢民還是堅決主張抵抗的，所以他又説：『我們祇循著我們的主張，堂堂正正地做去，為國家争主權，為民族求生存，在自衛範圍以内絲毫都不放鬆，任何犧牲都不辭！誠篤、和平，我們民族的優點，我們要保持不失。我們不轉正誼以外的念頭，我們不戴假面具向人。同時對於任何國家，無論是承襲帝國主義者以前的老辦法來侵略我們，或翻新花樣，攪什麼手段來計算我們，我們都祇照一貫的主張去做，絶不讓國家、民族的獨立、自由、平等損失一點。這是三民主義的真精神，是中華民族的真精神。』（永保我國家民族的自由平等）詩言志，這種强烈的維護民族獨立的反侵略思想，在胡漢民的詩尤其是寫於三十年代的詩中得到了集中體現，且絕不限於上面所舉那些，收在不匱室詩鈔卷七、編年在民國二十三年（一九三四）的多首七律，均屬於這一類的言志抒情之作。這些詩於覥顔媚外的國之賊、民之敵，每作誅心之論，正氣英光貫穿於篇什之中，讀之令人肅然起敬。由此不得不提與胡漢民一起在詩歌創作上被陳衍稱之為『粤東二妙』的汪精衛。汪氏早年曾與胡漢民並肩革命，後又一起成為民國高官。但與胡漢民始終堅持民族氣節截然相反的是，抗戰軍起，汪氏竟落水當了漢奸。人格決定詩格，大節一虧，他的那些『微嫌東野殊寒相，似覺南風有死聲』（錢鍾書題某氏集）的詩，相比較胡漢民這些大聲鏜鞳、充滿著浩然正氣之作，兩者所顯示的人文價值上的差異，相去簡直不可以道里計。『國家不幸詩家幸』，胡漢民若非在一九三六年就過早離世，那麽在全面抗戰爆發後，『憂國心情常近癡』的他肯定會以極大的熱情，寫下大量軒天拔地、豪蕩激越的詩篇，去鼓舞全民族抗戰，從而在抗戰詩史上樹起一座豐碑的。

二、收拾唐音到宋賢

前面已説過，胡漢民是近代嶺南詩派中宋詩分支的代表人物之一。這當然衹是從大致的風氣上來説的。具體到胡氏本人的創作歷程來説，情況要複雜得多。很多評論者都試圖揭示胡氏學詩的脈絡，雖所見略同，但説得最準確的還是『與主人里閈少年，相與於學舍試院間』的老同學易大厂：

主人（按：胡漢民別號『不匱室主人』）所經行之境界，大約元本少陵，直造義山，掇其空玄神緒，而咸遺其澤。後偶赴劍南，不若其易。繼復思達半山閫奥，先肆力于昌黎，自今殆已如願，亦世事之有以促成之也。

——《不匱室詩鈔》敘三

由易氏此段語前半可見，胡漢民早期學詩仍受嶺南詩派主流詩風的影響，不獨入手處是唐人，且這一時期所作也大多帶有唐風，如下面一首五律：

由張家口歸

但見千山雪，誰知三月春。樹枯仍入畫，月冷故依人。歸路衣裘薄，迷途僕豎親。笑他趨熱者，何事候風塵。

此詩作於民國六年（一九一七），吐屬清新，明白如話，絕似中唐風格。雖然如此，中唐並非胡氏早年關注所在。胡氏早年鑽研得最深的當是杜甫，尤其是李商隱，這在其早期所作的七律中表現得極為明顯。代表作如作於一八九五年的七律《紀事》，又如另一多達八首的七律組詩《紀事》：

形勝居然占上游，將軍跋扈死方休。中州多故誰為政，江左無人我始愁。鄭五猶知愧時事，朱三寧許恨清流。越臺妖鳥初無據，火急今朝笑酇侯。

去年解甲隗囂官，豈意連棲勢尚雄。玉蝀金鼇殊鬱鬱，青絲白馬太匆匆。從來罪己多温語，省識陰謀啟上公。都下健兒過十萬，凱歌仍望出崆峒。

歸舟難繫故園心，回首京華草木深。鄧禹笑人何寂寂，陳王居室本沈沈。早知墜翼非佳夢，猶信飛鴞有好音。夷甫諸人今健在，新亭名士漫沾襟。

辮子軍來萬象驚，六師不整石頭城。御書有分傳南海，寶璽無緣送北兄。獨使董公稱健者，誰教殷浩負虛名。求人熏穴何辛苦，自有降王孺子嬰。

紫蓋黃旗路未通，紛紛抗疏總無功。叔孫有意稱羣盜，箕子何心怨狡童。事去仍聞吴複室，時來争駐漢離宫。相公夜夜三台望，綸綍新裁便不同。

義旗重舉事非常，討虜平生最激昂。冠帶未全依正朔，艟艨分半助南疆。草間狐兔何時盡，天上風雷自此忙。前席不勞君借箸，一夫善射百夫強。

煌煌尊號竊相娱，侯伯何嘗畏簡書。燕市不逢屠狗客，越人齊指牧豬奴。正方鱗甲原如此，叔寶心肝未必無。梁相張皇君莫笑，有人將鼠嚇鵷雛。

氛霧冥冥至越城，書生縛袴亦談兵。中原旗鼓應相避，蜀道干戈苦不平。豈有佳 人能作賊，都關豎子未成名。灞陵醉尉尋常遇，何事將軍多夜行。

這組詩作於民國六年（一九一七），是寫張勳復辟事件前後國内政局風雲變幻的。通組詩構思縝密，用事精深，韻調和諧，一片真氣流行其間，的得義山真傳。所異者，『掇其空玄神緒，而咸遺其澤』，即得其沉鬱而遺其穠麗，無藻飾之過耳。

像這樣的嗣響義山之作，後來遇到政壇大事需含蓄出之的時候，胡氏仍間一為之，如作於民國十六年（一九二七）八月的失題七題二首，作於民國十九年（一九三〇）的七律組詩廟堂七首，作於民國二十年（一九三四）的七律九月十八日，仍疊『來』韻四首，均屬於這一類作品。雖然如此，從總的風氣來説，胡氏並没有沿這條路走下去，而是另闢蹊徑，『别裁僞體親風雅，收拾唐音到宋賢』（題風巢山樵求是集），即由唐轉宋，取法宋人。那麽，胡氏為什麽要捨棄駕輕就熟的『唐音』轉而取法宋賢呢？這原因當然是複雜的，主要的恐怕有這樣兩點：

其一，胡漢民對宋詩確有賞會。所謂『知之者不如好之者，好之者不如樂之者』，胡之學宋並非盲目跟風，而是建立在對宋詩風貌特質有深切體認的基礎上所作出的一種理性選擇。

胡漢民對宋詩的賞會首先表現在能明其源。這個源是什麽呢？這個源就是唐人，主要是唐人杜甫、韓愈。此處需要説明的是，所謂的唐詩、宋詩並不僅就朝代來説，而主要是就體格性分上來說的。關於這一點，錢鍾書先生說得很清楚：『唐詩、宋詩，亦非僅朝代之別，乃體格性分之殊。天下有兩種人，斯分兩種詩。唐詩多以豐神情韻擅長，宋詩多以筋骨思理見勝。嚴儀卿首倡斷代言詩，滄浪詩話即謂「本朝人尚理，唐人尚意興」云云。曰唐曰宋，特舉大概而言，為稱謂之便。非曰唐詩必出唐人，宋詩必出宋人也。故唐之少陵、昌黎、香山、東野，實唐人之開宋調者；宋之柯山、白石、九僧、四靈，則宋人之有唐音者。……夫人秉性，多有偏至。發為聲詩，高明者近唐，沈潛者近宋，有不期而然者。』（談藝録）從這個意義上說，杜甫、韓愈雖是唐人，但杜詩、韓詩在唐詩中祇能算是別調，非正宗；杜詩、韓詩被奉作正宗的，反而是在宋代。故宋人大多重杜、韓，歷來學宋者亦皆以杜、韓為指歸，胡漢民當然也不例外。于杜甫，他最重視杜甫之骨：

學杜得杜骨，此境不易至。

——奉題鶴亭新著後山詩箋，五疊『至』韻

皆得少陵骨，不襲西崑字。

——疊『至』韻再和吷庵詠梅見答二首

杜甫為八面受敵的大家，杜詩亦如森森武庫，應有皆有。雖然如此，從總的來說，杜詩中唐詩的成分還是要多於宋詩的成分。韓詩雖從杜詩發展而來，但歷經遷變，宋詩的傾向已更明顯，故有志學宋的胡漢民亦更重韓。這從他的讀韓二十首當中即可看出：

榮華天秀骨珊珊，硬語盤空衆所難。但見乘酣逞雄怪，誰知屈曲在人間。
巨刃摩天境界殊，有時遺興亦紆徐。秋懷句已凌陶謝，未必風詩集裏無。
學韓須學韓所學，歐九文章似得之。我意尚差雄直氣，一吟三歎至工時。
絢爛歸於平澹好，姦窮變怪得尤奇。東坡枉有愁千疊，犖确終難到退之。
孟郊吐句動驚俗，無本為文膽及身。吞納萬流各殊狀，嗟公原不薄今人。
詩到蘇黄詫已窮，誰懸一脈紹韓雄。荆文相業何曾誤，祇誤詩家月旦公。

從這幾首論韓詩中，可見他重視的是韓詩的雄奇，秀骨珊珊，硬語盤空，雄直之氣，以及吞納萬流的氣派，巨刃摩天的境界。杜、韓的這些特點既符合他學宋的審美趣味，則弄清了杜、韓的這些特點，就等於是找到了宋詩的淵源所自，從而也就為他學習宋詩提供了取法乎上的明確導向。胡漢民學宋卻又分外重視唐代杜、韓的詩，祇有從這個角度來理解，纔能把握其中的關捩。

除此之外，胡漢民對宋詩的賞會還表現在他能深刻地把握宋詩各家的藝術特點，進而能胸有成竹、擇善而學上。宋詩是一個籠統的概念，流傳到現在的宋詩作者及作品數量均在唐人之上。那麽在衆多的宋詩人中他最重的又是哪幾家呢？且看他的自陳：

客有問宋詩者，答以無過三山、三陵。指山谷、半山、后山，宛陵、金陵、廣陵，以其皆杜陵嫡裔也。

——答大厂見謝言詩之作，疊『惻』韻二首注

由此可見，他于宋人最重的是三山、三陵（半山、金陵均指王安石）。這除了五位宋賢均是『杜陵嫡裔』以外，更重要的是他們學杜都别有所成，各有各的風格。下面先來看看他是如何論三陵的：

古詩三百篇，其人多怨惻。觸物有所興，因事通其塞。後世未喻此，求文鮮得尺。逐好如稍工，失己徒窘迫。魏晋始名家，齊梁等亡國。昌黎述李杜，衰實起南北。宋賢胡取尊，為有真氣息。道喪皆言空，論詩宛陵憶。意既取雄深，情亦愛鬱惻。悠悠中心言，浩浩兩閒塞。但願大裘長，不慕美錦尺。金陵與宛陵，閑肆故不迫。廣陵與同時，尤足霸其國。西崑長慶徒，至此悉奔北。獨歎歐蘇纔，猶以六月息。韓孟角益工，盛事千載憶。

——夜與鶴亭談詩，晨起以『惻』韻記之二首

這就説得很清楚了，胡氏『取尊』宋賢的原因是宋賢的詩有『真氣息』，遠非窘迫失己、優孟衣冠者比。具體來説，是因為宛陵詩道未喪而言不空，金陵詩亦如宛陵詩一樣能做到『閑肆不迫』，廣陵（王令）詩則闊大奇詭，富有霸氣。相比較而言，胡認為長慶體淺白俗豔，不值

一提。甚至認為連歐、蘇這樣的大纔也不能戰而要恃『六月息』，即憑纔學為詩，因此不免要遜『三陵』一籌了。

對『三陵』的重視，使得胡漢民終生都對『三陵』詩之優點進行深入的發掘，並隨時以詩的形式表而出之。如對王安石，就作有兩組大型的組詩——讀王荆文集六十首、讀王荆文補作十首。擇其要者録於下：

定肯低頭東野秀，不聞抗手玉川奇。歛情約性非容易，力挽唐風入宋詩。

龍文虎脊接風騷，積抱為工格自高。詎是書生辭賦氣，故將嚴整敵韓豪。

此二詩揭示出荆公詩之特點是兼學韓、孟，博觀而約取，尤善於以孟之秀化韓之豪，而得節度嚴整之態、深婉不迫之趣。胡氏於荆公這些特點體會得是很深的，而從他的創作來看，亦確乎受益匪淺。

對王廣陵，他也寫有讀王廣陵三十首及又讀王廣陵集十首，論廣陵詩均具真知灼見：

騏驎腰裹出天閑，畫手無如氣骨難。度盡金針人不識，韓豪一脈此中看。

至苦其中有至腴，受材雄鷙（按：當作『鷙』）肆紆餘。廣陵似笑東坡老，猶有童心食細魚。

稱許廣陵詩得韓之骨，認為廣陵受材雄鷙，至苦之中有至腴。正知正見，非於廣陵詩沉潛含玩有所得者，是道不出個中三昧的。

論梅宛陵詩，亦作有疊『至』韻為述梅二首，即呈映庵：

昌黎昔論詩，平澹以為至。顧其所自為，點竄二典字。香山與同時，淺語達深思。此如陶謝手，同工不異類。宣城紹兩家，崑體始唾棄。睥睨二百年，作者歎盛事。樹老無醜枝，梟眠有閑意。既善體物情，亦以稱其幟。何罪並歐廢，世鮮能知味。

韓歐於孟梅，推許蓋云至。後人多重貴，顛倒説文字。謂梅祇澀體，謂孟累苦思。遂疑兩公賢，故引其類。獨聞江西夏，一生鍥不棄。杜陵不可學，宛陵當嚴事。稱孟輒抑韓，雙井倘此意。我欲進私評，匪曰奪趙幟。七言當韓豪，五言饒白味。

認為宛陵卓異處在『善體物情』，認定其七言可『當韓豪』，五言則『饒白味』。而所謂『白味』者，即是以『淺語達深思』，看似平常，最是奇崛。凡此皆于宛陵有索隱表微之功，讀之不啻造其堂而嚌其胾。

再來看看他是如何論三山的。（半山即金陵，前已論）在與友人論詩時，他認為『山谷其猶龍』（得鶴亭寄子詩後有函詢問，次原韻代簡，並示孝魯），認為後山『學杜得杜骨，此境不易至』（奉題鶴亭新著後山詩箋，五疊『至』韻）。可謂要言不煩，稱得上是表彰山谷、後山詩探本得髓之論。

也許以上這些因人而發的議論還略嫌瑣碎，而在下面所選的這首五古中，胡漢民於他所心儀的各大家詩特點，親證悟入，辨析至當，是最能説明其『收拾唐音至宋賢』的原因的：

得鶴亭寄子詩後有函詢問，次原韻代簡，並示孝魯

有唐千年來，幾人學杜甫。皮骨得之難，藩籬徒自苦。昌黎與義山，吾意等雙羽。宋賢有作者，承流俱莫禦。山谷其猶龍，廣陵遂成虎。歐九慙梅丈，平淡獨心許。謂源出香山，此論吾不取。荆文學道深，自多堅實語。相業與詩名，寧為洛蜀沮。

其二，胡漢民有著強烈的『預流』意識，這當是他在詩歌創作上由唐音轉向宋風的又一重要原因。

前已論及，囿於傳統和地域，嶺南派主流詩風向以宗唐為主，因循固守，一直到清季民初，亦未發生結構性的巨變。而同一時期全國詩壇的主流詩風卻並非如此。道、咸時期，承桐城詩派的遺緒，以程春海、祁寯藻、曾國藩、鄭珍、莫友芝為代表的前期宋詩派異軍蒼頭突起，迅速取代乾嘉詩派，占居詩壇主流地位。同、光時期，後期宋詩派繼起。所謂後期宋詩派，即通常所説的同光體。同光體集聚了許多第一流詩人，在祈嚮宋詩的同一風氣下，桴鼓相應，造成了巨大的聲勢。其代表人物如陳三立、鄭孝胥、沈曾植、陳衍等，均是集多重身份於一身的人物，其位勢之尊，影響之大，決定了並時許多詩歌流派都無法摩其壘而拔其幟。由此，宗宋成了詩壇的一種潮流，預宋詩之流亦成了很多宗尚相同、不甘故步自封者的明智

選擇。

胡漢民雖僻處嶺南，卻也成了宋風的『預流』者。胡之預流，絕非偶然。清初以降詩壇風氣的辯證轉換，決定了宋風取代唐風，帶有相當程度的革新傾向。胡漢民早年就是一位有學問的資產階級革命家，學問家的學識和資產階級革命家的睿智，使得他對這帶有革新意味的詩風轉換極其敏感，對這種詩風轉換所包含的文化意義，尤具有極深刻的洞見。從這個角度來説，胡之預流，是符合其個性特徵的，有著相當程度的必然性。另一方面，胡氏所擁有的人文背景條件，又進一步為其『預流』提供了相當程度的可能性。前已論，清季民初，在嶺南詩派内部，就已産生了宋詩的分支。對於宋風這一新起的詩風，以胡之敏鋭，是不可能不予以關注的。在不匱室詩鈔中，就留下為其中部分代表人物如梁鼎芬、曾習經、黄節等人詩集所作的一些題詠之作，凡此均説明了詩人的賞心所在。此後，作為資産階級革命家、政治家的胡漢民，活動範圍遍及海内外，這使得他很快就具備了超越嶺南一地的開闊視野，當同光體引領詩壇風騷時，也就借助種種機緣與同光體的幾位重要前輩有了直接或間接的交往。如他與同光體的護法人物陳衍的交往就較為密切，陳衍曾將他詩作大量録入石遺室詩話續編加以褒獎，且為不匱室詩鈔作序。同光體另兩位大老陳三立、夏敬觀亦曾為胡集題辭，且都作了很高的評價。凡此均對胡學習宋詩起了巨大的激勵作用，胡對此銘感甚深，集中亦多有與這些前輩的唱酬之作。前輩而外，在胡漢民同輩和後輩友人中，亦不乏卓有聲名的宋詩作者。同輩的如少年即同學的易大厂，妻兄陳融，後輩的如龍榆生、冒孝魯，即為個中代表。在日常生活中，胡漢民與這些詩友唱酬更多，於宋風浸淫也更深。可以説，主觀原因之外，正是得益於這種詩人間頻繁的互動，胡之『預流』纔由可能性變成了現實性。

在弄清了胡漢民『收拾唐音到宋賢』的原因後，我們再大致地看看他是如何將儀型宋賢落到實處，來進行具體的創作的。關於這方面，同光體鉅子陳三立在為不匱室詩鈔題辭時，已揭示得很清楚：

讀韓詩、王詩數十首，大抵就依故實而抒胸臆，寓識解，藴藉俶儻，別闢一境。於讀王尤多索隱表微之論。其得力於二家至深，故五七古皆近退之，七言絶皆肖介甫，可謂佼佼拔流俗者矣。

可見，胡漢民為詩，雖博採衆長，但最為得力的祇有二家，即古體最得力於韓愈，近體最得力於王安石。下面不妨分體舉例加以印證。

以五言古為例：

除夕，三倒用『惻』韻

歲如赴壑蛇，昔人詠以惻。韓公更多事，為文送窮塞。未為衆生憂，俯仰愧尋尺。示疾如維摩，喻近詞亦迫。繞朝苦用秦，得臣猶在國。除舊欲布新，轅南豈轍北。且起祝祥和，但願干戈息。誰唱望江南，鍾山尤所憶。

冒孝魯來，得大厂病後見懷詩，即次韻並簡孝魯

寶玉有純理，良弓無枉失。盛氣乃言宜，矚表常徹裏。婀娜披錦繡，厥病為柔靡。安得古雄直，相逐與終始。冒易交卌年，每見輒心喜。夫豈能中庸，狷狂必有倚。皇皇江海間，孟晉且未止。嘗擬白與韓，不中亦近似。匠石所穿裁，拱把皆桐梓。昨夜秋氣深，追風來驥子。搜詞何戛戛，傾蓋已瀰瀰。時危離別多，交親幾千里。

溥泉先生贈日知録校記

孔門十哲士，至謹惟卜商。不謂學日益，而曰知所亡。此意啟後人，為漢宋學昌。顧君生明季，志行蓋非常。尊周管夷吾，報秦張子房。結交盡豪傑，綢繆到兵糧。郡國詰利弊，宅京疑帝王。思以易天下，百願不一償。退而名其書，拘拘如備忘。從知道問學，是朱非陸王。衣被三百年，考據并詞章。爾時齊名者，湘王與越黃。明夷既卓犖，論宋亦慨慷。不若君是書，忍古無張皇。豈真繞指柔，無復百鍊剛。徒見掇拾勤，著述之意荒。況值玄黃變，亮節過柴桑。本朝等前代，稱謂尤弗當。名山有傳人，廋闕孰與詳。子今獲孤本，一朝發覆藏。夙昔所懷疑，釋然冰炭腸。聖心在中國，易制重冠裳。攘夷無遜詞，滑夏有大防。魯恭為豫言，王通斯俗傖。凡此真義存，語重而心長。返校諸陳編，萬丈放光芒。淺儒論文字，取徑必温良。膺懲戎狄篇，猶以用直傷。百一莫致詞，五噫士其

違。魏闕熱何處，河清終自望。中原雲鳥非，麗藻争虎倀。撫事再三歎，勿訝余杭章。

以上三詩均從韓詩來，字句奇警，筆勢馳驟，波瀾老成，氣韻沈酣，真有睥睨一世之概。

以七古為例：

鶴亭有太平門外看桃花用昌黎寒食出遊韻，大厂已先和，次韻分呈

一月不出吾但病，君來為説花事盛。梅柳渡江曾幾何，夭桃千株紅白映。花亦如人年少時，故作意氣與春競。勿嫌節物稍相欺，尚矜朋輩能高詠。明珠二百有八十，光彩照人位端正。苦憶前遊散原老，盍招匡廬和可更。納手寒春心念花，涉足坦途詩若命。廿年鉤黨通夢魂，卅載論文執魁柄。東都肯為逐客吟，南畝獨致農夫慶。家丞庶子今豈有，愛花愛實余所敬。人世江山幾廢興，胸中岩壑日高敻。故知張祿不終窮，因笑屈原未到聖。奈何大厂亦阻攜，到眼不見二豪併。嗜奇可使有異同，急難俱看露情性。肺腑容愁傷已多，芒角生哀老猶横。臣朔忍飢欲有言，臣甫低頭淚先迸。常挾金陵與廣陵，力能屈刀復引鏡。始怪白韓吝唱酬，並世未識誰為政。白詩厚味易實難，韓句天秀直彌勁。寄言二子無低昂，屬酒且求寬火令。

大厂贈靈臺鏡，因憶前年於鶴亭處見王莽鏡，深感其事，詩以謝之，並簡鶴亭

前年因病卧白門，疚齋示我王莽鏡。云自得之外祖家，二千年物世難並。胡賈欲買三萬金，展轉櫝藏終勿聽。亦思不貪為寶耳，安能將寶屬異姓。纔弱為徵梓柱枝，稍論人事與天命。衹因尤物感興亡，未以此情入歌詠。楚弓楚得猶可言，拔幟易幟奚為政。作賊官中始縉紳，分賕海上連優孟。從

知耿介不見稱，坐令涇讟無由徹。今年居士得靈臺，千里相望忽相贈。鐫鑱已歎銘語工，剪裁復有新詞勝。斯例東坡首創之，脫口尤難在小令。愧於倚聲律太疎，百計誘予力不競。若問平生好古心，又無舊籍供考證。夜光和璧豈暗投，起探微言窮究竟。居士狷狂同疢齋，治藝愈深行愈敬。當其赤手抉蛟龍，造次未覺牙角迸。天陽不及四海熙，始識衆囚居陷穽。温犀往照恠或逃，庚塵來污世斯病。眼前物象至紛奇，不有虛明胡順應。拂拭為存真面目，磨礱善葆舊情性。炯然借鑑莫能欺，何啻請劍斬奸佞。可憐大陸橫流亘，長安如棋舉不定。土地之寶在諸侯，掉頭而去等破甑。高飲無如宋義驕，橫陳已報周師勝。虞從虢亡事易知，奈何甘受屈産乘。天下神器尚可姦，大弓寶玉乃其賸。天壤竟有兒皇帝，中國安得小朝廷。兩翁憂時不後人，欲去龜山無斧柄。伯鸞挈妻成五噫，靈均卜居傷獨醒。建國多恩固厚誣，紫色蛙聲更非亂。符令須行四十章，百官汗顏諛頌盛。何如開元天寶間，猶有老臣伸諫諍。漆頭為器且不朽，遺臭流芳爭一暝。珍玩原當問以年，好惡卻妨失其正。彼雖張大誇久遠，此適本然載清淨。我云不以彼易此，兩翁得無笑頑硬。欣欣坐右獲箴銘，耿耿此心慙報稱。不聞嫠婦緯之恤，又見魯人室如罄。迂儒萬狀殊酸鹹，竊國竊鉤可無評。

此二首七言長古純用韓法，筆勢雄邁，堂廡闊大，而章法剪裁，直以古文法行之，按之紙上起棱，起痿興痹，令人神采飛越。所謂『韓句天秀直彌勁』，不啻胡氏夫子自道也。

以七言律詩為例：

寄謝散原老人評點拙詩

萍水文三我中表，南行曾為誦君詩。大談高睨嗟焉往，願學忘年幸未遲。斷岸有雲通窅窱，故鄉何地忍瘡痍。篇章祇欲攄孤憤，糠粃猶疑有所私。

次韻答無量

雨過能為數日陰，飛鴻淚別不教沈。茱萸已把人猶客，苜蓿難乾士有心。且喜庭柯將月上，未知原野閲秋深。乖厓何事思諸葛，慷慨先聞蜀國吟。

鶴亭至揚州為董卿置酒，疊『刪』韻再寄兩君

東坡淮海相從久，此日真憐鬢未斑。南渡詩家多壽考，過江名士半忙閑。綠楊繞郭堪留客，紅萼依人亦破顔。草長又逢三月暮，清愁如草可曾刪？

和答大厂中秋望月寄懷，並簡仙根，七疊『嗟』韻

風雨雞鳴胡不喜，騶虞麟趾總吁嗟。遡從一水思葭露，擬待重陽就菊花。歸櫂豈知人自遠，危樓應怨夜何賒。明明如月無時掇，此意誰窺涘與涯。

重有感，五疊『歡』韻

落帽西風雁影寒，又逢佳節且言歡。疏林似憾連宵雨，新霽宜開遠處巒。國若問年今始壯，政如取友早須端。杜陵感慨開天事，不忘平生竹數竿。

胡氏七律遠師杜陵、義山，近宗後山，於金陵寢饋最深，讀王集所云『七八百年門户廢，今人不諱學金陵』，於得力所在，不啻和盤托出。此數律，下字工，用字切，對偶精，老健深穩，神

圓力足，的得金陵法乳。

以七言絶句為例：

讀王荆文集六十首（選十二首）

一川漲綠濃於草，度谿扶輿仔細詩。解道培芳衛岑寂，幽人不老亦如花。

繞屋寒流漱益清，贖魚喂鳥豈無情。扶疏三百誇高茂，不爲鵷雛為易成。

東郭朝尋到浰亭，衆山含怨水丁寧。我知臨路愛山好，山怕相忘欲我停。

積李崇桃春未闌，臨流何事復長歎。斑然伏獸知人意，承宇陰陰俯有蘭。

念客方違過我廬，汲泉山下煮園蔬。倏然人境無獱獺，況有仁心忍釣魚。

道人留聽北山謡，護法無能且自嘲。豈有長松甘受穢，早知紅鶴不堪招。

鄱水滔天氣澤寬，立朝風節古來難。了知行義有歸處，始詡波瀾堪縱觀。

娉婷千蓋擁荷花，枕簟風來日未斜。獨念陂農心望澤，看雲倚木不停車。

謂循東路復西還，跂石緣危事等閒。未得秦淮與摇漾，有人無語立鍾山。

漢宫圖畫自年年，胡地春深更可憐。要識正言常若反，至今難忘是哀絃。

荒陂渺渺日騎驢，問字鍾山與未孤。南渡不知儒術貴，但傳蕲國在西湖。

江湖魚樂已相忘，何事遮要話玉堂。絡首猶存人漸老，此身原自愛桐鄉。

讀王荆文補作十首（選三首）

一月千秋體不分，丁寧招唤卻嫌頻。獨尋芳草歸來晚，猶與龜魚作主人。

以人代畜古無聞，一語莊嚴見性仁。縱有笥輿宜老者，何如小蹇載閑身。

岡巒箸處昏難辨，牆塹隨行曲可憎。休怨暮雲多薄倖，楚山曾上最高層。

王安石諸體詩中，最為人欣賞者為七絶。曾季貍艇齋詩話甚至説：『絶句之妙，唐則杜牧之，本朝則荆公，此二人而已。』胡漢民于王氏絶句鑽味亦深，詠王諸絶大抵依故實而抒胸臆，寓識解，雅麗精絶，脱去流俗，殊得深婉不迫之趣。荆公地下有知，當亦拈花一笑，莫逆於心，許為知己的。

這裏需要説明的是，胡之學古非等於佞古。華夏詩學向重師承，無師承者謂之野體。然師承非等於優孟衣冠式的一味模仿，陳衍序不匱室詩鈔就曾説：『論人之詩，必謂其似古人某某，非詩之最上乘者也。上乘者，似杜似韓似白似蘇似陸，未嘗不間犯古人之形，而必有非杜非韓非白非蘇非陸所能囿，自成為一己之詩……』准以斯言，結合具體詩作，可見胡之學古，並非盤旋在一家腳下討生活，進行笨伯式的機械模仿；而是博學各家，且於所學諸家，能明其利而知其弊，並進而能汲其精而去其粗。如學韓，能得韓之雄邁而化其生獷，同時亦儘量避免韓詩過分散文化的傾向，即此可見其目光如炬，精於别裁，圓通善學，庶幾師古而不囿于古，以卓然成一家之詩者。誠如陳衍所論定的，胡是『以精悍之筆，達沈摯之思，不肯作一猶人語，蓋自成其為展堂之詩，豈屑屑然追摹唐宋諸大家，計較其似不似哉』。（不匱室詩鈔敘一）

三、成如容易卻艱辛

胡漢民在詩歌創作上還有一個有趣的現象，即喜歡因難見巧、出奇制勝，精於作次韻詩、疊韻詩、集碑字詩、集句詩、化用前人成句詩。從作詩的技術上來説，儘管這些都不是胡漢民的獨創，但像胡漢民這樣大面積使用的卻並不多見。以下分别加以説明：

次韻詩：這類詩不匱室詩鈔各卷都有，與其唱酬較多且比較知名的，有老友古應芬、譚延闓、陳融、易大厂、吴董卿及忘年交龍榆生、冒孝魯等人。

疊韻詩：疊韻詩量最大。比較大型的，有五疊『歌』韻，五疊杜（甫）韻，六疊『門』韻，六疊『歡』韻，六疊『城』韻，七疊『里』韻，八疊『嗟』韻，八疊『男』韻，八疊『來』韻，九疊『贈』韻，十疊『樓』韻，十二疊『惻』韻，十三疊『玄』韻，十七疊『難』韻，四十三倒疊『惻』韻，五十五疊『枝』韻，六十九疊『至』韻。

集句詩：集句詩成句多取自於他鑽研甚深的宋人集中，所集詩有答大厂飲掃葉樓見懷，並送鶴亭，用『師』韻，集劍南句二首，次韻集王廣陵句答庚白，八月七日，集王荆文句二首，又集王荆文句二首，十二月二十日閱報，集荆文句一首寄滬上諸子。相比較疊韻詩，集句詩量雖不多，但細針密縷，渾然天成，質量還是很高的。

大量化用前人成句詩：胡漢民廣閱書卷，記憶力佳，前人成句隨手拈來，略加陶冶，即妙手成春。且這一類詩不但質量高，數量也大。幾組比較大型的絶句，基本都屬於這一類。如，讀王荆文集六十首，讀王荆文補作十首，讀王廣陵三十首。

集碑字詩：這一類詩大約有六十餘首，均集字于漢曹全碑。由一方碑而能集字成六十餘首，不能不令人歎為觀止。

有作詩經驗的人都知道，以上這五類詩中任何一類詩的寫作，較之常規詩的寫作難度都要大。那麽胡漢民為什麽要知難而上，且能因難見巧、出奇制勝呢？我想這大約有三個原因。其一，胡漢民纔高學富，記憶力佳，在作這一類詩時，擁有别人難以具備的因難見巧、出奇制勝的優勢。據胡氏自述，他十一二歲時，即能日誦千言，遂盡讀十三經，旁及史記、古文辭之屬，下筆為詩為文，已斐然可觀。後復肄業於菊坡書院、學海堂，專治經史、詞章、性理之學，故學養極富，驅遣書卷，行所無事，信手拈來，皆成妙諦。辭章之外，胡漢民還與譚延闓、于右任、吴稚暉並稱為民國四大書法家。這四大書法家於書體各有專精，譚以楷，于以草，吴以篆，胡以隸。胡之隸書一生都學漢曹全碑，可以説已達到了形神兼備的程度。而對曹全碑的熟悉，同樣也為他集字成詩提供了别人難以具備的條件。其二，胡漢民既是一位革命家、政治家，同時又是一位具有濃厚書生氣的詩人。他學高纔博，眼界極高，個性亦極自負。這種性格決定了他具有知難而上、敢於攻堅的精神，即使在作詩這種小技的競技中也呈現出争强好勝、無遑多讓的性格特徵，以至於在某次幾個輪回的唱和後，好友冒鶴亭向他樹降旗求饒：『公若再挑戰者，惟有高樹降旗而已。』（再集曹全碑字，答鶴亭前韻夾註）其三，還有一個不得已的現實原因，胡氏是高官，政務繁忙，難得靜下心來撿韻作詩，而作疊韻一類的詩則不失為忙中取巧的一種方式。他自己曾就此作過解釋：『十九年時，劉蘆隱見余疊韻至百餘首，笑謂：「此真詩癡時期也。」余應曰：「簿書旁午，無暇撿韻，故聒而不舍耳。」』（見更存老弟和余『師、期』韻至六十疊，函來再三索詩，並乞為其弟汝匡闡幽，先答二首夾註）而他在另一首詩的夾註中所説『大厂語鶴亭，謂余年來但以詩代簡』，原因當亦與此相同。

胡氏作這幾類詩，見纔學，具個性，雖猶如帶著鐐銬跳舞，但憑藉豐厚的學養和高度的技巧，駕馭起來並無扞格不自然處，藝術上亦時時給人造成一種新奇可異之感。這是一方面。另一方面，胡氏這幾類詩在其詩集裏所占的比重還是比較大的，就集子的整體構成來説，這很容易導致形式上的單調之感，使得集子的分量略顯單薄。同時，大量同一形式同一韻腳詩的出現，亦容易造成審美上的疲勞，降低了詩作的藝術感染力。凡此，均算得上是胡氏這類詩的美中不足之處。

綜上所論，可見胡漢民作為民國高官，詩亦卓然名家，並不藉官位以傳，亦並無高官詩通常所有的紗帽氣。還是陳衍説得好，『展堂奔走國事，世所推豪傑鉅子也，而所為詩，乃讀書人本色，絕不作大言以驚人』。而冒鶴亭評胡詩『不必藉其平日之事功以傳，且即有旋轉乾坤之事功，而不能掩其詩之光芒於萬一』，亦絕非諛詞，直可算是對胡漢民詩的定評了。

陳融詩述略

陳融（一八七六—一九五六），字協之，號顒庵、顒園、秋山、松齋。原籍江蘇，遷居廣東番禺（廣州）。陳融早年肄業於菊坡精舍，光緒三十年（一九零四）入日本東京法政大學速成科。翌年加入同盟會，與朱執信、汪兆銘、徐紹棨、古應芬等人結『群智社』，宣傳革命。一九一三年後，先後任廣東司法處處長、廣東警官學校校長、廣東審判廳廳長、西南政務委員會秘書長。一九四八年受聘國民黨總統府國策顧問。一九四九年赴澳門，一九五六年病逝。

陳融學養深厚，喜藏書，擅書法，尤精詩文。編有越秀集，著有讀嶺南人詩絕句、顒園詩話、竹長春館詩、黃梅花屋詩稿等。

陳融最富盛名的著作為讀嶺南人詩絶句，此書以詩的形式評論嶺南一地的詩人，『自唐張曲江以迄民國能詩諸先輩，搜羅宏備，評騭精詳，可稱粤中唯一巨著』。（見黄梅花屋詩稿跋）相比較詩作數量龐大的讀嶺南詩人絶句，他的黄梅花屋詩稿祇是一部收詩數量很少的選本。據葉恭綽黄梅花屋詩稿序云：『顒園以詩名海内久矣，而堅不自慊，所作至今未刊佈。去歲余歸里，力以為勸。今秋乃允親友之情，選刊一卷……』雖祇選刊一卷，而就陳融詩之特點來説，嘗鼎一臠，亦足知味矣。

先説説黄梅花屋詩稿的内容。其詩内容比較有特點的大約可分為三類：

其一，針砭時政之作。

陳融早年曾加入同盟會，後亦步入仕途，於政治是有抱負的，葉恭綽所説『顒園之蘊蓄與表襮皆非竟以詩人老者』當非虚言。雖所就未盡所願，但閲歷的豐富及眼界的開闊，均使他對内外政局有著敏鋭的觀察和深刻的批評。反映在詩作中，量雖不大，但包藴深厚，極見力度。集中若丁卯冬夜感賦、己巳秋感皆屬這一類。兹選一首分析：

己巳秋感（之三）

松花沃壤繞江潯，何止祇園地布金。闒閲情形千日醉，關門韜略卅年心。折衝樽俎談何易，死活棋枰劫已深。此是榻傍鼾臥客，得毋中夜費沈吟。

己巳年為一九二九年，由詩中『松花沃壤』『關門』等名詞及内容，可大致推定該詩寫的是這年秋天在中國東北發生的中東路事件，即張學良所領導的東北政府為收回蘇聯在中國東北鐵路的特權而發生的中蘇衝突事件。其中首聯指出東北地區所具有的經濟價值；頷聯指斥肉食者顢頇誤事，未充分重視東北在軍事上的作用；頸聯轉到事件本身，批評了司事者在外交上未能折衝樽俎，致陷入僵局，爆發衝突；尾聯告誡秉鈞者，臥榻之側，豈容他人鼾睡？事關國防安全，要深謀遠慮，絕對不能掉以輕心。不論就既往的歷史看，還是就當時的現實來觀察，陳融的這個看法都不為無據、無見，其操心之危，慮患之切，即此可見一斑。

其二，題畫論詩之作。

陳融具詩心，通藝事，浸淫既深，發之於詩，多心得之談。題畫的如題陳章侯九章圖，題李魯叔山水冊，題李魯叔水墨梅花冊，劍父畫石榴，為銘石題，題張純初百花詩畫冊示韶石，容景鐸木棉花屏，韶石以所寫嶺南群芳屬題，如見昔日純翁手筆，喜綴小詩，題李研山花月宧消夏圖，題李研山水長卷，題陸幼剛鎮海樓圖，題歌樂山圖，余少帆屬，題冼玉清畫水仙卷，諸詩體裁不盡相同，而包蘊密緻，情味深幽，盡得畫内畫外旨趣。

當然，陳融寫得最好的還是他的論詩詩。多達四千餘首的讀嶺南詩絕句勿論，即以黄梅花屋詩稿所收組詩讀晚清人詩集分賦論，已足見其非同凡響。這組由二十四首七律組成的組詩，分詠李慈銘、張佩綸、張之洞、陳寶琛、樊增祥、周樹模、鄭孝胥、易順鼎、沈曾植、陳衍、吴昌碩、陳曾壽、陳三立、俞明震、黄遵憲、梁鼎芬、黄節、曾習經、羅敦曧、裴廷藩、范當世、陳書、袁昶、文廷式等二十四人，這二十四人均是影響近代詩壇風會的大家、名家，將這二十四人聯章合詠，挹注轉換，旨趣精微，當得起一部濃縮的近代中國詩史來讀，真可謂以少許勝人多許。下面選五首以見其靈心藻采：

江西魔派不堪吟，北宋清奇是雅音。名氣不曾染塵土，愁眉獨為惜春陰。香山樂府淚餘讀，龍樹秋林霜後尋。流轉江湖吟事老，浯溪磨石是詩心。　廣雅堂

嶄新色界古鬚眉，華嶽三峰世所推。秋悍上顏九邊氣，石寒漱齒四靈詩。挽春無力思櫻笑，隱市難安痛黍離。強笑司勳殊刻意，争教老醜愛花枝。　海藏樓

可怪同光詩體稱，寶雖珍貴器難名。眼中眉構空中語，功力平參學力精。寒雨消寒臣有説，病僧支病若為情。藩籬荆棘苦同慨，檀闕莊嚴喜佛應。　乙庵

浪語修詞宛陵筆，石遺嘗謂散原兼。局從蒼莽無邊拓，句向蕭森逼肖拈。能數幾人開户牖，比參一卷疏華嚴。寒林高竹宜鷗鷺，忍俊埃塵寸喙銛。　散原精舍

開詩世界江湖論，學自桐陰日課來。几榻鼾聲悲好夢，宫廷怪劇痛殘灰。狂敲鐵板魚龍駭，廣擷珊柯罟網恢。偶似謝家晞髮集，尚難一格囿鶩鸃。　人境廬

其三，相互唱酬之作。

黄梅花屋詩稿中相當一部分詩為陳融與其詩友唱酬之作。詩友中比較知名的，既有陳衍這樣的前輩，亦有同輩的冒廣生、譚延闓、胡漢民、易大厂、葉恭綽、冼玉清等人。陳融與這些詩友的唱酬之作，不獨可見一時風雅，同時亦保留了部分掌故，從而為後人研究其時嶺南詩壇的生態提供了十分寶貴的旁證資料。

以同陳衍的唱酬為例。陳衍作為同光體的標誌性人物，是深為陳融所尊敬的，評價亦高。有詩為證：

無數袖詩呈佛者，斜街花木好秋陰。偏師材武談何易，家法醍醐味獨深。緒衍辛楣補遺憾，意翻貽上表同音。奚囊檢點鄉詩富，到聖如何盡用心。石遺室

該詩首聯彰顯了陳衍在當時詩壇領袖群倫的地位，頷聯揭示陳衍詩取徑的獨異及詩功的湛深，頸聯肯定了陳衍合學人之詩與詩人之詩於一手的藝術觀點（錢大昕為學人，王士禛為詩人），尾聯則高度評價了陳衍詩將所要達到的藝術境界。

陳融之所以對陳衍作如許高的評價，一個重要的原因，在於詩學上陳融高度認同陳衍宗宋的審美價值取向。故民國二十四年（一九三五），當陳衍偕冒廣生南遊羅浮時，陳融就與之有進一步的交往，且頗多唱酬之作。如下面一首：

石遺留别，依韻荅並謝挽繼室浣雪詩

冒雨尋山東復西，崟崎君與古人齊。老親風雅明香瓣，別誦詩篇悵雪泥。四卷楞伽驚一瞬，六如電露畏重提。銘心水繪雄文外，猶有宗工老筆題。

所謂『老親風雅明香瓣』，陳融在此句中顯然已明確了自己詩學上的一瓣香所在。結合同時期胡漢民與陳石遺的多首唱酬詩來看，以同光體為代表的宋詩派對嶺南宋詩風勃興所起到的推波助瀾作用，於中正可以得到相當程度的驗證。

再以同胡漢民的唱酬為例。陳融是胡漢民的妻兄，兩人關係密切，唱酬亦勤，殊有知音之感，以至於胡將陳視作是自己詩作的『托命』之人。民國二十五年（一九三六）五月九日，胡漢民應陳融邀飲，下午四時左右赴陳宅，晚飯後約陳之西席下象棋，突患腦溢血，於五月十二日晚上逝世。胡之突然逝世，使陳極為悲痛，為作哭展堂妹婿二首，哀歎『千金方莫得，百罪贖奚辭』。並接受胡臨終前委託，擔負起編刊其詩集的重任，為此又作病中校不匱室詩集七律二首：

老矣支離病以時，天教留命校遺詩。馳驅自得今生已，休戚人亡世路巇。傾海洗頑吾有淚，蓋棺論定世無辭。即今壇坫風微事，已乏高文為起衰。

言言有物辨忠奸，不薄俳諧小頡頏。鑄以雄詞通詰曲，賈將餘勇破艱難。功夫到聖氛霾後，瘦硬如人骨相間。孰是韓豪追一脈，三陵而下數青山。

二詩對雙方的交誼，對胡的人品、詩品、詩風、詩之地位，都一一作了評價，愜心貴當，大多可視作是蓋棺定論。同時，此二詩對於不匱室詩鈔這樣一部重要别集定本形成的過程，現身説法，亦不啻提供了確鑿的文獻證據。

下面再簡單談談陳融詩的藝術特點。

葉恭綽在黄梅花屋詩稿序中曾説：『蓋粵中詩派多祖三唐，其能含咀兩宋之菁英而極其蕃變者，蓋不多覯。五十年來，梁節庵、曾剛甫、黄晦聞、胡展堂諸家，始開拓境界，别具手眼。顒園之詩清剛深切，與後山、簡齋爲近，可謂能纘其緒。』評陳詩淵源及藝術特點，可謂要言不煩。分而論之，則陳詩深切得之後山，清剛得之簡齋，尤以受簡齋濡染為多。所作近體多於古體，而近體則以七律為最精。兹舉三首為例：

侯府東園夏日即事

老樹成圍花似田，小樓迴檻屋東偏。水從江上挑來淡，果自鄉南寄到鮮。畫桷尚留爲客燕，綠陰常聽合時蟬。苦人熱惱俄閒事，無價清涼月上前。

到京寄粵中諸友（之二）

最苦人間是稻粱，長歌寧願在江鄉。鱸羹風味離筵早，燕子光陰客夢長。湖外詩交益秋興，江南花訊待春芳。粵臺煙雨秦淮月，羈趣無端又較量。

甲申重陽

一拳各握久要心，求侶殷殷我亦尋。人到天涯愁獨客，酒逢鄉味喜頻斟。雲沈五嶺家何處，節過重陽秋又深。杜老高樓曾有句，萬方多難此登臨。

像這些詩，均爽朗清剛，神似簡齋。葉恭綽評其能纘簡齋遺緒，可謂一語中的。

最後，不妨再引用一段葉恭綽的話以作為對陳融詩的總評：『顒園之蘊蓄與表襮皆非竟以詩人老者，今遂以詩人名於世，而天下後世或亦祇以詩人目之，此世變時會使然，於顒園固無所得失。且嶺南風雅之銷沈久矣，今得顒園起而振之，一章一句若與山川運會爭其光顯。矧流風所被，蔚為時宗；南服騷壇，源流斯遠，顒園誠何負於此時與地耶！』（黄梅花屋詩稿序）

關於本書的整理

我們這次整理的胡漢民不匱室詩鈔、陳融黄梅花屋詩稿所依據的，是沈雲龍主編、臺灣文海出版社出版近代中國史料叢稿續編第八十三輯所收的兩個本子。其中，胡漢民的不匱室詩鈔係由陳融、冒廣生等人編定，馮康侯書寫上板，於民國二十五年（一九三六）印行的；陳融黄梅花屋詩稿則由其親朋故舊醵資，於民國三十七年（一九四八）印行。胡、陳二人既為親戚好友，為詩宗風亦同，均為近代嶺南詩派中宋詩風的代表人物，臺灣文海出版社將兩個集子合在一起出版，還是有道理的。這次整理，對原書整體結構不作更動，衹加新式標點；各類古今字、異體字、通假字，大多數一仍其舊；凡有誤處，亦不徑為訂正，衹于原文後出校記。最後需要説明的是，本書的整理工作始終是在劉夢芙老師的指導下進行的，責編也做了不少工作，在此一並向劉老師和責編表示衷心的感謝。由於本人水平有限，錯誤在所難免，歡迎讀者批評指正。

二零一七九月

目録

不匱室詩鈔卷八 …… 二三一

陳融詩集

胡漢民詩集

不匱室詩鈔

敘　一

余弱冠治詩，垂六十年矣。海内外謬許知言，郵撰著、丐敘跋者屆戹於門，尺函寸帙，堆積案左，百未能一二應也。而吾集中各體文，終以敘跋為最夥，何哉？賦性戇直，不能為違心之言，詩之貌似古人，率公共習見之語者，不敘；壯盛歎老，素封憂貧，以為窮愁即陶、杜者，不敘；依草附木，所投贈多闒茸肉食之徒，不敘。苟酸甜辛鹹，一有真味，罔不咀嚼而耆好，絶不以同體異量，歧其待遇，故有相知未久而敘其詩、未相見而敘其詩者。其有相知久而始敘其詩者，殆所謂文字因緣，非其詩不相遘歟？憶民國紀元，胡君展堂至吾福州，得見於舊學宫之廣堂，未深言也。繼而遇吾甥沈雁南京師，數嶺外詩人，首推君，謂君曾館其家，心識之。今秋余避地海上，老友冒鶴亭出示君不匱室詩一册，曰：『初喜蘇、陸，近則沈酣於昌黎、荆公，其讀韓、讀王諸作，散原至推挹。子樂道人之善者，盍敘之？』余讀一過，曰：

論人之詩，必謂其似古人某某，非詩之最上乘者也。上乘者，似杜似韓似白似蘇似陸，未嘗不閒犯古人之形，而必有非杜非韓非白非蘇非陸所能囿，自成為一己之詩，如是而執筆以敘其詩者，乃不同於世之周旋。展堂才思有餘，故喜次韻疊韻，且至百十疊而未有已；喜集古碑字，為古近體；其它以精悍之筆，達沈摯之思，不肯作一猶人語，蓋自成其為展堂之詩，豈屑屑然追摹唐宋諸大家，計較其似不似哉！余嘗論詩之爲道，無貴賤賢否，無不為者也。古之豪傑，若劉季、項籍、諸葛孔明、斛律金，類有一二傳作橫絕一世，然不得謂之詩人也。所抱負鬱積者久，偶一觸發，已傾匡倒篋而無餘矣。展堂奔走國事，世所推豪傑巨子也。而所為詩，乃讀書人本色，絕不作大言以驚人。嗚乎！此其所以爲詩人之詩也歟！

重光協洽嘉平，愚弟陳衍敘。

敘二

余姑母嫁萍鄉文氏，是為壯烈公孫婦； 壯烈公第六女，則胡丈展堂母夫人也。余過丈六歲，雖同生長嶺南，時事俶擾，各南北奔馳，不常見。丁卯南都既奠，始謁丈於丁氏園中，尋別去。又三年，余以饑就食於秣陵，與丈比屋居雙龍巷中，乃稍稍談詩。無何，丈罷政養疴謝賓客，余與丈過從乃密，而丈之詩益多且工。其爲詩喜疊韻，喜集漢曹景完碑字，出奇制勝； 與之接者，旂靡轍亂，而丈方好整以暇，指揮談笑於巾扇之間。每天黎明，走一介到門，聞剝啄聲，雛孫必推余曰：『起，起，胡四丈送詩來矣。』自春徂秋，如是者凡七閱月以為恒。始余未來秣陵，丈所唱和，為譚組庵、古勷勤、陳協之。殆組庵逝，勷勤、協之先後歸廣州，則余與易大厂、吴董卿，實竭其皮幣、犬馬、珠玉相周旋焉。顧平日所爲多散失不自理董，協之偶鈔存之。所鈔無大篇，故今集中存者多七律，又或非其至者。至其病中讀昌黎、讀臨川諸絶句，及和昌黎、臨川、廣陵諸五七言古，政使海内作者歛手咋舌，不必藉其平日之事功以傳。且即有旋乾轉坤之事功，而不能掩其詩之光芒於萬一。假令昌黎、臨川、廣陵復起，吾知其必引為畏友無疑也。余獲交於當世詩人衆矣，其必不傳者蓋百之八九十人焉，其可傳可不傳者蓋百之一二十人焉，其必傳者百一二人而已。而此一二人者，必有大過人之聰明才力，而又不自滿假，日徜徉於古作者之林，力求與古作者争。雖其氣或毗於陰、或毗於陽，剛柔静躁之不同，而皆有其獨造。丈之詩，以雄直之氣發為陽剛，若甲胄之在身，凛然有不可犯之色；若虎豹居深山中，談者色變。其作人也亦然。有弗知，知無不言；有弗言，言無不盡。以是或為人所忌。然其直養無害，浩然充塞，則雖建天地，質鬼神，百世以俟後來而未嘗愧怍。讀其詩者，可以知其人焉。刻既成，使余為敘，而余敘之云爾。知言君子，庶幾同類而諷詠之歟！壬申人日，如皋冒廣生。

敘　三

今大厂居士乃為不匱室主人詩敘，豈反古之道者邪？然居士與主人里閈少年，相與于學舍試院間，般礴歔謔，露才揚己，不自知其誇誕。其時主人恒手蕭選，湛浸于曹、劉、鮑、謝。主人于事于學皆澈首尾，是以于歌辭根氐亦深厚。第主人固早已棄舉子而挂世網，凌滄洲。其所到遂遠，所麻遂艱卓，所得于詩自然堅粹有物。主人所經行之境界，大約元本少陵，直造義山，掇其空玄神緒，而咸遺其澤。後偶赴劍南，不若其易。繼復思深達半山閫奧，先肆力于昌黎，自今殆已如願，亦世事之有以促成之也。主人詩多得於旅游，又苦不自收拾，藺散甚衆。固嘗以陳顒翁好近體，輒客中録寄，幸存什一，唯古風便多就湮没可惜耳。居士去歲殘年風雪中走金陵，寓鼓樓旅店，投詩戴星謁雙龍寓齋，由是和答不輟。顒翁歸里，取其所録，示親交排鉛，率成絓漏，譌敓亦有。茲吾人為重比細校，更付梓人，使居士記之。謹舉其實，不如少日之誇誕也。二十年冬，大厂居士。

題辭一

荆公襟褱絶俗，故其詩於偉略高識，往往涵納掩蔽於文字之表。作者探微如諜，凡所綴詠，餘味曲包，可謂能追契冥漠矣。辛未秋日，散原老人三立讀。

讀韓詩、王詩各數十首，大抵就依故實而抒胸臆，寓識解，藴藉俶儻，别闢一境。於讀王尤多索隱表微之論。其得力於二家至深，故五七古皆近退之，七言絶皆肖介甫，可謂佼佼拔流俗者矣。散原老人三立題記。

題辭二

大集中評宋諸賢之詩，舉三山、三陵為杜陵嫡裔，評韓主廣陵骨氣之説，論古精到，今儕輩中具此識解者，殆無數人。清代二百數十年承明之弊，談詩者爲竹垞、漁洋所誤，不出堆砌典實、搔首弄姿兩途。其號稱學杜、學韓者，又皆贗鼎。直至鄭子尹出，始有詩。合誦集中讀韓退之、王荆公、楊誠齋及此讀王廣陵諸絶句，與下走平昔論詩宗旨契合無間，為之大快。讀誠齋集所謂『舊氎生新不偶然』，所謂『一將餘勇破艱難』；讀巢經巢集所謂『大句由來真氣出，此心久與古人期』，皆推許至當，而亦自道其甘苦所得也。下走當即持此數語，為大詩之贊。新建夏敬觀讀畢題記。

題辭三

次『師、期』韻，奉題不匱室詩集

吴用威

雋永如參玉版師，輕縑素練曲江詩。灌蘭鉏艾心原苦，談藝耽書癖更癡。憂國每思投筆日，懷人坐悵落花時。橫流莫歎蘇黄盡，滄海迴瀾有後期。櫂謳不和釣魚師，百疊雲箋百首詩。園柳豈知康樂意，海棠休笑放翁癡。花前思發春千里，松下齋清晝六時。自有疏襟繫江左，冶城記與右軍期。

奉題展堂先生『師、期』百疊韻詩後

冒廣生

能開風氣即為師，定庵詩『但開風氣不為師』，此反其意。此亦應璩百一詩。不分我來賡競病，微嫌公欠在聾癡。卻從太傅東山日，閒話黄門北寺時。此句有本事。萬事纖兒須愛惜，家居容易卅年期。歐九堂堂致足師，會昌慙愧不能詩。未忘結習干何事，自有家兒了此癡。鐘鼓避風原一息，江河到海豈無時。李膺陳實皆吾黨，早晚相從莫後期。

不匱室詩鈔卷一

番禺胡漢民展堂甫

種竹辛卯

種竹北窗前，瀟瀟清香發。本以招涼風，反教蔽明月。

紀事乙未

何人被髮祭伊川，胡運偏能過百年。日月無光空莫照，太平有道澤誰延。早知康樂非山賊，漫信孫登是水仙〔一〕。縣令破門前日事，酣歌恒舞卻依然。

〔一〕〔校〕『孫登是水仙』：按：稱『水仙』者當為孫恩，非孫登。見晉書孫恩傳。

為平田氏題蠖屈圖壬寅

丈夫生世間，七尺軀而已。昂頭不到天，立足纔盈咫。生存有必資，欲求從此始。莊生知其然，齊物暢厥指。鷦鷯足一枝，鯤鵬快萬里。彭殤壽若均，巨細喻非指。語近西來法，達過柱下史。吾儒述周易，剛柔戒相佹。勿為天下先，意亦稍稍似。欲取故先與，極剝豈終否。艱貞利攸往，彊梁不得死。屈蠖為求伸，亢龍占有悔。劉漢顛暴秦，實襍黃老治。儒法開景武，貽譏司馬氏。班范升雖反脣，無以難易理。浸淫二千年，民族精神靡。夷狄入中國，黃農再失祀。元胡跨於前，建虜繼之起。畏寇如馴羊，洊食任封豕。一朝被鯨吞，憶兆〔一〕甘帖耳。不辨非族類，那問屬毛裏。不為覆巢悲，但聞賦芋喜。不恤恣鞭笞，常幸備驅使。衣冠遂塗炭，綱維輒崩圮。英雄入彀中，縉紳更鮮恥。猶曰春秋義，用夏變夷禮。大舜與周文，東西事一揆。首陽粟且空，天祿新可美。竟謂他人父，奚異賊作子。問孰使之然，受病在根柢。曲學善阿世，謬說良自詭。作法於貪涼，流毒定倍蓰。枉尋而直尺，謂人莫知此。求生以害人，謂我猶有俟。雄雞憚為犧，神龜能曳尾。含垢固多方，唾面焉敢洗。朝惟强是從，暮惟利是視。望風而潰者，誰與固吾壘。豈無幾復社，稍出慷慨士。一齊遇衆咻，獨力驅羣鬼。縱有汪童殤，詎救朱明燬。其間陽明學，浩浩去渣滓。德性有獨尊，知行無二體。事物求諸心，章句成敝屣。赤手捕長蛇，利劍決生兕。腐弱何所容，剛克蓋足恃。惜未洙泗追，遽遭流俗詆。鄉愿惡狂狷，庸工憎覂弛。異族慎防民，心學愈叢毀。異哉我東鄰，師法得上軌。造就衆豪傑，講習徧閭里。山鹿日呼號，西鄉躬踐履。攘夷敢執戈，倒幕真折箠。始信千金方，不啻屠龍技。胡為此時人，戀戀烏皮几。仰屋慨平生，王侯等螻蟻。有生逐無涯，不殆願知止。未能飫大羣，何法饜小己。此圖殊入妙，此意恐非是。莽蒼五洲國，擾攘無寧晷。大者為鯨鯢，小者為魴鯉。貪狠逾虎狼，搏噬盡貏豸。筍争滕薛長，蝸容蠻觸幾。天驕特垂涎，夜郎尚拊髀。嶄然見頭角，大抵健爪嘴。殺人器益精，滅國數勝紀。波瀾三割裂，突厥再奔徙。龍斷菲澳餘，侵略東亞彖。英既奴天竺，法又斵交阯。倫敦盟屢寒，海牙兵弗弭。弱肉必强食，𥊍糠斯及米。功利學正昌，人道禍胡底。勝敗認優劣，美善徵存在。洮汰勢莫違，傳統術有以。進化導達文，超人建尼采。獨聞托斯泰，義主無抗抵。且言聃孔教，歐哲乏倫比。德以能讓諧，道惟不争偉。宜返璞歸真，毋窮奢競侈。氣小則易陵，興暴當速萎。盡掃强權説，上訴造化宰。汹汹狂瀾下，戛戛中流砥。執此語天下，幾人同憤悱。遠者置勿論，吾姑察諸邇。華夏與斯邦，僅隔衣帶水。孰實縣琉球，而復吞高麗。近攻昔已矜，鄰厚今尤葸。同文詗察來，接壤覬覦啓。交疏常閒親，兄啼以有弟。旦旦布腹心，泛泛忘脣齒。方詡兼并雄，肯念輔車倚。况彼秉鈞人，抑自墮基址。祇靳家奴子，寧贈朋友賄。孱王倏僨張，外患劇瘡痏。餕餘樂分嘗，戎首謾諉諉。黄人忍相殘，晳種故善餌。犬兔交前敝，螳雀不旋趾。鐵血專折衝，仁義棄糠粃。内外萬千言，徒為工具庀。互助渺難即，大同曷由企。見卵思時夜，屬望亦早矣。持蹄祝溝車，慰情聊勝爾。國求所與立，奈何妄自菲。再拜還君圖，吾纇先有泚。

〔一〕〔校〕『憶兆』：『憶』當作『億』。

在星州得港訊，知精衛等失陷庚戌

挾策當興漢，持椎復入秦。問誰堪作釜，使子竟為薪。精衛潛入燕，以血書密寄云『我今為薪，兄當為釜』，蓋用其論革命文中語也。智勇豈無用，犧牲共幾人。此時真決絶，涙早落江濱。

精衛獄中誤聞余死，有詩三首，至粵始出相示。依元韻和之民國元年

博浪椎秦志，原知未易酬。可憐成獨往，只欲障狂流。日日中原事，原句沈沈大地憂。廣州三月暮，吾亦戴吾頭。

火盡薪仍在，行危道不移。心魂留共守，風雨恨相離。國士生還日，羣黎望治時。當春繁萬木，彌重歲寒枝。

既定共和局，因之揖讓聞。我懷良未已，此日且無紛。回雁知秋氣，飛烏有舊群。徘徊不能去，應為故山雲。

悼陳無恙二年

五羊城郭已無春，完卵孤巢繫此身。未信豺狼盡當道，可憐蛇蝎已甘人。士非樊噲誰驂乘，占到桑巫不食新。虎口餘生十年事，牛恩李怨總陳陳。

瓜蔓抄成定不疑，彎弓而射命多奇。我知曲逆陰謀少，人謂穰侯見事遲。政績終歸循吏傳，姓名早入黨人碑。落花吹向北風盡，紅濕相依欲語誰？

寄君佩三年

飄泊東南任所之，江湖波濶寄書遲。由來刻意傷春者，可有甘心醉酒時。金火交流天亦變，龍蛇滿地歲何知。買田陽羨無消息，祇誦南山種豆詩。

懷執信四年

遼陽易換卿難得，我亦逢人説項斯。定以文章增命達〔一〕，不徒清節畏人知。牛恩李怨寧多事，雁後花前恰有思。翹首與君共西望，有人飄泊海之涯。

〔一〕〔校〕『增命達』：『增』當作『憎』。

答山父

舊聞楊伯起，相見更相親。言語妙天下，文章到古人。風塵憐我慣，歌哭問誰因。磨劍飲歸士，詩成芒角新。

遊西湖 五年

我與西湖初識面，新交締定可無詩？淡裝濃抹君都好，布襪青鞋我敢辭。前輩風流多勝跡，近人事業有豐碑。相看容與中流便，不為風波艤棹遲。

紀事 六年

形勝居然占上游，將軍跋扈死方休。中州多故誰為政，江左無人我始愁。鄭五猶知愧時事，朱三寧許恨清流。越臺妖鳥初無據，火急今朝笑鄭侯。

去年解甲隗囂宮，豈意連栖勢尚雄。玉蝀金鼇殊鬱鬱，青絲白馬太匆匆。從來罪己多温語，省識陰謀啟上公。都下健兒過十萬，凱歌仍望出崆峒。

歸舟難繫故園心，回首京華草木深。鄧禹笑人何寂寂，陳王居室本沈沈。早知墜翼非佳夢，猶信飛鴞有好音。夷甫諸人今健在，新亭名士漫沾襟。

辮子軍來萬象驚，六師不整石頭城。御書有分傳南海，寶璽無緣送北兄。獨使董公稱健者，誰教殷浩負虛名。求人薰穴何辛苦，自有降王孺子嬰。

紫蓋黃旗路未通，紛紛抗疏總無功。叔孫有意稱羣盜，箕子何心怨狡童。事去仍聞吴複室，時來争駐漢離宫。相公夜夜三台望，綸綍新裁便不同。

義旗重舉事非常，討虜平生最激昂。冠帶未全依正朔，艟艨分半助南疆。草間狐兔何時盡，天上風雷自此忙。前席不勞君借箸，一夫善射百夫强。

煌煌尊號竊相娱，侯伯何嘗畏簡書。燕市不逢屠狗客，越人齊指牧豬奴。正方鱗甲原如此，叔寶心肝未必無。梁相張皇君莫笑，有人將鼠嚇鵷雛。

氛霧冥冥到越城，書生縛袴亦談兵。中原旗鼓應相避，蜀道干戈苦不平。豈有佳人能作賊，都關豎子未成名。灞陵醉尉尋常遇，何事將軍多夜行。

遊明陵

高王三尺定中原，燕子飛來啄漢孫。白帽奉王先有意，玉魚埋地更何言。東陵已竊前朝樹，聞清東陵多移去昭陵樹。月夜誰招帝子魂。怪是卧龍呼不起，陵前老柏卧地，有『卧龍』之封。萬山如睡又黄昏。

由張家口歸

但見千山雪，誰知三月春。樹枯仍入畫，月冷故依人。歸路衣裘薄，迷途僕豎親。笑他趨熱者，何事候風塵。

讀魏武集七年

曾聞紫色與蛙聲，持較當塗論未平。生負霸才寧作賊，死懷餘禍肯離兵。豈無伏櫪驥千里，會見失晨雞補鳴。祇我扣舷歌慷慨，何時可掇月明明。

哭執信九年

豈徒風誼兼師友，屢共艱虞識性情。關塞歸魂秋黯淡，河梁携手語分明。盜猶憎主誰之過，人盡思君死太輕。哀語追摹終不是，鑄金寧得似平生。

陽朔十年

舊聞陽朔好山水，玉帶青螺恨未該。舟似一梯緣地上，峯如萬劍插天來。亦知造化無餘力，安得嶔奇視此才。人世丹青描不到，又教絶壁畫圖開。

晴雪十一年

晴雪幾何日，東風又是春。衡陽無去雁，珠海有沈鱗。山尚瘦如我，流原清近人。閭閻幸安集，改歲未言貧。

過羚羊峽

童時到端州，解愛江上宅。最憶此峽過，水深不可測。舟人無老少，相戒若變色。不知兩崖高，但覺天宇窄。狂湍束之行，赤日歛其赫。藤篠老可風，石樹怪莫識。上如有玄猿，伸臂欲取客。畫然具形勢，漭漾成澤國。勇夫非重閉，要津孰與扼。卅年再三游，風景異曩昔。忠信狎波濤，淡蕩忘險阨。為我謝來船，風利不得泊。

書憤六月作

紛紛狐鼠未驅除，攬轡中原計本疎。紫色蛙聲今竟爾，白龍魚服定何如。桓温誓墓甘遺臭，
趙盾欺人畏直書。猶幸六師能討賊，秦庭不待哭包胥。

嶺外

嶺外惟看水北流，客程迢遞到汀州。山如有意遮前路，雲本無心入早秋。肯向天涯怨行役，
且將風景忘離愁。故人千里音塵隔，鼓櫂滄江可自由。

西湖十二年

直搗黃龍未可期，風流猶憶翠微詩。青山埋骨尋常事，湖上騎驢卻是誰？鄂忠武墓
誰遣宵人夜奪關，南朝天子已生還。悠悠兩代興亡恨，祇葬西湖一處山。于忠肅墓
隱卧孤山境最宜，神清骨冷是君詩。東坡去後無人識，祇有梅花似舊時。林處士墓
見説椎秦願已酬，那知滄海尚横流。我來風雨亭邊過，不是秋時也欲愁。秋女俠墓

香江風雨登樓，輒懷精衛，集曹全碑字得長句寄之十三年

萬里平安懷季子，故鄉延望近奚之。山河不使分南北，歲月無因感別離。既雨餘雲仍在野，遇風殘葉忍辭枝。從君共志歸與賦，舊學商量有所師。

詠史，集曹全碑字

憂中咸陽置酒時，東門懷舊復奚辭。不因金石文章在，後世無人述李斯。
君王神武征殊域，勒石先褒百戰勳。李廣不侯安國老，人前休道故將軍。

集曹全碑字成長句自遣

與人謀國計無餘，事至縱橫乃絕疏。為將近年齊李廣，學文早歲薄相如。一作：『寧使成名嗟廣武，不因為賦重相如。』平生少負登臨興，歸隱還同故舊居。置酒離亭君且慰，山河風景不曾殊。

自遣詩未盡意，復集得五律一首

世尚感橫流，殘夷不易收。武鄉仍討賊，李廣定封侯。士或因時出，人都為國謀。山居風雨

急，好與洗離憂。

詠史再得三首，集曹全碑字

賜秦黔首奚為者，收合河山要有人。開國勳名從馬上，叔孫禮樂太無因。
蜀漢分封原不定，三秦置守舍咸陽。大風賦就羣雄死，才詡君王反故鄉。
下相雄才蓋世無，少年有意棄儒書。美人駿馬常從幸，劉季風流故不如。

讀放翁集，集曹全碑字寄精衛

十年前擬學要離，萬死仍從北伐師。報國有心常不負，戢茅無地近安之。『報國有心祇自信，結茅無地竟安歸』，放翁句。平生臨水登山處，都是懷人感事時。幸及歲餘歸計早，殷殷相望若為辭。

協之集華山碑字，題拙書集曹全碑字詩後見寄，賦此答之，仍集曹全碑字

魚書從故國，感子意殷殷。集字仍相和，修辭若有神。文章本餘事，金石屬才人。無復憂離別，雲山萬里親。

别有，集曹全碑字

别有幽懷好，寧因處竟遷。清風理殘葉，疏雨續流泉。置酒先謀婦，辭官合避賢。故人重相望，憂樂甚中年。

與精衛同舟無月，夜夢有月共醉，集曹全碑字成句，醒而記之

殷與故人載，離鄉尚有羣。月明方在水，望遠竟無雲。此景不常遇，清光如為君。東陽先置酒，相與建殊勳。

題精衛桐陰課子圖，集曹全碑字

身世與君有同感，童蒙都以母為師。文章報國本常事，不及當年學字時。

讀史記，集曹全碑字二十首

封建既喪亂，郡縣繼之起。中世大紀元，咸曰從秦史。
役夫起長城，民命寧足計。以斯定華夷，其功在後世。

收兵及萬家，亡秦竟三户。不老白雲鄉，人主復奚慕。
民以吏為師，逆亂無從起。圯上有老人，文網徒為爾。
功德奚煌煌，登封君萬歲。咸陽且獲寧，山鬼還相遇。
金錢動世主，高節方有名。所以紀列女，不及寡婦清。
漢王定禮樂，二生不為臣。弟子竝獲官，叔孫乃聖人。
年少曾亡命，出為王者師。功高三萬户，辟穀故其時。
漢令急亡者，朱家隱季布。史遷重其人，寧復因所遇。
尚文亡周室，無為張老氏。官舍悉酒徒，丞相憚治事。
高后遂臨朝，孝惠以憂死。漢廷諸大臣，曾不如女子。
止封六國後，同姓方為王。收功母后朝，易世仍不長。
百金中人產，節費紀孝文。有山足造錢，奚為賜幸臣。
置重親民官，漢治於焉在。擾擾從政者，尚曰文無害。
人治有仁暴，死者寧復生。造命在君相，不如廷尉平。
李廣望封侯，相如好為賦。武功與文辭，同時感遭遇。
六國計縱横，人師鬼谷子。漢家有諸王，其風尚不止。

合藥是長生，方士竟不還。封侯復尚主，共望三神山。
君王好興兵，威武動夷夏。太子與丞相，合戰于闕下。
既以孔為聖，復不遺諸子。斯意本至明，賢哉司馬氏。

續作十二首

開先不易為，繼述功在後。漢治至有名，大要仍秦舊。
本無三分志，謀士謬相干。漢家勳既定，乃報反長安。
相從七十載，無人擬曹參。仍居功第二，都為貢錢三。
餘桃與前魚，士夫所共棄。奚為辟陽侯，居中且治事。
好謀如陳平，反為子孫憂。録録萬石君，家世無與牟。
人心歸漢室，謀夫尚在位。産禄不舍兵，於事寧有濟。
南夷有大長，竟受漢使命。不戰而服人，王者工辭令。
孔門位不登，子張學干禄。漢人重鄉舉，所志殊易足。
屬國歸白首，都尉死殊域。寧因漢寡恩，遂令臣易節。
興朝重婦德，二南風及下。漢家三百年，母后無賢者。

為使市人戰，先置之死地。兵機萬不齊，後人師其意。
先下齊城者，高陽舊酒徒。君無嗟不遇，功名屬武夫。

詠史又得二首，集曹全碑字

武王伐暴夷齊隱，大子脩書遺老還。等是與人家國事，商山元不學西山。
君王本好相如賦，因慰長門望幸心。不使美人嗟薄命，文章奚止值千金。

讀史十四年

不信陳豨能反漢，但聞雍齒且封侯。摘瓜有句唐臣泣，煎豆無詞漢室憂。竟日賦狙非下策，
當時顧犬亦深謀。窮荒注易談何易，楚澤行吟且未休。

楚囚

楚囚弗死死靈獒，明哲忠良視所遭。腐嚇鵷雛原不似，食争鷄鶩更徒勞。誰教藩鎮仇裴度，
豈有椎埋託貫高。肝膽崑崙終可辨，傷心同日哭東皋。
稚子牽衣上遠航，送行無賴是秋光。看雲遮處山仍好，待月來時夜漸涼。去國屈原未顑頷，

酖人叔子太荒唐。浮屠三宿吾知戒，不薄他鄉愛故鄉。魯連東向秦無帝，東郊種樹是何年，縛袴談兵字萬千。舊習不除遭世謗，新詩雖好畏人傳。李耳西行漢有仙。把酒欲從坡老問，相期長久共嬋娟。

抵海參崴途中遇大風，廿九日避泊高麗之釜山灣。二日仍遇風浪，船傾側至四十度以上。入晚始定，舟人相慶，得七律二首寄協之

深秋不識蛟龍怒，渤海東瀛取次過。擊楫使人驚歲月，迴舟為我避風波。青山如解興亡恨，故國惟聞變徵歌。攜得嬌兒行萬里，元龍豪氣未消磨。

依然島嶼繞新羅，華夏無才奈爾何。故壘蕭條王氣盡，遺民慷慨國仇多。鯤鯨激浪中宵起，魑魅窺人白晝過。安得澂清如海易，同舟先唱凱旋歌。

歸途十五年

緩緩花開陌上春，卅年人未老風塵。江山信美非吾土，書劍相從有故人。未到炎方猶是雪，偶拈詩筆已如神。尋常不解乘槎意，為報窮搜海外珍。

西伯利亞雪

大漠歸途春未到，雪花仍與慰塵勞。漫空絮舞風如醉，一色光瑩月漸高。自是九天霏玉屑，翻疑萬壑涌銀濤。灞橋舊日尋詩客，到此應須分外豪。

貝加爾湖道中

疏林掩映紅橋外，山色深藍入畫圖。猶有玉田三萬頃，貝加湖要勝西湖。
遠山漸出天如笑，積雪纔消草已蘇。記得來時兒有句，不曾閒卻貝加湖。

歸舟渡黄海有風浪旋止，天日晴好

玉關歸路未蹉跎，浩浩東瀛又一過。歲月已教排積感，風雲猶為助狂歌。人言海水有時立，我信春光自此多。季子平安勞問訊，去年冠劍近如何。

讀唐人説部二首

漢節覊留異域遲，懸知相苦是相思。如何邂逅長亭日，不贈當歸贈可離。

解衣投地訴君王，百戰餘生亦可傷。無怪旁觀人冷語，從來健者欠思量。

得潛園書，知將南行，感賦即寄

東風吹我玉門關，相見誰知別亦難。萬象接天無畔岸，衆流歸海有波瀾。濯纓苕霅君方可，東坡和章七湖州詩：『霅水未渾纓可濯。』鼓櫂滄江客未還。回首去年今日事，滿身風露獨憑欄。

結交原未誤袁絲，歷盡艱虞苦不知。且復從容觀此局，是何濡滯愧當時。孤楓要惜臨流影，近人詠楓詞云：『臨水也知顏色好，只是將殘。』衆鳥方屯委地枝。黄晦聞句：『委地枝為衆鳥屯。』住既無心行亦好，泥君還使和新詩。

寄勷勤，時將經湘鄂至滬

憶得蕭山舊日詩，歲寒珍重是天涯。十年南國心如水，匹馬西風鬢未絲。為客莫於無雁處，渡江須及有魚時。瀟湘九畹非容易，紉取芬芳且勿辭。

寄潛園，集曹全碑字

平生所遇無餘子，相慰如君至足嘉。為慕機雲常竝屋，早工辭賦不名家。斯才若使風夷夏，
歸計奚曾在漢巴。共道潛夫元隱者，有人身世反興嗟。

再寄潛園，集曹全碑字

年時萬里報君書，為道忘憂意有餘。舊雨平安懷季子，名山畢竟學潛夫。近人風節仍相擬，
絶世才華定不如。南北東西歸大早，故鄉仍重好居家〔一〕。
門户中分事不休，生平寧忍為身謀。曾於酒國尊中聖，大有書城擬列侯。好水好山君定足，
其陽其雨世方憂。近時辟地因文字，且讓才人居上流。
等閒二十早為郎，萬里風雲反故鄉。西域有書宗漢室，秦人無地與懷王。離憂屬酒心奚慕，
中隱如君志不荒。定是舊時明月好，在山泉水與流長。

〔一〕〔校〕『好居家』：『家』出韻，當作『好家居』。

絶句寄潛園，仍集曹全碑字

萬事解除惟有酒，與君風義重如金。在家憂國書生志，臨水登山節士心。劍南句

在鄉仍好道之餘，高閣臨流獲所居。雨葉風枝閒不理，平安時報故人書。劍南句

讀山谷寄元明詩，集曹全碑字奉寄伯兄

別後常同千里月，山谷寄元明句。故鄉風景本無殊。清時忍續離騷賦，中國仍存孔子書。道義文章元不負，東西南北定奚如。山谷相憶和句：『早為學問文章誤，晚作東西南北人。』山中安獲名丞相，元明寄山谷句：『山中安得名丞相。』臨水懷君意有餘。

寄壽弟

遥集寧無屐，元規定有塵。清談非誤國，誤盡竹林人。

有教子都諂，無言叔亦癡。何人殺君馬，拍手道旁兒。

讀曹公傳，擬山谷作且廣其意，集曹全碑字

南征北伐功常顯，寧及先朝惠在民。山谷原作云『南征北伐報功頻，劉氏親為魏國賓』，又云『兩都秋色皆喬木，二祖恩波在細民』。如爾豪雄仍有子，遭時喪亂尚為臣。不因門地先吳蜀，直以文章繼漢秦。典午承流才轉下，嗟哉廣武世無人。

曼詡從橫蓋世雄，憂懷常在月明中。孝廉乃以將軍重，辭賦奚如少子工。獲隴無心望西蜀，征吳不幸遇東風。爵臺遺事都千載，漢武風流或與同。

讀史三首，集曹全碑字

雲臺開國紀殊勳，百戰山河鼎復分。止以亂人方篡漢，不如諸夏本無君。前魚或冀承恩幸，害馬奚從感舊羣。辟地尚憂文網及，等閒敢道故將軍。

遺民南北感宗周，同室參商事足憂。共道平生無負國，早陳大計在安劉。撫時徒閔王夷甫，生子奚如孫仲謀。風景不殊君且慰，有人相與疾清流。

養望東山故有時，斯人不出竟安之。當年將相方平亂，曾事君王遂受遺。西蜀相從懷孝直，南都無計辟元規。將殘尚慕臨流景，風雨奚心續舊辭。

襍詠三首，集曹全碑字 十六年

興亡萬計屬君身，黔首奚曾賜暴秦。遠以子卿存使節，早令劉敬事和親。方嗟名士都從賊，不道中朝尚有人。門户分離將復合，當前朱紫大無因。

曾於遷史感張陳，十載相從分至親。世事為雲復為雨，諸賢謀國並謀身。中興且擬尊元老，文德仍當服遠人。舉世横流寧易與，異時三户定亡秦。

世上風雲元不定，故鄉離合大無因。起從杜老賦諸將，時以叔孫為聖人。名義奚如心所好，文章還與道相親。中華尚有長城在，休學當年共辟秦。

失題 八月作

時事如棊日易催，紛紛頭角盡卿才。大冠長劍君休笑，白璧明珠世早猜。精衛已憐銜石去，刑天還欲舞干來。瀛洲畢竟於人遠，多謝靈均鴆作媒。

螳雀追尋未已時，登場鮑郭儘相嗤。受人穿鼻謀先左，與子同袍事可疑。對奕豈能忘得喪，窮兵原為起瘡痍。中原未定歸無益，横槊誰何解賦詩。

十八日龍華塔遇電幾圮，遊人走避，登高樓望之輒賦

湖上雷峯不可招，龍華小刦忽相遭。佛言弾指功難恃，莊喻藏舟事亦勞。豈有衆生忘險易，
未應神物忌孤高。元龍百尺今仍有，誰在時賢頂上遨。

題梁節庵詩集

似擬平生杜牧之，衆流混混最矜持。落花飛燕尋詩處，高竹寒林對客時。少學義山於律細，
久依嚴武復官遲。明珠寥寂今同感，亦許掄才降格宜。

題樊樊山詩集

一生低首事南皮，蛺蜨驚才語未奇。頗有時名因斷獄，自誇餘事始為詩。蘇門鬬韻誰偏好，
竹垞貪多本不辭。老去風懷漸衰歇，猶聞都下唱靈芝。

題沈濤園詩集

惜爾豪吟句盡删，沈子培序云然。濤園一卷語多艱。似因謫宦知南海，不數鄉人學后山。喬木

故家應自負，滄桑晚節尚能閒。集中壽嚴幾道六十詩云：『著書壽世亦阿世，晚節瑟縮韜光芒。』短章寄與籌安客，敢謂掀髯草辨姦。集有『誰知論薦文章日，清夜掀髯草辨姦』之句。

題鳳巢山樵求是集

鞭嬴用壯意非謬，頗喜蘭鯨第一篇。未必子雲慚少作，竟如安石感中年。別裁偽體親風雅，借杜句。收拾唐音到宋賢。我信才人無不可，莫規眉樣學嬋娟。

用覺甫韻，即簡協之、勦勤

海外歸來蘇季子，江南愁絶庾蘭成。秋風又見汝為客，潭水不如人有情。未覺耕耘宜故里，漸知戎馬誤書生。天涯珍重無多士，到眼新詩分外明。

曾聞蒙叟誚天刑，抱甕忘機道易成。此日與君好攜手，有人去國不勝情。劇憐白下秋聲早，且待明年春水生。無寐夜吟多苦思，芳菲留戀自分明。

閱報見精衛病起郊行長句，次其韻

定有長欃與客俱，河山争認歔歌餘。林多蔽翳人忘斧，野自寬閒牧廢芻。鶴病也知商出處，鷗盟何事怨生疎。滄江歲晚無人會，刻句傷懷又起予。

和協之

閉門無己定安之，歲暮天寒好自持。如此江山問何世，有人風露立多時。魚於溼沫吹還急，木以文章病亦遲。不獨長安能似奕，相看惟覺爛柯宜。

從埃及經耶路撒林至土耳其襍詩十七年

檢點一朝作天子，可能栖酒釋兵權。防風後至翻逃死，躍馬岡頭恨不傳。躍馬岡

曾聞騂角用山川，拜物相仍更可憐。石槨三年成不易，怪他卿相羡牛眠。牛塚

金字塔成沙漠地，尼羅河畔歎為魚。計臣心計古無有，平準河渠共一書。水閘

回人歡笑猶人哭，一石之争尚不平。石若有靈應自懺，飽看人世作犧牲。頑石

約翰釣魚何所獲，耶蘇受洗有遺風。獨嫌天下最低處，也在今人壟斷中。裏海

一自昭君去紫臺，玉顏無計避風埃。蓋頭説與宣和事，回部何須問俗來。面幕。禮内則云：『女子出門，必擁蔽其面。』回俗婦女幕面，僅露其目，凱末爾始禁之。按：清波雜志云：『婦女步通衢，以方巾紫羅幛蔽半身，俗謂之「蓋頭」，為北地風埃設。』余意回人當亦因此沿為禮俗耳。

次關詠仁原韻

南鴻北雁相逢處，為問新來有句無？ 少作子雲休愧悔，中興臣甫尚憂虞。 故知謀國爭先著，要使乘時起病夫。 更憶談瀛東海駐，卅年贏得好頭顱。

題張贊卿將軍壯心千里圖，集曹全碑字

名馬志千里，先生高致存。 斯人有離合，還以與賢孫。
童時好文字，曾親大父書。 感君重先德，斯意近奚如。
域中無大事，國際尚餘憂。 使李將軍在，當封萬户侯。

遊焦山十八年

卅載知幽勝，躋攀此日緣。 問奇周鼎重，招隱漢人先。 山静僧無語，江清客未眠。 鐘聲似相近，歸櫂意悠然。

偕勷勤及陸氏光宇、匡文昆弟憩枕江樓

坐對松寥鬢未班，枕江樓上更憑欄。登臨前代多名士，砥柱中流是好山。人喜鶴銘猶有字，我疑龍隱本無丹。東坡不住君何住，合趁斜陽載酒還。

讀文道希遺詩有感

棣華堂上足芳菲，代有傳人本不奇。玉佩瓊琚神俊異，鳳樓龍堞夢參差。最憐憂世陳同甫，誰惜傷春杜牧之。繫頸單于心願負，可應詩裏更論詩。

名山萬態意如何，似此才華豈患多。自擬靈均懷楚澤，時非元祐誤東坡。嶺南槃槧今猶在，江右文章故不磨。我與阿咸同問字，前塵剛已卅年過。

次莘伯先生、湘帆同學生日詩原韻

聞道生朝共一旬，徵歌先自舊詞人。故知好事輸吾子，肯為憂時老此身。臣甫尋常惟有酒，子瞻詩筆本如神。嶺頭驛使還相贈，花比江南早放春。

不匱室詩鈔卷二

番禺胡漢民展堂甫

組菴先生以臘月生日，適協之得其所書詩册屬題，因以為壽十九年

文采風流是我師，翁錢應悔未能詩。似從長慶參坡老，竟以平原傲米癡。虎卧龍跳非易事，春松秋菊可同時。蒼生不病君無病，為祝南山無盡期。

組菴見和即答

多能少賤故多師，一笑滄浪得和詩。矯健自緣天所授，弘深早悟叔非癡。如含瓦石應規我，餘有刀圭亦救時。君佩病，走問處方，數日輙愈。徒步披荆拈舊句，廿年辛苦共心期。

瘦硬通神不二師，公然翻案喜坡詩。須知充實方為美，未信疏狂已勝癡。南北有賢皆學漢，宋唐何事强分時。紛紛流派從今息，統一車書會有期。

商量舊學有餘師，内史書名故掩詩。客到開門吟未倦，人前説夢語非癡。絶無狡獪欺人處，如見縱横殺賊時。入海騎鯨同此趣，劍南何必作安期。

組菴再和三章，依韻答六首

惟有虚心竹可師，高歌為和使言詩。慣於刻畫都成癖，定要追尋未算癡。『我要尋詩定是癡』，江弢叔山行句。勝事不忘開國日，客游常憶好花時。一枝聊贈歸鄉者，謂勷勤兄。為道歸期更有期。

嶺表曾驅十萬師，軍中裘帶未忘詩。歌成白雪人難和，坐愛紅棉客亦癡。遺澤尚存思老輩，狂瀾能挽重當時。玉關消息催余去，攬轡中原恐誤期。

乘韋誰與犒秦師，冰雪周旋賴有詩。試汝心胸幾邱壑，任人皮骨相妍癡。晉書：慕容超見姚興，深自悔匿，興謂人曰：諺云『妍皮不裹癡骨』，徒妄語耳。姬姜顦顇非無故，滄海横流又一時。惟幸中興諸將在，吴山立馬不如期。

穿鼻由人孰阻師，閉門風雨自删詩。依然酒食先生饌，忍説平生萬事癡。放翁自詠句：『平生萬事付憨癡。』畫有餘情才半幅，棊收全勝未多時。賨書異國猶堪讀，破浪乘風似有期。

倚劍崆峒復出師，東山零雨可無詩。喜聞國士功稱最，尤祝蒼生福盡癡。談蓺漸除門户見，躭書還憶少年時。數珍自是貧家事，慚負生平有厚期。

臘底剛逢奏凱師，書生縛袴且談詩。何曾文字如君健，恨不年時賣我癡。勒石燕然當有日，買田陽羨或非時。龐降想見韓門笑，汗走居然可豫期。

答組菴見和二首

轉益多師是道師，掃除萬事莫如詩。與人議論寧求勝，憂國心情常近癡。縑墨久聞傳異域，鐃歌今要答明時。我如小國參王會，黽勉從公敢後期。

長沙守國有雄師，客去宵深尚送詩。我輩肯先天下樂，一家齊笑主人癡。屏除絲竹惟君早，不廢吟哦是此時。未為吾文加點竄，此情無俚更相期。

組菴書來，又媵詩四首，再答二首

技熟魚龍歎偃師，飛來十首受降詩。縱因北海樽常滿，豈敢南牀坐便癡。唐侍御史食座之南設横榻，例不數月遷南省，故號『南床』，亦謂之『癡床』，言坐者皆驕傲自得如癡。見通典。禮樂叔孫慚妄作，文章歐九喜逢時。不嫌臧穀亡羊恨，韻事新年合再期。

撞鐘以莛未收師，剝啄人來又索詩。分韻何如依韻便，還書原似借書癡。曾與組菴借太平軼史，許以不還。拔山倒海爾無敵，棄甲曳兵吾有時。且待江南春水長，阿瞞重與問歸期。

前詩意有未盡，續簡六首

蓴食須防夜起師，沈唫未盡又徵詩。故園且喜音書便，畫手難圖主客癡。猶有江河流萬古，不妨風露立多時。蓬瀛水淺無人渡，謬説滄桑第幾期。

卅載荒唐但媿師，放翁書南堂壁：『荒唐但向先師媿。』不因事業始存詩。嚶嚶出谷鶯鳴急，戀戀巢南鳥意癡。擊楫祖生宜破敵，登臺臣甫尚憂時。傷心耆舊凋零甚，何必當年向子期。

關山風雪未從師，騎馬京華輒有詩。要以此身當世變，那容黠鬼笑人癡。放翁秋晚詩：『幸有濁醪從客醉，常憂黠鬼笑人癡。』苻秦尚冀投鞭日，趙國寧憂返壁時。聞道監河能借粟，嗷嗷鴻雁苦相期。

不道忘憂易可師，斤斤小辯託於詩。儒占五十方聞過，佛説三千總戒癡。遠道有懷春霽候，苦吟無寐夜寒時。最憐蜀客杭州住，不負殷勤九日期。東坡杭州牡丹詩：『不負黄花九日期。』

入幕賓賢盡得師，分持短冊乞題詩。生涯共信貧非病，得半難分黠與癡。放翁出門閑望有作：『人笑黠癡俱得半。』君為南園更張目，我慚東塾未同時。來詩『粤學人師』云云，蓋指東塾。祧唐禰宋徒多事，惟有心心與古期。

世知裴度百僚師，偶愛雕鐫出小詩。曾不擇書中令歎，未能到聖左徒癡。昌黎感春：『屈原離騷二十五』、『不到聖處寧非癡。』歲寒先見窮簷日，機事還欣漑澤時。用組菴雪、桔槹兩詩意。已是蒼生忘不得，幾人黄髮以為期。

答協之

將軍拔戟早成師，况是平生善説詩。千里客游應未倦，六朝人語本多癡。精能自分輸同輩，抑塞猶堪遣一時。漫道鶯聲有寒燠，好懸千載以相期。

里中讀月喜同師，黎、蘇二師俱在『讀月山房』設帳。塗抹當年已有詩。早起未妨中婦戒，家貧不道阿姨癡。腴松瘦栝凌寒意，梅屋清樽醉客時。共惱案塵清未易，解人偏與説歸期。

學律孫卿最老師，漸於律細復工詩。聽歌誰是知音者，有客方憐公等癡。楊誠齋贈白石詩：『可憐公等皆癡絶，不見詩人到老窮。』為説波瀾都偶爾，示人情性以真時。用原作『綠水波瀾』、『情性受病』兩句意。大江南北無多事，把臂追歡日日期。

卅載追隨討賊師，少年因好劍南詩。北朝未覺臣兒諂，中國寧容老子癡。馮道答契丹主自謂『癡頑老子』。滿眼旌旗民病日，漫天風雪客行時。鄉園有約歸難計，陌上花開緩緩期。

讀協之題墨梅及用勸勤寄懷翼䨺東京韻諸詩，戲作寄協之，并懷粤中諸友十二首

休言盜道本無師，綺語雖删詎廢詩。画裏有靈應我語，人間何事不情癡。妖紅稚緑將迎處，淡墨輕綃得意時。演化空明度苦厄，因緣都向釋天期。

寄書才問雁門師，客至開樽例有詩。鄉味陳陳無已傲，梅花樹樹放翁癡。劇憐萬里懷歸者，猶是三河顧影時。世態升沈原可説，故園翦燭候君期。

閨中人是畫中師，可有詩中有畫詩。後際未知前際斷，今人不及古人癡。楚臣去國經三載，櫻島看花又幾時。飄泊已矜毛羽怯，為誰遠戍待瓜期。

摶沙萬象更無師〔一〕，排遣風光各以詩。閒到中庭招鶴對，飢從絶壑試龍癡。北夢瑣言：有誤墜穴中，見大羊，羊髯有珠，取食之。張華曰：『此癡龍也。』幾人合藥丹成去，唉我如瓜棗熟時。不有封留三萬户，勸君毋與赤松期。

〔一〕〔校〕『摶沙』：『摶』疑作『搏』。蘇軾二公再和亦再答之：『親友如摶沙，放手還復散。』

草莽零篇亦可師，送行偏託采風詩。山川未必如人瘦，憂患從來已敵癡。劍南詩：『已把癡頑敵憂患。』長鑱依隨行役苦，短函珍重歲寒時。入春風物能相慰，項里招邀勿後期。

東塾淵源共一師，雙梧入室最工詩。臣如汲黯惟知戇，翁似汾陽不解癡。投贈每於爲客日，

告歸剛是受降時。結廬桐柏平生意，總為因循負所期。

寄情吟詠事堪師，勸勤寄翼羣詩：『寄情吟詠聊能遣。』翻怪年來少作詩。有別願言追欵愛，無憂誰與發狂癡。枚乘褋詩：『願言追昔愛，情感欵四時。』又：『誰謂我無憂，積念發狂癡。』東城雅舞相招處，京洛緇塵待涴時。異地同寒行且住，渌觴皎鏡若爲期。

春秋名例豈宜師，為愛江湖可掇詩。節物漸和人不病，貪嗔早斷我餘癡。放翁和范待制書懷：『貪嗔雖斷尚餘癡。』了知黑白觀棊後，未下雌黃讀画時。好句每從忙裏得，幾年東閣憶花期。

愛好貪多非我師，惟將安樂寄聲詩。求書累客難辭拙，著句忘餐自笑癡。園地可鋤當雨後，

涉俗幾於吏作師，索居無味肯無詩。新朝藩鎮方歸命，舊曆兒童尚賣癡。簪盍豈難聯異地，歗歌原不負清時。捉襟見肘尋常耳，會有方來可與期。放翁句

池冰都解入春時。偶然風送幽禽語，巢燕歸來似有期。

寂寞談玄漢大師，劇秦奚事反騷詩。要將文字無窮恨，換取人間澈底癡。放翁閒詠：『占盡人間澈底癡。』鏡裏霜華知此意，匣中龍劍試何時。嶺南應憶江南客，快把長竿赴釣期。

可能垂釣伴漁師，愁誦東歸用晦詩。許渾灞上逢元處士：『舊交已變新知少，卻伴漁師把釣竿。』荊樹一家仍可樂，羊裘五月未全癡。鶴飛欲拂無雲處，松性能諳有雪時。任説芳樽心不醉，三年真負竹林期。

寄懷直勉、毅生四首

指困前事爲賙師，卻和淵明乞食詩。萬淚定為心上語，幾人能到此君癡。轅生不死投圈日，賈氏成書治水時。試過從亡魚服地，弓號攀仰已無期。

似聞皈命密宗師，不好菩提明鏡詩。事象自然含理性，聖凡同一有貪癡。物元平攝心元處，穢土圓成浄土時。六大即真誰悟得，曼荼羅下證襟期。密宗教義：己身即是佛身，穢土即是浄土；物心二元，實為平等一如，故謂六大即真如。六大：地、水、火、風、空、識。又言：即大貪、大嗔、大癡，而見浄菩提心。

執編曾以伯為師，風雨連牀未解詩。投筆廿年人漸老，爛柯一局客常癡。不逢鄒衍談天日，幸有長房縮地時。毅生方造公路。玉蕊檀心芳訊早，好花如友識歸期。

靈光巋煥老經師，海上相從共正詩。文字可堪遭黨錮，年光原亦愛吾癡。飽看滄海横流後，長記鄉園守歲時。卻笑此身閒不得，朝來又赴簿書期。

重答協之粤中見寄五首

奧緩生光別有師，曾滌生讀義山集：『奧緩生光瑩。』眼明千里見新詩。振衣濯足何方好，問舍求田此事癡。遥想登臨多勝日，猶堪腰腳未衰時。桃花潭水深情似，不辨歸期與別期。

悟到雲山處處師，縱橫無礙是君詩。方嘲王謝諸人涕，又見曹劉一輩癡。塞外烽烟愁客歲，燈前風味憶兒時。文心史筆成何事，只感辛勤爲我期。新緑一池春雨後，

流派雖忘亦有師，三長如史可言詩。偶然抒寫探奇懶，仍覺浸淫好古癡。空江萬頃月明時。此情不待滄浪話，千里郵君倘見期。

錦函珍重付醫師，中有瀛洲唱和詩。似怪年來搜句苦，欲教方術療吾癡。買牛賣劍非難事，躍馬橫戈祇一時。紅藥依欄春未放，主人釀酒合先期。放翁子聿欲歸山陰：『但報家僮多釀酒，一欄紅藥是歸期。』

金石文章並世師，唐人聲律宋人詩。相從歲月加餐健，何事江湖覓話癡。放翁句：『江湖多少癡禪衲，踏破青鞋覓話端。』紉佩芳馨無盡意，鐫鑱造化有窮時。沈憂不定催人老，莫負名山采藥期。

答楚傖

玉栝繁露萬流師，有癖無過酒與詩。熱不因人情自狷，死當埋我語仍癡。幾多文字收功處，半是瘡痍滿目時。南社風流應未歇，中興吾為使君期。

平淮節鉞已班師，別集應删變雅詩。共許希文憂樂慣，定容王楷弟兄癡。欣欣嘉木多文理，磊磊真松閱歲時。寄語嶺南未歸客，春明早與會牙期。

再答楚傖

悵望邊屯卌萬師，尊前誰為誦歐詩。雁於粱稻非無意，鶴與梅花同一癡。磨劍尚須景延廣，搴旗應識鄭當時。裝從海國來多異，净洗天河未有期。可堪常勝屬偏師，如草清愁盡付詩。賴有斯文共懷抱，争教朝士鬬狂癡。鶯花照座遲今日，瓊島迴波異昔時。自是匡扶斲輪手，生民清廟不虛期。

協之書來，自嫌所作露骨，余意不然，賦此解之

攻錯難稱一字師，似云露骨病於詩。香山樂府言何罪，務觀長歌老愈癡。高篠冷梧寧作態，美人芳草亦傷時。西崑尚效韓碑體，硬語盤空不易期。過猶不及視商師，此意真堪喻作詩。刻厲定教輸渾厚，瘦狂何故勝肥癡。照人肝膽原無憾，與我周旋自有時。見説魏徵尤嫵媚，幾人皮相誤相期。睥睨齊梁白也師，少陵更以史為詩。腹中鱗甲知無益，皮裏陽秋語太癡。多難尚憂垂老別，百年惟望中興時。苦吟自是平生事，寧得雍容與俗期。方矩圓規任匠師，性情能到即工詩。從横不已蘇黄盡，隱晦求全豹癡。歷歷有山排闥見，

稜稜如石激流時。文章風節原相似，會遣牙琴待子期。
横海歸來幾用師，從渠胸次隘千詩。世間但作詞人看，放翁讀杜：『後世但作詩人看。』天下誰如此漢癡。北史：李集强陳不屈，齊文宣笑曰：『天下有如此癡漢。』斫桂剗山何等語，放翁醉歌：『剗卻君山湘水平，斫卻桂樹月更明。』自注：引李、杜詩。枕流漱石已多時。要將疎逸消豪氣，夜舞魚龍敢自期。
楚騷三百不相師，大雅猶存漢後詩。寄傲羲皇彭澤易，許身稷契杜陵癡。豈嫌懷抱向人盡，亦愛瑜瑕不掩時。汩汩莫非胸腹語，支離重道視前期。
境界拈來一語師，今人論定古人詩。君非寒苦尤非瘦，我愛清狂亦愛癡。臣愈低頭東野拜，南山抗手北征時。極知有韻清於鶴，百斛龍文健可期。
時賢爭説古爲師，誰解詩中有我詩。書券買驢文士累，還珠取櫝賈人癡。要於肺腑無愁處，始見心脾入俗時。窘步相仍吾未病，唱酬畢竟重交期。

廟堂

廟堂不肯用州師，太息昌黎出汴詩。張樂就空聲未廣，食芹獻御計非癡。昌黎歸彭城：『食芹雖云美，獻御亦已癡。』古來藩鎮常為禍，亂世奸雄豈遇時。為詠詩書上京國，春農抛甲恐無期。
可曾三矢報梁師，汾晉山川未入詩。天下竟從優者戲，當朝翻謂相公癡。李存勖與優人戲，自稱

『李天下』。又語郭崇韜曰：『誤相此癡物，辱我九卿。』謂盧程也。祇憐郿塢營藏後，又見邯鄲學步時。廷尉山頭正惆悵，當車螳臂莫輕期。

前車後軫苦相師，橫槊何人敢賦詩。殷浩書函終日誤，桓玄夾袋本來癡。元林月香詠顧愷之：『可憐幾幅通神畫，只入桓玄夾袋中。』兵端誰使開驕將，士論尤能識盛時。一事殷勤通上客，徙薪從此要先期。

槐根螻蟻判君師，孤注平生不為詩。鐵聚九州爭鑄錯，賦名六合自成癡。江南花別有春日，王冕梅花應制：『始信江南別有春。』〔一〕汾上雲猶似漢時。僕馬虺隤行亦苦，何知拍手道旁期。

〔一〕〔校〕『梅花應制』：按王冕此詩詩題當作『應教題梅』。

公然盜弄朔方師，諸將應懷杜老詩。孟德早知公路敗，伏波今笑子陽癡。人間狐犬成何事，天上欃槍落有時。苦勸臨崖當勒馬，掛冠期是掛帆期。

微聞列郡未休師，河上翺翔卻賦詩。天狗無聲行自墮，乖龍有耳割仍癡。美新何與揚雄事，勸進群傷阮籍時。萬木正繁春更好，執信詩：『來年春三月，坐見萬木繁。』祇憐墜落失初期。

佳兵不見丈人師，萇楚山樞怨在詩。共冀一言繫興喪，誰書萬本藥愚癡。梟鷩蛇走非難遇，鬼聚妖朋尚有時。昌黎射訓狐『梟鷩墮梁蛇走竇』，又『聚鬼徵妖自朋扇』。蕩蕩浮雲排未盡，割愁上與碧霄期。

和協之賞海棠

爲怕封姨與雨師，相從花下一徵詩。早疑蜀老唫偏欠，遲奏通明意又癡。鬬豔不妨沈醉後，撩人全在半開時。舊來臺榭凝塵處，陶子政詩：『凝塵臺榭無人處，如雪棠梨欲暝時。』錦幛橫陳未擬期。放翁海棠詩：『橫陳錦幛闌干外。』又自注：『老杜不應無海棠詩，意其失傳耳。』

和協之明孝陵觀櫻

鬱鬱崇陵帝與師，尋芳人到獨哦詩。海棠開後櫻花笑，社雨歸來燕子癡。禾黍故宫思往事，葑菲下國采何時。廿年前共瀛洲住，臘屐開尊歲有期。

題協之詩冊

自以文章報友師，幾番愛屋及吾詩。狂為睥睨千秋想，應算生平第一癡。盡掃鉛華留本色，深研聲律遡當時。即今妙筆生芒角，百尺元龍是素期。

協之既和『師』韻二十首，復裝輟〔一〕予與組菴倡和之作爲一册。相期太厚，賦此謝之

憑軾先觀兩陣師，卻煩裝點到新詩。躭吟未必今吾是，開卷仍如昨日癡。故事流傳首都下，交情珍惜歲寒時。勞歌且與勞人誦，亭唱紗籠本不期。

新歲吟壇乞濟師，商量舊學廿篇詩。尖叉苦鬬人先笑，跬步相尋子亦癡。鴻爪雪泥知有意，瓊琚玉佩愧同時。性情多病相規切，合鑄黄金報厚期。

〔一〕〔校〕『裝輟』：『輟』疑作『綴』。

和協之讀劍南集

中原抵死望王師，六十年間萬首詩。集中句。濁酒未消千日懣，錦城曾寄一官癡。集中春晚：『錦城又付一官癡。』江山重複經行處，烟雨蒼茫獨立時。豪氣悲歌誰最似，當年都以謫仙期。孝宗御華文閣問周益公：『今代詩人，亦有如唐李白者乎？』益公以放翁對。

茶山曾致瓣香師，平揖江西一派詩。自是半生多慷慨，何當萬事付憨癡。集中自詠：『生平萬事付憨癡。』關河不忍分南北，湖海猶堪樂歲時。怪道長閒無所恨，集中冬晴閒步：『自計長閒何所恨。』梅花樹樹與翁期。

巍然兩宋一宗師，禾黍鶯花盡付詩。集中年光：『小市鶯花時痛飲，故宮禾黍亦閒愁。』汔可相忘年少事，自嫌獨占世間癡。集中句：『平生占盡世間癡。』秋風買櫂還鄉日，細雨騎驢入蜀時。究竟江山有神助，集中讀舊稿有感：『揮毫當得江山助。』讀書何意更深期。集中為三三孫生日賦：『讀書萬卷要深期。』

友人贈舊經

聖諦重參摩詰師，了無言説况稱詩。世間方以儒為戲，我輩難除愛與癡。風著新花無相在，泥沾飛絮住心時。眼前香積非非幻，那愧闍黎飯後期。

春日同譽虎、組菴、夢麟游棲霞，歷覽蕭梁古墓，譽虎先有詩見示，以『師』韻和之

抗手清流述本師，十年辛苦爲搜詩。譽虎既刻道希遺詩，搜求未已，此番來京，爲從易寅村借書也。偶來帝子埋憂地，仍是書生好古癡。華表取裁猜異域，墓華表花紋製作與中土異，羣疑為來自他國。長鑱託命重今時。蕭梁文字多堪讀，休作園林石筍期。放翁詠蕭懿墓斷碑詩：『世人作碑君勿哂，千載園林須石筍。』

飛錫西來孰祖師，非秋景物亦宜詩。鐫鑱獨見良工苦，塗飾翻憐衲子癡。僧人以灰粉悉塗舊刻佛

象。垂老英雄多信佛，當年詞客但哀時。浮屠屢刦都無恙，頂禮焚香有會期。

和組菴苦雨

霖雨無因作帝師，惟堪擊壤效歌詩。出門輒遇青天破，隱几翻成白日癡。狼藉憐渠芳草地，横狂誤我好花時。去年憂旱今憂潦，何止枝空失蜨期。

和勷勤春日白下之作

幾度還鄉幾視師，從容贏得百篇詩。相看雪後園林好，竟日春遊士女癡。緩轡獨尋芳草路，盈觴同醉牡丹時。羈懷漸覺年來慣，多謝江湖汗漫期。

三年把臂住京師，始見新愁寫入詩。造化有情吾輩老，風光無限客心癡。從來虎踞龍蟠地，又試鶯飛草長時。萬紫千紅看未足，惜春頻訊雨晴期。

得勷勤和作，意似傷春，仍用『師』韻答之，并簡協之

勷勤舉『微盪曉風眼前柳，欲殘寒月夜深人』語協之，協之謂何如陳東塾『人有深懷愛清夜』？勷勤又言：『朝霞最美，惟早起得見。』

未澈聲聞俗可師，留春翻作送春詩。蔫花有淚相思苦，綠葉成陰結想癡。儘詡深懷及清夜，也防高臥負明時。青門道上休惆悵，來歲東風更厚期。

北秀南能各一師，解圍此際視吾詩。曾聞越石聲非惡，莫信嵇康嬾是癡。明月留教推枕後，朝霞看到著衣時。最難風雨花時節，一樣愁心竟夜期。

答組菴

地異多魚忽漏師，大軍橫壓是新詩。愛弹清瑟情非怨，嫌負香衾意總癡。半卷讀完朝食後，一襟披受曉涼時。雖無圯上貽書者，常恐相期或後期。

衹憶童年出就師，夙興無忝愛葩詩。常如驛路登程早，卻笑遼西入夢癡。殘月曉風相屬處，鷄晨鴉旦已多時。蒲團睡味新能識，仍怕宵深有會期。

戲答協之

瞰亡我始用偏師，倒戟今番喜得詩。獨夜關山愁不寐，中宵風露為誰癡。蒼生正切黎明望，白髮寧忘戒旦時。衹有詞人多狡獪，瑩姬洛女漫相期。

崛起聲援有楚師，南園東塾各稱詩。協既引東塾『人有深懷愛清夜』句，組菴亦誦南園所書白傅『衾暖添朝睡』

夜氣仍存環堵內，朝曦未破曉窗時。月斜鐘動催書去，待得書來已後期。

之句相抵。爲劉左袒初無意，自我周旋定不癡。

相斫猶看渭北師，我儕紛訟卻因詩。飲如卜夜臣先避，倦亦思經士未癡。天際月痕將淡處，林梢露滴可聞時。幾多清趣人間占，何必朝霞幻想期。

協之始出示去年皭然見贈二律，感其意，以『師』韻答之

瓣香不忍更他師，借曾蟄菴句，皭然至今師事協之也。欸愛難忘隔歲詩。題壁有書吾未醉，納隍無夢世仍癡。端居故里應多感，商略名山定幾時。拙計書生倚長健，歲寒風格轉相期。

和組菴，寄協和

徙倚鄉園自得師，殷勤更訪散原詩。刺天羣喙終當息，填海孤禽未免癡。草樹餘馨留客住，溪山無恙覓君時。端陽節過新晴好，買櫂東來定踐期。

行藏

行藏休問懶殘師，瑀碎肝腸豈坐詩。近欲求田何地好，遠能親我故人癡。偶然柳絮飛來處，又到荼蘼花放時。莫笑東風太無力，留春猶及與君期。

和協之題近人詩集四首

丹青能悟化工師，此理兼論書與詩。集中放言：『吾人師化工，因之悟繪事。作書与作詩，亦復同此理。』不著一塵仍好潔，即事口號：『此間何處着纖塵。』已空萬象未償癡。放言：『明知萬象空，癡願未克償。』縱橫裁翦無窮思，都門即事：『詩思縱横費剪裁。』搖曳丰神有似時。游絲：『搖曳丰神頗似詩。』千載冬郎遇知己，求賢好色共心期。放言：『寧知好色心，即是求賢意。』葉南雪海雲閣詩

音書難問度遼師，當日親裁變雅詩。殘照西風懷抱惡，江湖魏闕夢魂癡。但嗟獨鶴歸何晚，不道神龍遇有時。最是散原一遺老，大談高睨想襟期。文道希遺詩

芳馨悱惻古人師，融洗諸家自有詩。少日已傷離別苦，老來惟覺掃除癡。集中詠懷：『閉門始覺掃除癡。』和音中有憂生歎，抗節先於易姓時。未許昌黎見涯涘，見玉川子集詩注。知君原與玉川期。曾蟄菴詩

文心三變益多師，商榷平生儻在詩。握手不知人海濁，借本集送李凝一句。聽歌都爲少年癡。疎烟晚照秋來處，高月空階夢醒時。放蕩可欣如自信，初禪何苦與深期。羅癭菴詩

讀后山詩

蘇黄已據衆流師，拔幟江西尚有詩。集中贈吴氏兄弟：『恨君不見金華伯，何處如今更有詩。』閉户苦吟惟爾獨，平生佳句使人癡。又：『自癡那得使人癡。』陰何可到猶平處，贈魏衍：『新詩平處到陰何。』陶謝終憐不並時。絶句：『却思陶謝與同時。』眼裏輪囷真自賞，次韻答學者：『眼裏輪囷卻見稀。』寄言來者勿輕期。

一瓣香惟子固師，卻將精力盡於詩。絶句：『此生精力盡於詩。』空生易瘦寧投暗，送法竇禪師『復作空生瘦』，又送何子温移亳州『詩情得暗投』。人事難羣且避癡。寄亳州何郎中『人事難羣苦勸分』，又贈趙奉議『且避羣兒癡』。特起林巒無污處，桓山：『林巒特起終有污。』淵田江漢更妍時。何郎中出示黄公草書：『江漢淵田語更妍。』極知苦不緣愁得，拄腹三千或可期。和謝公定觀秘閣文與可枯木：『累世或可期。』

得協之函論后山詩，竝寄爵然和作，復得一律

省識當年避衆師，贈吴氏兄弟：『一長未可衆人師。』慰情千里好馳詩。寄答秦州曾侍郎：『千里馳詩慰别離。』〔一〕自擕雲月容非計，寄豫章公：『自攜雲月瀉潺湲。』爲愛湖山不作癡。次韻蘇公涉潁：『一舟不作癡。』句似杜陵才未老，寒如東野客多時。不憂快意當前盡，留有可人常與期。絶句：『書當快意

讀易盡，客有可人期不來。』

〔一〕〔校〕『秦州曾侍郎』：『秦州』當作『泰州』。該詩見中華書局版後山詩注補箋第八卷。

七夕

天河不洗六州師，且誦唐賢七夕詩。似爾雙星偶然聚，關人何事總成癡。債臺已積償無日，離緒雖長會有時。瓜果排筵仍乞巧，笑他兒女未奢期。

題靳仲雲過江集

縱眼平生得導師，不將愁苦入新詩。廿年力學通蠻語，百國歸來愛古癡。差勝仲宣為客日，漫言王導過江時。秋來磨盾書生健，秦樹嵩雲好與期。

答靳仲雲、桂東原兩君

不分南北自多師，夥涉沈沈十卷詩。平子四愁終未病，長康三絶總緣癡。靳集有『長康三絶一為癡』句。語矜無限江山助，人憶相逢冠劍時。任説遺情如縱慾，桂函云：『昔嘗言作詩祇是縱慾，近今思之，亦不過博奕猶賢耳。』摩尼濁水眼中期。

十年

十年南北君何師，但見日日爲謌詩。神靈焉憑石有語，混沌既鑿人無癡。流民引領望樂歲，朝士攘臂稱明時。滔滔江漢去曷盡，笑我又失還山期。

次勷勤原韻答翼𦱤十九年

悲歡離合人常有，南北東西路易逢。不道花時新得句，尚從海外説游蹤。臣門久願題凡鳥，詩案曾教問蟄龍。見烏臺詩案。怨緑嫌紅寧戀戀，磊砢吾愛澗中松。殊方歲月知何似，萬態升沈一例看。千尺桃潭惟怨別，一家梅鶴不言寒。詩心緜密重相和，士論紛紜近始寛。微管忽興江左歎，幾人薰沐遇齊桓。

和組菴久雨喜晴，次原韻

登臨笑口爲誰開，迢遞鄉關客未回。遠樹看攜殘雨去，好風吹得晚晴來。閭閻負曝終須獻，原野呼耕不待催。似是梅園先有約，日本熱海有梅園。萬花如海合徘徊。江天霽色一時開，濯足新從嶺下回。舊夢欲隨流水去，春光都到畫闌來。爛柯棊為旁觀歛，刻燭詩教著意催。芳草不迷行客路，借辛幼安詞。驪謌唱罷莫徘徊。

組菴見示協和近東及臨江舟中諸作，次原韻一首寄贈，並簡組菴

故人消息滯滄洲，魚雁能來道未修。無限風光愁獨嘯，多時哀樂託清游。匡廬已過千峯雪，嚴瀨誰知五月裘。尚有豪懷思擊楫，幾人天際望歸舟。原句：『更喜高人同擊楫，悠然箕踞一扁舟。』

為仙根題其令祖勺園老人珠江柳枝詞遺墨，集曹全碑字

二谷才人先後身，勺園輓二樵詩：『二谷二樵先後身。』南華十國重遺文。勺園著有南華碎錦、十國遺聞。女郎詞賦休相擬，別有清懷禮白雲。詞有『相約清秋禮白雲』句。尊酒風流肆所如，承平故事百年餘。時賢方述鄉先達，奚及君家有父書。

組菴屬協之題余自書詩冊三首，依韻答之

論詩初怪蘇黃盡，况復搶攘百步間。未識仙家何處是，幾多重複任青山。元遺山善應寺詩：『更得青山作重複，武陵何處覓仙家。』

君與茶陵萬夫稟，清癯如我敢稱雄。雲山韶濩曾相遇，不道無人愛始工。

果然鐘鼓樂清時，裴令欣看幕府詩。不似渭南有奇癖，無端留客戰枯棊。

再得三首

得意每思秦漢上，成詩衹在宋明間。我儕甘苦何能諱，海外歸來未看山。

淵源湖外才尤大，誰遣偏師撼老雄。縱説文章能本色，也慚雕劇少人工。

玄黄野戰已移時，分得名箋又寫詩。未必旁觀知許事，輸贏自校局中棋。

題林琴南画

一雙燕子愛繁華，不入尋常百姓家。衹是黄昏時候易，舊巢何處暮雲遮。畫用宋人『一雙燕子守朱門，比似尋常時候易黄昏』詞意。

次和協之有憶

齊名李杜能無忝，鬬韻蘇黄剛有詩。多病定緣憂世苦，廿年仍恨識君遲。英英衡嶽魂如在，莽莽中原秋自悲。四裔人知悼君實，宗臣遺像費論思。

次和協之中秋夜

常於佳節思鄉者，難得殷勤報我詩。昨日嘯謌人去遠，幾家凝望月來遲。如斯良夜誰能怨，正恐長吟或過悲。山本無雲庭似水，南樓不寐又相思。

題馮康侯印譜，集曹全碑字

直將金石為文字，繼美先河諸大師。斯意從横本無極，商周秦漢致同時。

不匱室詩鈔卷三

番禺胡漢民展堂

次和胡儀曾見贈二十年

平明草檄付傳騎，何人聲動中書堂。文章自古關氣運，前歲晤談曾及此。吏民幸與釋冰霜。雅約似緣簿書誤，新歲翼如約游京口不果。短章寧盡客情長。南豐未是能詩者，慚負彭城一瓣香。

題武岡鄧雲山先生詞集後，集曹全碑字

蓋世勳賢與竝時，先生曾贊左宗棠幕，王闓運銘之曰：『曾胡講武，二鄧昌文。』姚王故事早徵之。曾孫成熙跋云：年少天才豔發，爲長短言，廉訪公見之，謂有損丈夫志，因懔然輟翰，若姚惜抱聞王西漚之言，遂棄詞學弗為者。名山也有遺書在，重使辭人拜祖師。

題爛綺樓第一集，集曹全碑字

文章尚平易，奚以續風騷。舊學商量後，時時近六朝。

翼如夫婦歸自焦山，以待月得雨新作見示，走筆戲答

二光隱處招梁孟，遲我同游悵未行。再宿松寥宜舊識，一拈梅蕚有新聲。江山自好為君助，風雨何曾敗月明。訪戴山陰如此趣，故留佳話傲雙清。

鶴亭招遊焦山，看月當頭。余未果行，而翼如、默君實往。歸皆有詩，賦此為和

一生當箸幾兩屐，一生幾見當頭月。同是達觀善語言，前者見稱後者絀。當年渡江化為龍，晉宋之後王江東。不見鴉兒鐵騎黑，但聞燕子春鐙紅。引栝在手事已足，攬鏡照影人圖儂。漢家三百業中斬，遂令坐罪庸主庸。冒生我友意不然，謂此判案殊未公。天子風流亦何過，無臣先泣明思宗。馬阮老姦實誤國，何况胡運非人功。君不見，銅臺未分妓香薄，柏梁争噏妃脣穠。孰知沈飲非荒宴，往往不住咸陽宫。又不見，六朝帝子生可憐，五代無賴皆英雄。持彼黜此泥成敗，臧穀之辯如莊蒙。與子試問頭上月，敝屣萬有誰能從。爲此招邀金焦峯，佳節亦有良儔逢。邵家夫婦光與鴻，不知許事追攀窮。待月得雨將毋同，歸來一一歌長風。有屐不蠟吾其慵。『請君試問頭上月，歸來萬有棄敝屣』、『佳節不易逢，良儔復難得』、『有屐不蠟嗟我頑』，皆鶴亭小三吾亭集中句。余戲之云：『「一一鶴聲飛上天」矣。』

雪後寒甚

天公作戲不自惜，散出千山萬山雪。人間頓改寒乞容，一一樓觀妝玉屑。彤雲密布風怒號，塞向墐户人爲勞。烹羊行酒飲者醉，黨家不羡陶家豪。老農見雪色然喜，謂得豐年從此始。曝背寧怨春陽遲，縮首甘卧窮簷底。我時剛誦歐九詩，邊寒徹骨卌萬師。西向長安問行路，賜錢千萬民猶飢。

次和大厂

近訊詩囊幾許收，山林城郭兩能留。曾遊南國三千籍，新换西湖十頃秋。久客未虚摩詰席，逢辰寧要仲宣樓。欹眠不作齊梁夢，或作『欹眠總勝泥行者』。後山與智叔雕堂宴集夜歸『只欲泥行過白下』；大厂為欹眠集，蓋采『乘興欹眠過白下』句意。更喜談閒足解憂。后山九月九日魏衍見過：『談閒可解憂。』

次和大厂都門大雪，兼簡鶴亭、翼如、默君

稍覺新年雪較遲，衝寒氣力未應微。故人盡道貧非病，天下從知瘦勝肥。纔是驚雷醒柳蟄，

為誰翦水作花飛。煩君試譜幽蘭曲，閬苑春閒謌上畿。

又和

作花翻似怨春遲，灑落乾坤物象微。無意千株松竹挫，昌黎詠雪贈張籍：『千株照耀開，松篁遭挫折。』喜占一歲麥禾肥。鴉栖未定寒仍啄，鳥篆憑空怪欲飛。喜雪獻裴尚書：『書文鳥篆奇。』二子張軍各遒鬱，我來只計固封畿。贈崔立之：『爾來但欲保封疆。』

集曹全碑字，贈鶴亭、大广

三十年間離合事，異鄉仍是故鄉心。近憂柱下無良史，遠效秦先有吉金。直以文章徵出處，奚曾風月負登臨。相從舊學商量好，望報清光定不禁。荆公和楊樂道詩：『獨望清光無補報。』

次和鶴亭冬雷

古梁神椎説朱亥，雷公得之聲愈大。落箸曾聞劉氏子，寄書卻憐鮑家妹。胡為冬夜鳴驚人，轟然斗室失嚮背。是時蟄蟲争出户，我亦宿疾頓蘇瘥。冒子感時復思古，京易范書稽紀載。山西同報黄河清，可知為福不為害。災祥之論漢以還，陰陽啟閉多傅會。何如共詠都門雪，澤物可比時雨沛。文酒登臨樂有餘，鶴亭集曹全碑見贈，有『文酒風流』之句。知君不擇溝畎澮。

再集曹全碑字，答鶴亭前韻

和章既報辭工絶，屬望清時開濟心。名士感懷常以酒，故人風義重於金。山無遠近從君好，石有殘完為子臨。師足受降還避舍，來函云：『公若再挑戰者，惟有高樹降旂而已。』相親為讓意寧禁。

三集曹全碑字，和鶴亭，贈大厂

六朝舊事閒收合，大隱都門别有心。賢婦為謀常置酒，大厂自道。故人獲賜等分金。大厂屢以精刻見贈。名參周易寧同意，大厂少名易簡，或有譏其姓當繫鈴者，輒力辨。屬和張遷且學臨。大厂和作集蕩陰令碑字。絶好清凉山上賦，與君並角復奚禁。

四集曹全碑字，書默君新詩後，並簡翼如

故家承學都殊絶，常有風雲萬里心。舊歲洗兵陳北伐，明時甄士重南金。齊名方副同居樂，文戰奚憂大國臨。定禮百年曾不讓，義張平等止君禁。

得大厂和作，五集曹全碑字答之，並簡鶴亭

近郭家居如有意，在山泉出本無心。為參餘義重重網，別録清辭字字金。時雨光風幸相遇，陳人舊地復親臨。大厂次半山答盧醢翁韻：〔一〕『舊地陳人又鼓樓。』閒中與訪童年事，百感平生忍不禁。

〔一〕〔校〕『答盧醢翁』：『盧』當作『虞』，見李壁王荆文公詩箋卷六。

次和大厂大雪游清涼山掃葉樓放歌

大厂居士頭未白，窮年故造詩境獨。退之七言難一字，士衡愜心乃誇目。争險争深苦不足，勝踐冥搜慮封蹙。昂然衝雪游清涼，忍饑遑問山蓊鞠。登顛直立冰在鬚，狂唫四顧聲滿谷。天上已無迦葉塵，人間會有幽蘭曲。白霓嬰茀昨啟塗，裳衣鬖髿今孕緑。瓊樓玉宇紛到眼，神清骨冷何由俗。借東坡句。景物既絶詩亦奇，矜誇同輩無此福。萬人力敵君自豪，一朝驅戰渠能縮。我本南人罕執冰，少年家在禺山麓。皭不易緇猶懼染，慧可忍寒差見録。荆公次韻雪詩『皭若易緇終不染』，又『慧可忍寒真覺晚』。九垓襍沓竟誰催，萬里孤危遭放逐。川原浩浩極北行，屑作瓊瑰客裝束。崩騰撲面大如掌，飛蹋逢坎高過腹。熊螭列賀白羽衛，腦脂遮斷朱輪

轂。既頽我馬痡我僕，寒天迷界橫窗幅。愁望不見赤塔城，回頭先失貝加淥。冰雪周旋秋復春，似餘墨瀋黃州竺。稽留雁帛蘇武書，兀卧蝸廬焦先屋。冥茫祇怕亂封圻，荊公和錢學士喜雪：『埋藏溝塹亂封圻。』顛頷寧憂劚環玉。昌黎雪後寄崔斯立：『詩翁顛頷劚荒棘，清玉刻佩聯玦環。』幸獲歸來訊詹卜，埶不因人仍碌碌。感君招我掃葉樓，掃除一室願亦夙。至潔方培仁壤多，嗟哉韓詩未三復。昌黎詠雪贈張籍：『糞壞獲饒培。』〔一〕

〔一〕〔校〕『糞壞獲饒培』：『壞』當作『壤』。見方世舉韓昌黎詩集編年箋注卷十一。

得大厂和作，六集曹全碑字依韻奉答，並簡鶴亭

百和為程先後繼，二君同有不廉心。感懷舊德足風世，方議修杜茶村墓。流惠諸生如雨金。為好雲山居士出，要商文字故人臨。三時早起無官事，上下相從計或禁。

七集曹全碑字答嘯樵

不事芟雲仍訪藥，平居無負濟時心。脩儒既有豐年穀，從政曾辭謁者金。少擬荊文述家學，近嗟槐里為親臨。嘯樵客歲喪其仲弟。都門易李重相遇，大厂與曉生。揖讓諸賢子定禁。

八集曹全碑字，次和鶴亭二月十六夕作

布政奚如除舊好，殊鄉本易動歸心。不憂文戰師三舍，幸獲家郵字萬金。世事閒中仍有感，風光美處要同臨。河清喜聽山西報，賦擬揚雄定復禁。

勦勤續假，意欲不來。集曹全碑字寄之，竝簡協之二首

爲學身謀奚有是，憂時歷歷早同心。故人離合風和雨，名世文章石與金。年事少高寧遂隱，河山如舊且重臨。相懷定冀還相慰，望極家鄉百不禁。

大隱無因商出處，臣門如市水如心。士從子敬常分粟，德擬蒙周早辟金。莊子：『至信辟金。』舉國若令安揖讓，故鄉還與共登臨。百憂三十餘年事，借荆公書静照禪師塔句。白下華開感不禁。

次和鶴亭述懷，十一集曹全碑字

撫事述懷寧不樂，都門同感是鄉心。閒居尚有先生酒，歷相從無季子金。名士風流如世及，辭人封地足君臨。雄師十出奚曾老，為慰殷憂或至禁。

次和鶴亭約修杜茶村先生墓之作，十二集曹全碑字

鼎興三百餘年後，少慰遺民辟世心。荒隴不脩仍有石，故居重戢尚無金。劉禺生書言：擬向鄂中集多欵，於茶村故居『飢鳳軒』舊址購地，為觴詠公祭之所。西州華屋嗟前事，城郭人民感復臨。好屬如皋舊家子，首扶斯舉義殊禁。

鶴亭見贈王虛舟太史臨禮器碑一卷，集曹全碑字賦謝二首

故人辟地尚如意，近郭好山都上心。述易或從王氏學，登朝分賜叔孫金。雍乾以後無名士，文字相師有舊臨。至感禮遺斯意厚，為君世守德寧禁。

舊家文字幸存者，拜賜還嗟子有心。周禮不亡章孔闕，漢分計直等秦金。士人遠近從風起，大史清閒特地臨。不事規規神理足，後生重撫意還禁。

即景，集曹全碑字二首

山居尚有三間屋，字報平安慰婦心。出谷起為雲造雨，闕泉烈若土流金。身閒擬續清涼賦，地遠曾無故舊臨。有疾要從方藥理，儒生修養事元禁。

止脩平地為安足，奚慕清泉與洗心。河漢流雲白於水，風枝扶葉景如金。文章焉要時人好，出處都因大節臨。不學義山重有感，百憂與共舊常禁。

憶組菴，仍用『師、期』韻

太傅沖和未易師，灌蘭鋤艾尚無詩。擬從安石規棋癖，肯學君虞有妒癡。風景不殊公逝後，江山無恙我憂時。去年今日經風雨，正是回章索和期。

誦南祴所編翁孺安詩卷，十七集曹全碑字題後

畢生大節奚曾闕，明月清光白爾心。叔季亡親先下石，縉紳從賊尚貪金。甄文寧至姓名諱，好事或因山水臨。忍使幽潛長不理，百年平反史臣禁。孺安之死，其弟實為謀主，錢謙益則受賄庇賊者。南祴附記徐良夫、馮己蒼詭名刻翁集事，皆去年為默君序所得抄本時所未及，故補之。

和友人述懷，集曹全碑字

歲除方感南州事，賦述生平有意哉。萬里子卿曾秉節，百年臣甫尚登臺。早懷風退無餘義，忍處人間以不才。轉望舊時明月好，衡山雲塞若為開。

讀韓二十首

榮華天秀骨珊珊，硬語盤空衆所難。但見乘酣逞雄怪，誰知屈曲在人間。

漢賦源從雅頌來，少陵猶是變風裁。偶然寫作南山詠，點竄卿雲一例開。

巨刃磨天境界殊，有時遣興亦紆徐。秋懷句已凌陶謝，未必風詩集裏無。

自悔詞誇舌莫捫，菑畬六籍植深根。巍巍禹蹟巴東峽，不信徒觀斧鑿痕。

復古奚如變古難，文成一手破天慳。騰身汗漫無修飾，意極俳諧老更閒。

鼎湖龍去字書存，借介甫句。小學應同選學尊。不使蛟螭襍螻蚓，生新難與俗工論。

偶攜詩侶玉皇家，縞練明妝靜不譁。誰復對花能辨此，一生思慮總無邪。

戚戚風高露未澂，歸愚就懦道還能。出門欲去誰為勸，苦道有蛟寒可罾。

五言不及四言好，何況七言尤費詞。太白僊才有真賞，可教移頌退之詩。

韓碑贊歎體相似，會合聯吟句竝華。若論才人受衣被，玉川長吉亦通家。

學韓須學韓所學，借鶴亭句。歐九文章似得之。我意尚差雄直氣，一吟三歎至工時。

絢爛歸于平澹好，姦窮變怪得尤奇。東坡枉有愁千疊，犖确終難到退之。

白傅情深格稍卑，意存勸戒復何辭。兩賢相遇不相阨，祇説才高笑小詩。

銀燭金釵夜未央，情桃風柳費平章。曲江邂逅花千樹，卻問香山有底忙。『情桃風柳』見邵氏見聞録。

盤旋地小笑長沙，律體中唐不自誇。何意眼花心火句，楚人猶寶玉無瑕。韓詩排律聯句外，近體不甚用意，至高者頗近少陵，下者亦不失唐音。然次鄧州界詩『心訝愁來惟貯火，眼知別後自生花』，則纖俗已甚，而朱、何等猶謂其運思入細，何耶？

對酒能閑遣興時，達觀猶恐寓深悲。自言不復憂身世，何處風霜更有詩。遣興一首，朱竹垞謂是閱世語。

孟郊吐句動驚俗，無本為文膽及身。吞納萬流各殊狀，嗟公原不薄今人。

詩到蘇黄詫已窮，誰懸一脈紹韓雄。荆文相業何曾誤，衹誤詩家月旦公。

感懷身世念前人，末俗紛紛妒道真。剩有文章見行事，敢云無益費精神。介甫韓子詩『力去陳言誇末俗，可憐無補費精神』，正言若反，傾倒之至。而注家輒以為譏韓，若此類者，可慨也！

香霧清輝思切切，芙蓉蛺蜨影雙雙。緣情那得虧風格，畢竟秦詩是女郎。歸田詩話引杜句為少游辯護，其實不能折遺山也。

題王虚舟换書圖二首

善書自惜少年時，太學交深卻靳之。隨順世緣聊作劇，更番投報恨無詩。名姬寶馬情何擇，趙璧秦城事不欺。魏晉間人猶未遠，竹林蓮社合追隨。
正書已得米家法，好事更過王右軍。亦似仇池堪奪我，不妨息壤早盟君。眦耶對現丹青在，
薪火相傳篆刻分。二百年間懸巨眼，可知天祿鮮遺文。

黃右昌出示謁中山陵近作，並贈其大父雪竹樓詩稿，即題其後

一投簪紱即能閒，大地繁華意欲刪。放筆或疑袁趙易，植根原自杜韓艱。飽看翰墨酣嬉處，
都在綱常節義間。今日公孫詩可續，故知腸胃繞鍾山。

庸之惠杧果，賦謝

佳果來從海外槎，分甘還自尚書家。羌無故實難為賦，祇合清芬徧齒牙。

讀韓襍詠三十首

龜氛何復能雲雨，日出須同見此朝。不續離騷續琴操，巫咸公亦上天要。
傳聞因疏逐炎州，才俊無傷柳與劉。自有剛腸人不信，漸能因疾等薰蕕。
高樹棲廬八九株，峨冠客至講唐虞。主人獨與張樊諗，我惜眉山所見粗。

孤質中天祇自持，果然風露渺無涯。何人肯為當時説，耿耿南山猛虎詩。
非鬼非狂事可憐，相從王屋學神仙。鳳臺帝子先回首，寒女何來謝自然。
偶裁故事及東方，造雨興雲更渺茫。未盡臣心姿游戲，寡恩似欲愧秦王。
故劍重尋是有情，糟糠原不下堂行。山頭子美隨長鑱，牆角退之傷短檠。
歸來戎馬似羈雌，酩酊無人知是誰。誰使緘封留骨髓，茫茫獨自詣空陂。
園林鐘鼓樂清時，爲感功成主不疑。絶勝東山絲竹在，聞箏流涕對桓伊。
為文有意俟其醺，呼酒何妨更勸君。幸是泰平無事日，長安都解醉紅裙。
霸業英風久寂寥，人間遺愛獨難消。南陽戚里無從問，茅屋千年祭楚昭。
林園勝事酬中立，汴泗交流勵建封。慶歷西師猶未解，可能作鬧怨歐公。
走海何曾得大魚，儋厓有客正憐渠。盤針擘粒知辛苦，一寸分明那不如。
賈傷時事阮窮途，善哭能傳古亦無。空谷抱奇曾獨賞，新書何意擯唐衢。
星出東方寄所思，宵來衆醉尚難支。無心顛倒人間字，置酒須勤酒賤時。
上下雲龍願與游，誰言高厚一詩囚。遺山故學眉山語，不願詩成肺腑愁。
十年磨劍向風塵，為彼知音故贈君。縱使如冰心不腐，終朝何計決浮雲。
聞命驅車不敢遲，風霜滿面再酬詩。鄭昭何必王庭湊，祇有微之惜退之。

衰病瀧船次第過，行行迴望衆星多。文章定要江山助，海氣昏昏奈爾何。
郎已身先去鳥飛，留花不發待郎歸。晦翁不識梅花賦，卻對梨渦有是非。
幾時高士著幽禪，落葉長安各自憐。不管真心説空有，逢僧便欲冠其顛。
壁間見蝎心猶喜，道上逢鵜意更親。亦有開籠因舊識，靈珠祈報是何人。
露粉風枝故有情，南階清閟喜初成。補林未竟疑争地，誰辨春時色最貞。
故老汍瀾卧掩扃，何人能賦永貞行。同光共影應相惜，起視東方尚未明。
西園有李舊曾諳，趁酒渾忘玉色酣。吹盡東風顔不解，冰盤薦實幾人慚。
深居默默如當瞑，惟有朝曦入牖來。未與春風相料理，新花聞勝舊花開。
獨行千里欲安之，市骨燕臺僅一時。試使駑駘語騏驥，客難賓戲可無辭。
人間求福本無常，爨下溝中較短長。有意題爲木居士，休將佛骨怨君王。
何來呑食玉輪中，大地幾忘杵臼功。唤起靈均作天問，蝦蟆仍是可憐蟲。
不須檢點形骸外，猶歎平生骨相屯。江海歸來應未晚，卻思餘事作詩人。

次和協之環陵路觀桃花，書感一首

桃花開滿環陵路，有客依依對夕暉。如此風光宜共醉，幾人書卷解忘歸。李泰伯句：『祇因書卷解忘歸。』未知紅萼誰為主，獨恨青山夢與違。白下欹眠三月暮，褉花容得亂鶯飛。前度重來託興微，東風猶解媚春暉。任看草色年年緑，為報花開緩緩歸。客夢將雲如有約，詩情得酒莫相違。不嫌節物欺人病，范石湖句『節物何曾欺老病』。仍遣開簾放燕飛。

鶴亭有太平門外看桃花用昌黎寒食日出游韻，大厂已先和，次韻分呈

一月不出吾但病，君來為説花事盛。梅柳渡江曾幾何，夭桃千株紅白映。花亦如人年少時，故作意氣與春競。勿嫌節物稍相欺，尚矜朋輩能高詠。明珠二百有八十，光彩照人位端正。苦憶前遊散原老，盍招匡廬和可更。納手寒春心念花，涉足坦途詩若命。廿年鉤黨通夢魂，卅載論文執魁柄。東都肯為逐客吟，南畝獨致農夫慶。家丞庶子今豈有，愛花愛實余所敬。人世江山幾廢興，胸中岩壑日高敻。故知張禄不終窮，因笑屈原未到聖。奈何大厂亦阻攔，到眼不見二豪併。嗜奇可使有異同，急難俱看露情性。肺腑容愁傷已多，芒角生哀老猶横。臣朔忍飢欲有言，臣甫低頭淚先迸。常挾金陵與廣陵，力能屈刀復引鏡。始怪白韓吝唱酬，並世未識誰為政。白詩厚味易實難，韓句天秀直彌勁。寄言二子無低昂，屬酒且求寬火令。

酬大厂韻，並簡鶴亭，集曹全碑字

三十年前易季復，治學甄文既殊特。不同造命聽君相，常冀遇時報家國。相如上賦徒爾工，子雲載酒乃其職。方嗟闕下老爲郎，曾事先朝從討賊。如皋名士是故人，萬里相懷幸相直。桃李齊開白下門，清明並理華間勒。風雨寧禁感歲時，山河無復分南北。共以儒官望太平，要於金石紀功德。君等殷殷起斯文，蒙意戢戢守封域。高賢尚毖養生主，奚有機心遺爾織。

三次『暉』字韻答大厂

桃李開殘春已微，誰將詩句絆餘暉。坐愁行歎君何益，或作：『酒酣耳熱君何往。』雨横風狂客未歸。擷佩定知芳澤在，相看寧有素心違。或作：『寧與昔人違。』鄉書數寄無由達，極目天南雁自飛。

翼如、默君伉儷屬題龔夫人西溪秋雪圖，集曹全碑字

六朝門户興亡事，歸及殘陽費爾商。不是西風不相辟，有時家在水雲鄉。

大厂次鄭長江古交行，要同作

東山有淚葉，怪彼長不乾。西山有靈鳥，曰予未能文。一士足慨慷，萬愁共晨昏。古豈無所獲，斯世輕彝盤。今亦可爲徒，中道慎謗言。不恤殊好惡，惟欲相後先。包奇走何鄉，直面來賓筵。室遠勿復歎，胸腹堪細論。廣陵有『他時胸腹未堪論』句，蓋戲言，今正其意。

寄友，戲集王廣陵句，四次『暉』字韻

道心自覺閒中得，閒居奉寄幾道滰滰輕雲弄落暉。滰滰況提巨筆乘時出，送錢公輔赴舉惟恨青山未得歸。孤雲不謂偶君誇意氣，贈別晏懋父太祝且當從世共依違。和孫莘老將赴太平故人有意真憐我，謝張和仲惠寶雲茶久有江南去夢飛。送周器之歸潤再索

次和大厂遊雨花臺，用王廣陵春游韻

静夜呼明月，一尺已到户。月豈為我來，愛此中庭樹。恍如隴首行，嶷嶷春光遇。桃李開盛顔，百草得芳覆。追懷平生歡，出門及劍屨。桂巖東西游，梅嶺南北度。哲人好山水，從者感霜露。鍾阜與石城，在宥況所寓。辰駕傾五州，衿衛雄四顧。未久神宅居，忽易當塗趣。

文囿罷經營，蘭甸褉屠酟。不知寶璐在，昏欲黃金注。紅紫遂低昂，荃茅孰好惡。春臺無與登，徒有猗蘭賦。萬彙知終昭，百年失已遽。出入我悠悠，喧咽茲屢屢。升高為遠望，攬轡去仍駐。遐躅不可繼，猶冀導先路。

次和大厂，擬王廣陵春風原韻

春風來為病客噓，既入吾室盈吾裾。謂此散遺有未愜，助以日夕唫哦如。紅萼先吐自宜笑，柔條已綠能相扶。當屋不禁百鳥語，遂及延秋門上烏。未聞歸飛感漫誕，胡為擭擭啼且呼。含精佐鳳占日宿，照世凶吉宜無餘。不使深思獲高舉，亦令偃蹇疑所居。孰知苦口聒人耳，有恨逕欲張其弧。為言倔强猶無媚，喜諛惡直理則無。眼前何者非俊物，安得桑扈行與俱。

屈子涉江：『桑扈贏行。』

答大厂見贈，次王荆文贈安定先生韻

爲文不屑時士魁，治學要鑿險路開。卅年南北皆獨往，往輒興歎猶吾崔。君昔伐木遇墠石，我正訪藥行蓬萊。聖人開國致九有，起居諫議同時來。對揚休命謹書策，直令萬世無風雷。處岐居亳恨不久，閏位干政德復囬。民望如草乃有此，士辱在莽奚論哉。邇來白下亦再見，相視幸未朱顔頽。一窮那使行義困，百口尚謂儒生才。秦斯之作金若石，鄭僑所憂棟與榱。

佳日屬酒善自慰，海水浩浩山嵬嵬。

答大厂飲掃葉樓見懷，並送鶴亭，用『師』韻，集劍南句二首

後生速化吏為師，自解寧和陶潛止酒詩。試茶只道維摩無侍者，木杖長句常憂黠鬼笑人癡。秋晚

山經宿雨修容出，山園水似桃花欲動時。雨中遣懷欹枕舊游來眼底，風雨夜坐一欄紅藥是歸期。子聿欲暫歸山陰

畫策曾從渭北師，縱筆卻緣危坐得新詩。雨中作寧教酒欠尋常債，園中小飲占盡人間徹底癡。閒詠

馬上元無聽雞句，羸卧故園又見落花時。暮春龜堂即事一年好景煩君看，小雨會有方來可與期。衰疾

題默君幽篁深坐圖，集曹全碑字

直節是君子，清風如故人。干雲寧幸遇，居處合相親。

題翼如、默君吟詠圖，集曹全碑字

文章華國近人少，夫婦同官前世無。爲置清泉白石上，平生風節本相扶。

和大厂登掃葉樓次韻

十里春風郭外樓，苦才多思不知秋。山谷行邁褉篇：『苦才多思是春風。』此間猶有滄桑感，吾輩常懷畎畝憂。為怕花飛隨客去，卻緣酒盡動鄉愁。橫林新綠催成未，怪底雕鞍處處留。

風雨，再和大厂次『樓』韻

一春無事客登樓，風雨惟占歲有秋。壁上題書疑大醉，局旁觀奕怪私憂。明年花發應更好，借昌黎杏花句。此日人言始欲愁。獨喜文章倚豪橫，川原鮮服為君留。

依韻答鶴亭慕園獨坐見懷

慚愧江南贈一枝，連宵風雨小樓知。故人暫别尚懷我，春事未闌宜有詩。最愛課兒温舊卷，不曾留客鬭枯棊。一年一度還家好，羡煞儒官有假期。

再和『枝』韻寄鶴亭

緑盡纖纖楊柳枝，風光無際旅愁知。過家上冢龐公事，濺淚驚心杜老詩。七字肯承君用短，來書嘗論詩以七律為最難工，今不啻自攻其短。雙投會見客推棋。詞人自古無門户，祇愛新吟副所期。

三疊『樓』韻，答大厂六疊之什

思君竟日坐危樓，瑟瑟春寒氣似秋。此際相違堪換淚，鶴亭前贈句云：『交到深時能換淚。』早知吾道在先憂。遠山紅出枝如怒，南浦青回草不愁。可是騎驢湖上客，荷衣曾為翠微留。

溥泉、鐵城航空來京問疾索詩，四疊『樓』韻

為訊新瘥入我樓，一春未見抵三秋。雲龍相逐當年事，風雨不時斯世憂。摘埴索塗人定笑，飛行絶迹子無愁。詩腸酒膽都如舊，白下能為幾日留。

得大厂和作，賦答，三疊『枝』韻

故園相守歲寒枝，游冶春人總未知。與子論交三十載，平生能得幾千詩。退之萬事無如酒，子美長安輒似棊。身欲奮飛猶病在，柳禽池草意何期。

同大厂次韻和荊文四首

春色日已酣，幽懷日以炯。嬌饒一株杏，臨流愛其影。誰為仙人守，我憶稚川井。明年應更好，觴事約重整。杏花

閑居深閉關，獨卧衣塵静。松篁葆貞色，泉石愜清聽。兀兀若有懷，曼曼意無競。衆鳥看歸栖，不愁西山暝。獨卧有懷

三年白下居，省識冶城路。王謝不可作，感此同登處。游人依落花，飛鳥破宿霧。晨起望鍾山，山色常如故。登冶城

卒歲爲衆温，當秋不獨零。春風夾道來，柯葉亦徐青。繁陰累百行，多士講在庭。懷甜未忍去，勿謂江無舲。賦槐

得大厂疊鶴亭韻贈詩即答，分疊兩君韻

新花開盡舊時枝，長嘯搘頤恨未知。碧水春風猶在野，輕陰日暮又成詩。舍中客喜能争席，局裏人規莫説棋。惆悵江南幾多憶，遲行豈為牡丹期。

依依楊柳舊登樓，尚憶飛鴻對奕秋。禮樂有人非俗學，瘡痍何地是新憂。得知重跰恩徒負，

翻喜連篇韻不愁，荆公次韻宋玘其四：『故交重跰恩何厚，新句連篇韻更高。』便欲山林同委質，又招吕望之：『委質山林如許國。』東風無語又遲留。

鶴亭夜過共飯，寫示近作，五疊『枝』韻為題其後

漫託心腸雪月枝，韓香何粉諷堪知。江潭幾有攀條恨，夜雨重尋翦韭詩。亦欲揮斤除贗鼎，有持十洲畫求題者，鶴亭力斥其僞。寧因折屐憶初棋。陳髯莫道因循誤，泛海裝成是預期。鶴亭題深翠山房：『難怪陳髯不歸去，等閑一住十年多。』注引陳詞『不道因循過了十多年』。又有題泛海之裝一首。

讀大厂春日感懷八律，六疊『樓』韻為壽

不論南北輒登樓，海轉江迴春復秋。問舍求田應未晚，吹光割水本無憂。已能金石藏三絶，擬贈琅玕療四愁。最喜百花生日後，宫雲常有樂聲留。

酬大厂集曹全碑字見贈二十二韻

易生季復至煌煌，童齔曾規貢也庿。别有心懷嗟廣武，早工辭賦擬河陽。閒官定感風雲遠，高節寧憂歲月長。萬里居夷都若貫，百年扶漢是同望。聖人開國身爲鐸，儒者登朝網在綱。

冀使斯民升上理，殊于叔世重文章。武勳烈烈先平賊，仁治雍雍遂翦商。全定共和時不費，咸宗主義政其相。賜秦或以羣僚謬，讓位徒令大計荒。歷亂士流貪禄爵，從横鬼谷屬興亡。兵威竟爾收司馬，郊禮奚因訪大常。焉恤史臣彈篡逆，且臨封土列侯王。志存華夏神明尚，事起西南討伐張。好水好山餘隱處，無災無害各還鄉。門前疏葉仍沾雨，庭際脩枝故轉廊。置酒意殷遭畢老，分醪德美慕周郎。學甄毖緯郵金石，地歷嵯峨樂景光。獲等曹師分隴蜀，歸如工部下荆揚。舊歡與子親延續，嘉興從君易考量。根絶離名參性相，疾瘳蒙惠服清凉。戢茅既負潛夫甚，安豫程功特致方。

得吴董卿次『師、期』韻題贈，六疊『枝』韻賦謝

獨搔蓬鬢對新枝，舊卷光陰幾得知。有約故人真厚我，更邀辭客為題詩。取根誰識道園墨，董卿好虞道園詩。道園贈朱萬初『深根千歲斧斤違』，自注：『萬初墨蓋取千百年精英之不可泯者乃用之。』著屬先慚安石棋。滄海觀瀾移遠趣，林園鐘鼓樂相期。

答董卿、鶴亭並簡大厂，七疊『枝』韻

越鳥巢南自戀枝，鶯飛草長故園知。風幡有相都成偈，明鏡無臺且説詩。隨意著花居士畫，

偶然留刲素人棊。多年歐九慚梅丈，何況韓豪敢妄期。

再和大厂集曹全碑字二十二韻

屬和重為夫子述，聖時威烈本煌煌。止於白下懷身世，或以周南憚面廧。義等君臣魚獲水，仁沾民庶鳳朝陽。存心揖讓勳斯易，造命共和計至長。三月秉乾無闕治，畢生憂國貫殊望。都因丞相疏師武，遂使訞邪亂政綱。漢室中興寧擾擾，開元遺事復章章。掖扶諸夏前規撫，諏致羣賢舊學商。並冀河清親縲負，咸歡廷舉擬金相。嗟哉列緯參辰極，懿爾神明下大亢。北伐渠謀布根本，西征豫告戢流亡。叔孫禮樂官奚慕，李廣功名遇不常。安定儒宗辟門户，延年女弟好矦王。賦收忍恤錢如土，德育徒令角與張。屬郡謁餘還受檄，大風起處好歸鄉。縛茆蓋屋先遭雨，貪月臨階故斥廊。特地分醪曾拜賜，同僚載酒老為郎。文辭足副升平志，金石攸嘉歷史光。爵報嵯峨及桃李，枝遷城郭並槐楊。山從雲遠家仍在，巷有人居野費量。既樂閒中顓紀録，尚殷歲季續清涼。別離且置亭皋感，甄隱開蒙是藥方。

讀大厂分和董卿、鶴亭諸什，八疊『枝』韻分呈，竝寄協之

嬾挂裳裾就曲枝，王廣陵夏日平居：『高枝就懸冠，低枝挂裳裾。』孤愁一片許君知。春歸我意方留客，

早起人來又得詩。窮故能工聖俞句，敗猶可喜子瞻棋。屋烏織盡殘碑字，勝似荒乘不倦期。

荆文招約之職方並示正甫書記：『荒乘倘不倦，一書敢辭卜。』

次和鶴亭寄懷協之並答董卿，九疊『枝』韻

曾吟殘葉忍辭枝，舊集曹全碑贈友，有『既雨餘雲仍在野，遇風殘葉忍辭枝』句，頗為協之所稱。淒絶當年是故知。老去厭看新爇劇，東歸仍載舊書詩。驪黃之外豈無馬，黑白太明惟有棋。隔眼塵埃相見晚，清風酬我莫須期。

不匱室詩鈔卷四

番禺胡漢民展堂甫

十疊『枝』韻贈董卿竝簡大厂 二十年

舒舒瑶圃愛深枝，閉户虞卿箸述知。廉吏可為猶未老，故人與處共昌詩。不嫌沮洳堪垂釣，何處清疏好看棋。婦起唾蜍君定醉，楊廉夫与婦飯：『婦起勸我酒，壽我歲千百。仰唾天上蜍，誓作酒中魄。』攢眉蓮社戲相期。

大厂用『樓』韻集荆文句見贈甚工，因摭取荆文詩，間下己意，聊當效顰，七疊『樓』韻

豫想新詩獨倚樓，送程公闢：『豫想新詩能寄我。』不妨風日澹如秋。送和甫：『春風落日澹如秋。』張南周北人難遇，酬龔深甫二云『幾時周宅對漳南』，蓋用張融、周顒、劉繪故事，當時有『張南周北劉中央』之語。川觀巖居士尚憂。次韻酬朱昌叔五云『巖居川觀更何憂』，本蔡澤説范睢語。紫磨但看雲外月，回橈：『紫磨月輪升皎皎，帝青雲幕卷寥寥。』朱鉛豈見世間愁。酴醾金沙二花合發：『人有朱鉛見即愁。』嵇生鍛竈心尤苦，次韻酬朱昌叔四云：『長臨鍛竈真自苦。』未是窮鄉暫可留。次韻葉次遠：『誰謂窮鄉可久留。』

大厂序録集曹全碑字諸什，八疊『樓』韻題後

刻意裁為五鳳樓，更將繁露説春秋。老成謀國尚如許，年少有人同此憂。客去不聞三日宿，詩成且遣一春愁。江湖到處能相忘，枳棘無多未許留。

九疊『樓』韻簡仙根

吟到江南第幾樓，三年都感士防秋。飛書馳檄枚皋用，懷土思鄉王粲憂。行路已知梅有態，瀓江那為客消愁。不緣寂寞尋幽賞，怕負詩盟更一留。

寄協之，十疊『樓』韻

不堪歌歗在吾樓，悵憶衡雲去歲秋。三月春窮寧獨醉，一時或作『九州』民病孰分憂？別離未是平生意，詩句終成肺腑愁。望望脊令難寄語，江南猶有客相留。

十一疊『枝』韻贈譽虎

貪光誰惜護簷枝，後村葺居：『貪明稍斫近簷枝。』蘭蓺當門苦自知。一物蔽虧元有病，卅年功罪不

闗詩。少陵只是懷長鑱，介甫何曾悔誤棊。荆公戲贈葉致遠有『悔誤乃批頰』句，詼諧恣肆，純學昌黎。後人乃言其棊品不高，真癡人前不能説夢也。勿忘久要文字債，平原十日政相期。

聞譽虎已歸滬，十二疊『枝』韻寄贈

小園桃李亦同枝，淮海江城子：『恰似小園桃与李，雖同處，不同枝。』別館春寒意許知。有客正尋游俠傳，羨君猶記少年詩。詞心淮海兩孤本，玉甫以所詳校宋本兩種淮海長短句見贈。國手隨州一局棋。後村讀隨州集：『機警如看國手棊。』便欲移情親絶藝，散原贈玉甫滬居：『移情絶藝驚河漢。』人間錯向竹林期。

失題，疊『枝』韻二首

闗心桃李別來枝，分與江湖去櫂知。苕霅難忘留畫本，滄浪可濯聽謳詩。抗懷莫便輕餘子，着手無須問細棊。亦有冶城三畝地，寄聲仍未定歸期。荆文汜水寄和甫：『已卜冶城三畝地，寄聲知我有歸期。』

揀盡踈桐掛月枝，孤棲未定亦何知。莊生宜作衆狙傳，吏部方吟雙鳥詩。過市有人狂戴盎，後漢逢萌事。爛柯無客樂觀棋。三年京國徒多事，咫尺龍髯負所期。

連誦董卿惠詩，十五疊『枝』韻和之

藥裹關心到眼枝，故交難得況新知。重言不惜日相慰，應敵皆知胸有詩。老去邅田惟舊學，靜觀得失剩圍棋。行窩任向邵家傲，擊壤元豐本素期。荊公元豐行：『擊壤至老歌元豐。』

鶴亭集曹全碑字詠開元天寶遺事甚工，疊『枝』韻爲和二首

重樓花萼喜連枝，全盛開元遡可知。海外未聞方士去，水邊先有麗人詩。劇憐一夜長生殿，誰亂三郎半局棋。抗志未能從廣受，杜哀張公九齡詩：『敢志二疏歸。』千秋懸鑑最忠期。

從來謀國怕强枝，錢賜驕兒君未知。慰寂廣平疑有賦，倚裝太白醉成詩。淫哇如穢誰呼鼓，動靜無方士悟棊。最恨風流傳亞子，興亡俱暴故難期。

翼如、默君游京口及焦山，歸示近作，十八疊『枝』韻

仙巖緑染幾千枝，輸與青門好事知。風雨不愁高閣夢，默君有『風雨喧高閣』句。登臨喜和故人詩。依依京口三年別，荊公再至京口：『驛亭分首已三年。』渺渺湘東一目棊。山谷棋詩有『湘東一目』之句。欲弄扁舟真未晚，卻煩同客問歸期。

鶴亭分詠小樓花果，疊『枝』韻賦謝二首

名園未乞最佳枝，學圃無能亦我知。坐起瞻烏緣愛屋，醉摇屈筆各為詩。情深不盡花間語，律細如尋譜上棊。窮巷栖遲車馬少，相依晨夕見交期。

無力應嘲卧晚枝，夏畦曾病故人知。豈如安石休居日，偏和寒山拾得詩。作計未栽千箇竹，經時覽物情何異，荆公同陳伯通、錢才翁游山：『經時覽物悲歡異。』見説登臨亦負期。劍南春晚有懷：『歸計已栽千箇竹。』消閑猶置一枰棊。

董卿九疊索書即答，二十一疊『枝』韻

坐看牆花不動枝，晝長無事墨池知。多時贔屭非能者，造次揄揚愧子詩。杜送顧八分文學『韓蔡同贔屭』，又『揄揚非造次』。豈有誠懸堪正字，倘無重霸可持棊。北夢瑣言：安重霸召富民鄧生侍棊而故苦之，或諷之曰『此侯本不為棊』云云。東吴逸氣人間識，一扇仁風是早期。杜題張旭草書：『嗚呼東吴精，逸氣感先識。』鶴亭先允乞董卿為我書扇，故有末句。

和董卿十一疊懷舊之什，二十二疊『枝』韻

竹影分窗又幾枝，遠厓雲度不曾知。誰將洛下香林句，壓倒蘇州宴寢詩。韋蘇州郡齋詩：『兵衛森畫戟，宴寢凝清香。』陳簡齋香林四詠：『壓倒韋郎燕寢詩。』肱折自憐人善病，管窺難與客言棊。十年未到西湖路，要辦青鞋踐約期。民六年湖上句：『淡裝濃抹君都好，布襪青鞋我敢辭。』

戲答口木老人，二十三疊『枝』韻

梢雲歷歷見雛枝，臣叔非癡世早知。道阻忽然勞遠望，眼明復此見新詩。禽歸有口猶銜木，人老無心輒鬭棊。翰墨場中伏波健，少游欵段漫相期。後村句：『翰墨場中老伏波。』

得譽虎兩和，二十四疊『枝』韻再答

舊夢依依南國枝，逃虛寧喜足音知。豈無積毀堪銷骨，荆公贈友：『平生積慘應銷骨。』尚獲閑情與和詩。自古文章關治亂，隨時憂樂到琴棊。窮源倘贈支機石，來詩有『窮源詎有支機贈』句。萬里乘風慣有期。

二十五疊『枝』韻答大厂

遶屋扶疏夏日枝，客來叩户主人知。交深未覺詞為累，睡少翻疑祟有詩。誠齋和蕭伯和韻：『睡去恐遭詩作祟。』聞道生涯猶作畫，向來殘局若爲棊。子雲投閣齊東語，載酒還應日日期。

默君歸自維揚，承和詩竝惠食品，二十六疊『枝』韻為謝

鵪鶉聲過江上枝，綠楊城郭舊曾知。人間月色原無價，林下風流最愛詩。莫道消愁惟有酒，敢誇箸句已如棊。盤飧點綴歸時賜，絶勝鵝毛千里期。東坡以揚州土物寄少游『點綴盤飧亦時欲』，又『且同千里寄鵝毛』。

遺大厂茅臺酒戲媵以詩，二十七疊『枝』韻

醉酒曾歌三匝枝，茅臺舊釀宋人知。幸非烏有先生傳，宜博大安居士詩。暫許不謀蘇子婦，可能便對遠公棊。黔州以後黄雙井，渴愛江清韻更期。別有一瓶，曾小開試，昨詢僕人，則已罄矣。山谷以『酒渴愛江清』作五小詩，在崇寧二年將赴宜州時。

一木二首，仍疊『枝』韻

一木空言厦可枝，六州為鑄錯難知。頭風剛遇孔璋檄，瘧疾還詞子美詩。誰敢筵前真舞劍，不虞局外竟翻棊。乘桴魯叟非無意，營窟齊人倘有期。

不為桃根與柳枝，借後村句。狂唫唯恐負親知。禪宗亦有當頭棒，時相何勞歇後詩。蕉鹿蟻槐同是夢，蛛絲蜩甲豈成棊。山谷棊詩：『心似蛛絲游碧落，身如蜩甲化枯枝。』人間處處巉巖遇，東坡阻風：『人間何處不巉巖。』行役番番坎巽期。陶詩：『坎巽難与期。』

落花，三十疊『枝』韻

櫻桃落盡晚春枝，金谷樓危客意知。濁水清波曾有恨，谷風陰雨可無詩？寂寥此際紅崖蜜，義山詠蜂：『紅壁寂寥崖蜜盡。』邂逅何人白玉棊。搜神記：有人入南谷山，見二少年臨池奕棊，置白玉棊局。見騎馬者，拍手負局而走。不是流鶯怕傳語，那令歸櫂悵愆期。

和鶴亭、董卿詠六朝栝，三十一疊『枝』韻

此是江南最老枝，了無曲處蟄龍知。似聞風雨傷其節，難得清流壯以詩。瘦地蟠根寧礙石，

重陰留客更宜棊。九皋鳴鶴聲相和，千歲神蛟笑作期。

題鶴亭寫經圖二首

聲山有舊圖，遇之心悵惻。慈雲在高堂，忌諱不敢得。豈知蓼莪詩，一朝廢君側。乾坤多憂虞，造化亦叵測。惟此孤人子，於道最不直。恨欲排天閽，悲還訴帝釋。一日一寫經，母為兒太息。一歲一繪圖，兒想母顏色。匪曰效前賢，終身懷母德。

開君兩三卷，我淚先漣洏。情至故相感，心苦難為詩。誓欲從親死，童子昔無知。鮮民含百孽，橫復九州馳。豈無空王懺，日月悔已遲。人壽不滿百，失母將奚依。當户浮雲翔，出户飄風吹。哀哀四十年，早為無母兒。

和鶴亭六朝石，三十二疊『枝』韻

高碧巖扉有謫枝，齊梁舊夢此君知。誰其聽者生公法，我代言焉白傅詩。錦散行雲曾入坐，義山利州江潭作：『欲就行雲散錦遥。』胡震亨注：言龍銜珠為燈，而散鱗錦以交合。引海賦：鮫室『雲錦散文于沙汭』。歌殘玉樹未收棊。退之犖确微山徑，八代豪華本不期。

答董卿十六疊見贈，並懷大厂，三十三疊『枝』韻

傳觴何事折花枝，康節行窩舊日知。喚作主人原是客，借劍南句如斯良夜可論詩。未聞隔座桓伊唱，更愧東山謝傅棊。居士不來豈無馬，東阡南陌苦招期。

鶴亭屬題查聲山寫經圖，次山陽胡天放原韻

雲霞到眼明，老為侍從臣。富貴不須早，氣奪中貴人。聲山詠牡丹：『致身富貴何須早，到眼雲霞倍覺明。』又：時有中貴人，氣燄甚盛，查遇之不加禮。我知查翰林，終始孝子身。儒墨雖道異，忠孝惟愚真。父兮夢歷歷，母兮誨諄諄。存殁將何從，停佇皆苦辛。已識圖者苦，更愛詠者頻。交臂倏十年，寤寐通精誠。懺禮為吾親，摹繪思前人。神明還舊觀，於佛亦有因。潛溪須三世，我友豈其倫。廣孫華題詩：『翻笑潛溪法緣薄，三生才得了殘經。』謂金華宋文憲三世寫成法華經。慈航以不匱，大海無迷津。

大厂歸自滬，偕少炯、仙根見過，三十四疊『枝』韻

空桑猶有寄生枝，嘉木潛移歲得知。怪子遲來還欲去，喜子多病未疏詩。談玄詎惜揚雄酒，

消夏姑從李遠棊。一局成虧殊貫見，為言金石證心期。

送大厂，三十五疊『枝』韻

葛藟從來庇本枝，臨分無語兩心知。不思何處能忘酒，但冀後時多寄詩。卓落與觀三易義，沈唫未了一枰棊。雙清池館詞心在，可待鄜州杜老期。

大厂既行，三十六疊『枝』韻寄之

世事純常等折枝，有懷寧靳俗人知。向愁斫地輸君酒，幾擬拏天悍我詩。越石朝來應起舞，劍南老去尚饒棊。劍南句：『老衰對奕怯饒先。』此身要定歸何許，萬首新吟取次期。

荔枝，三十七疊『枝』韻寄大厂

歸去南雲啖荔枝，日長三百子瞻知。如何比似江瑶柱，又且評論山谷詩。名士有時闕真賞，世人無怪戀殘棊。已聞好事徵題早，可是珠江競渡期。

如皋杜鵑盤供最佳，開花至五六月，近從鶴亭假置案頭，三十八疊『枝』韻為謝

近向如皋假一枝，子規啼罷客行知。千山開處難為別，五寶妝成始索詩。愛汝獨承天上露，問誰能悟橘中棊。人間優種從何得，培護殷勤歲歲期。

三十九疊『枝』韻，題鶴亭話荔圖

閩譜巴圖別有枝，情深愛儷國工知。幾年白髮思親淚，山谷次韻任道食荔枝有感：『白髮永無懷橘日，六年惆悵荔枝紅。』一騎紅塵感事詩。便與拈花同證果，何須畫紙更為棋。嶺南第一家鄉在，杜老東樓未足期。杜老宴戎州東樓『輕紅擘荔枝』，山谷句『唯有杜老東樓詩』。

讀巢經巢集，四十疊『枝』韻，寄大厂并簡鶴亭

巢經戛戛苦栖枝，豪到無痕未易知。子尹句：『向來豪氣總無痕。』漢宋千年休聚訟，西南數子始言詩。獨憐終歲擕長鑱，猶為他人救敗棊。大句由來真氣出，此心久與古賢期。

四十一疊『枝』韻，題鶴亭所藏新莽『始建國二年宜子孫竟』

符瑞何來梓柱枝，莽傳：頌符命四十二篇，其德祥篇言高祖考王伯墓門梓柱生枝葉事。九朝三七事堪知。又云：德祥發于漢三七九世之後。巧鐫建國多恩字，鏡銘云：『唯始建國二年新家尊，詔書數下大多恩。』早誦宜民受禄詩。莽傳：元年，公卿大夫僉曰：宜奉如上天威命。詩曰『宜民宜人，受禄于天』，此之謂也。大好頭顱堪對鏡，無多骨肉苦爭棋。荆文詩：『冶城子爭道，拒父乃如輒。』蓋用王導与子悦奕棋爭道事。二千年物論成毁，銅爵荒荒又一期。

大厂别後，數有詩見和，四十二疊『枝』韻寄答

道難達本且隨枝，真照無邊説似知。天禄要收揚子學，廣陵祇效退之詩。强顔不欲因人語，荆文寓言一：『高語不敢出，鄙詞强顔酬。』清坐聊堪與子棊。又奕棊呈貢甫：『清坐尚可與君棊。』臨水登山千萬思，未應惆悵負歸期。

大厂寄眎潔廬贈詩，四十三疊『枝』韻作答

東游昔日遇神枝，拊髀何因告弗知。乍喜昌黎能薦士，更聞鴻慶早工詩。大厂原唱：『尚見當年

同志詩。』三年未有爭墩句，一局曾親賭墅棊。暫動還休誰共釣，依然沮洳戒輕期。潔廬第二首：『還休暫動與君期。』

大厂以夫人病齒簡詩告諸友，四十四疊『枝』韻答慰

客憐子輩已詞枝，俯仰隨人事未知。元遺山句：『俯仰隨人亦可憐。』肝膽百年許偕老，齒牙萬首病多詩。閩詩人某君語鶴亭，頗以數十疊韻為累。論經詎苦生疎字，放翁閑意：『學經妻問生疎字。』留燭不愁身世棊。後村偶賦『村飲婦常留燭待』，又耕仕一首『林間身世似持棊』。試誦香粳杜陵句，出房親饌喜如期。少陵病後遇王倚飲：『遣人向市賒香粳，喚婦出房親自饌。』

車螯一首簡亭，用梅宛陵泰州王學士寄車螯蛤蜊韻

疢齋饋我螯，致自其鄉郡。謂宜續歐梅，持以當佳醖。宛陵永叔請賦車螯：『王都有美醖，北物足當對。』索詩子善謀，戒飲予慚分。炙鮮亦同嗜，故事欲窮問。又：『翰林文章宗，炙鮮尤所愛。』當其吐氣時，海天白日暈。含漿豈自憂，遇火遽如忿。歐陽初食車螯：『含漿不肯吐，得火遽已呀。』藥疾侈功能，食餘苦除拚。物惡埋泥沙，人恥逐塵坌。荆文車螯：『尚恐擉者得，泥沙常埋湮。』游蕩恣所如，盍服金陵訓。又云：『豁然縱所如，游蕩四海濆。』

四十五疊『枝』韻，答潔廬見贈，並寄大厂

鳳池誰奪碧梧枝，作計偏教吏隱知。應笑病中猶獨醉，未聞愁絶少新詩。放翁初夏幽居『病猶獨醉雖堪笑』，又：新秋『新詩愁絶少成篇』。世途冷眼朱丹轂，時事關心黑白棊。再索冬青湖上譜，大厂三十六疊句：『嘗譜冬青耐凍枝。』長毋相忘視前期。

鶴亭辱和車螯，詞至深美，因再和作

宋廷重車螯，歲詔徵海郡。昌黎誇南食，未得佐嘉醞。歐梅陋北人，猶慚致非分。慷慨王荆文，翻然作天問。萬象有幾微，知風因月暈。嗜美既衆同，報施寧獨忿。終見醫門收，何辭席前拚。含匿祇自苦，濯暴宜無坌。俗蔽不足論，浮海懷孔訓。

四十六疊『枝』韻，贈鶴亭長君元美

欣然慰疾見瓊枝，歐公送前巫山宰吴殿丞：『喜見瓊枝慰病翁。』長夏相娱此意知。競説郎君能跨竈，借劉後村贈鍾丞父子句。更言阿弟已工詩。使還當有萬言策，示暇姑承數子棊。荆公戲贈葉致遠：『或外示閑暇。』暫與林間忘身世，後村句：『林間身世似持棊。』疎簾清簟日為期。

鶴亭、默君入闈試士，四十七疊『枝』韻賦贈

清目新篇珊網枝，鴻都地廣避喧知。荆文崇政殿詳定幕次偶題：『地廣還同避世喧。』戰場漫與東坡説，幕次將徵介甫詩。未信綳兒能奪錦，旋看得子在鏖棋。明珠如月難無類，劉孝標辨命論：『明月之珠，不能無纇。』刀筆刑名故不期。荆文寓言八：『始就詩賦科，雕鎸久始成。一朝復棄之，刀筆是刑名。』

試士一首，次王荆文讀進士試卷韻

子瞻訟當時，致君須讀律。子雲悔少作，自壯無玩物。取士故多方，孰能免訶咄。九品號得人，尤使寒門屈。無類教弗先，有生氣終鬱。强聒豈經綸，荆文送孫康叔赴御史府：『古人喜經綸，萬事慚强聒。』相忘惟道術。勿謂帝所難，賢豪閒世出。

從仙根得大厂詩簡，四十八疊『枝』韻寄答

啄木聲聞老木枝，歸根喜有草堂知。好籌當暑消炎策，仍課琱肝鏤腎詩。大厂簡云：暑健，能吟詠更樂！究如何歸根？艸艸報我。比巧豈真同戲奕，宛陵答韓氏兄弟見贈述詩句：『以巧比戲奕。』隨緣且可道贏棊。荆文詠棊：『且可隨緣道我贏。』廿年我憶觀君獵，敢以方山相擬期。

潔廬連日有疊韻見贈，四十九疊『枝』韻為答

舊雨嚶求好鳥枝，新篇尤喜得先知。荊文公闕枉道見過獲聞新詩：『新篇楚老得先知。』不窮多舛緣何事，宿齒新材愈有詩。莫謂項莊能舞劍，或疑介甫未工棊。一作：『我信子雲未投閣，人疑安石不工棊。』遯齋閑覽云：荆公贈葉致遠有『垂成』、『中斷』之句，是知公棊不甚高。分違猶作往來相，記取他時愛見期。東坡和王撫軍送客：『莫作往來相，而生愛見悲。』

讀王荊文集六十首

十日五日一風雨，龍骨雖乾麥有秋。再使元豐謌擊壤，先生自笑得無愁。

一川漲綠濃於草，度谿扶輿仔細誇。解道培芳衛岑寂，幽人不老亦如花。

遶屋寒流潄益清，贖魚喂鳥豈無情。扶疏三百誇高茂，不爲鵷雛為易成。示元度詩：『不為鵷雛實，但取易成就。』是苟美苟完之意，然已不能無病矣。

謫宦相依見友情，微雲消散滓塵清。修門共頌皇明邁，那有南山怨刺聲。何琬盡上荆公與呂望之酬酢數詩，以為諷刺交作。

東郭朝尋到涔亭，衆山含怨水丁寧。我知臨路愛山好，山怕相忘欲我停。

安步輜軿定有期，幸於湯慰小停時。吾廬可樂無熒聽，何必寒山擬舊詩。

積李崇桃春未闌，臨流何事復長歎。斑然伏獸知人意，承宇陰陰俯有蘭。

念客方違過我廬，汲泉山下煮園蔬。翛然人境無猿獺，況有仁心忍釣魚。

紫芝曄曄避秦風，出處惟知禮是從。失去二生來四皓，犯顏未許叔孫通。四皓詩：『出處但有禮，廢興豈所存。』劉辰翁評謂：語短味長，前人所未道也。

新城苦未愜歸心，桓氏何知有碎金。跕躡久留畏年少，五陵飛鞚得追尋。游土山示蔡天啟詩詠謝太傅『久留畏年少』，收結數語，則荆公自道也。

邂逅逢源肝膽輸，因稱韓愈俠非儒。歐蘇攬盡梅黃秀，若論憐才恐不如。

適性勞神道兩歧，揚雄韋曜舊嘗譏。冶城何至相争道，操具投江亦所宜。

道人留聽北山謡，護法無能且自嘲。豈有長松甘受穢，早知紅鶴不堪招。白鶴吟示覺海元公，原跋謂為逐講僧行詳留覺海而作，然云『長松受穢死，乃以紅鶴故』，則此舉何晚耶？

朝簪倦後鳥知還，彍弩風高客未閒。幾欲寄書無雁去，江南猶説買青山。

鄱水滔天氣澤寬，立朝風節古來難。了知行義有歸處，始詡波瀾堪縱觀。贈彭器資詩：『文章浩渺是波瀾，行義迢迢有歸處。』李注言『器資公早所厚，晚立朝風節彌勁，無所左右』。

娉婷千蓋擁荷花，枕簟風來日未斜。獨念陂農心望澤，看雲倚木不停車。

憑風欲寄嶺頭雲，晴雨何曾爲我分。卻笑定林林下客，一枝筇杖傲人羣。

蒙莊曾不怨虛舟，墮瓦因風豈自由。此際呶呶非勝義，哀渠只合勸真修。
謂循東路復西還，跂石緣危事等閒。未得秦淮與搖漾，有人無語立鍾山。
巨魚暖去壯夫愁，虎豢龍馴亦少留。問魯東門悲底事，人間元有稻粱謀。
新城舊埭緬遺恩，點檢蒼苔屐齒痕。最感聞箏垂涕事，可能全占謝公墩。
不應王衍勝商君，此語當年豈樂聞。未有小兒能辨賊，可憐絲竹已紛紛。晏殊惡歐九作鬧，即其一也。

長安誰識擇鄰難，陸渭南集跋温公家居禶儀云：『王元澤答客言：「大人之意，乃欲與司馬十二丈卜鄰，以其修身齊家，事事足為子弟法也。」』新城楊氏據此謂元澤亦恪遵父教，決無如邵氏見聞録所云。愛禮成仇更所歎。禶詠三：『伏波迷俯仰，愛禮坐成仇。』已謗先生臣虜服，又言公子婦人冠。

漢宮圖畫自年年，胡地春深更可憐。要識正言常若反，至今難忘是哀絃。劉辰翁評明妃曲『漢恩自淺胡自深，人生樂在相知心』，謂正言似反，与小弁之怨同情，可云卓識。觀其於此下即續以『可憐青塚已蕪没，尚有哀絃留至今』，則語意甚顯。范沖對高宗僅摘此語，遂謂心背君父，蓋極端文致之耳。

虎圖偶擬杜陵詩，想見歐梅斂手時。虎圖詩，李注：介甫、永叔、聖俞與一時文人分題，介甫先成，衆服其敏妙，永叔乃斂手。或曰：此體杜甫畫鶻行耳。大抵前輩多模取古人意，以紓急解紛。方信并州天下望，韓持國從富并州辟詩：『并州天下望，撫士威愛匝。』案：荆公對富如此，何便輕韓？山牆野壁亦無譏。詩前後亦與韓無涉似語，邵氏見聞録乃謂詆韓而作，李氏糾之是也。

懷王墮馬賈生悲，目論常於際遇疑。為説此心欺不得，滔滔絳灌更何知。即事三『哭死非為生，吾心良不欺』，此語亦前人所無。

放身千仞意難齊，下視塵居孰蔽虧。為有至懷迷所税，依依神闕在朝暉。題永昭陵：『神闕淡朝暉。』又表云：『想龍駕於空衢，莫知所税。』

斡地排天一草廬，壯顔毅色古來無。醜妍千萬雕鎪廢，笑煞微之識珷玞。

筋骸惟慮學人拘，吴長文新得魯公壞碑：『坐使學士勞骸筋。』疾雨横風攢刺如。墨莊漫録：『荆公書飄飄不凡，世謂之横風疾雨。』宛陵得介甫常州書：『字如瘦棘攢黑刺。』摭拾南軒輕下筆，新安忘卻過庭書。晦翁題荆公帖言：先君子自少好荆公書，贊歎再三。及題韓公帖，乃引張南軒語詆諆不已。

車輪隨處憐芳草，波浪生涯笑白鷗。南望春江緑如酒，争教華髮不生愁。

耡奸不慮藏身固，除疾須嚴愜意餘。公自寓言人造謗，遂成囚垢説詩書。烘蝨詩：『已觀細黠無所容，未放老奸終不墮。』疥詩：『方其愜心時，更自無可患。』竊謂古人詩文之精潔，蓋無逾荆公者；其性情必不如辨姦論所云，以此二詩，遂成口實耳。

悟彼栖栖自有辭，翻然攬轡欲從誰？肺肝幾絶形骸外，未必無人共此悲。

浸淫穴柱萬蚍蜉，日飲無何客以愀。不管丹青顔色好，登堂先為主人謀。

嗷嗷誰謂我心憂，一夜頻驚衆亦仇。同昌叔賦雁奴云：『頻驚莫我捕，顧謂奴不直。』從古偷安誤人國，不鳴終為雁奴羞。又云：『偷安與受給，自古有亡國。』

旁圍靡靡山無力，遠出泠泠水有心。稱意人間寧易得，過劉貢甫云：『稱意人間寧易得。』委身天地

始從今。示平甫弟云：『付與天地從今始。』

饑走荒山舌可捫，小狙雖苦大狙尊。不知匿智方成俗，猶笑他人食棗昏。

良交那忍棄殘缺，美玉云：『大賢小玷缺，良交豈其絶。』內訟要須勤補磨。又：『不補亦不磨，人為奈爾

何。』感事云：『內訟敢不勤，同憂在僚友。』我信先生非執拗，責躬常比責人多。

詩賦雕鎸久始成，又從刀筆事刑名。百年終見崇經義，當日無如有黨爭。

但計英雄入彀中，百端揉斲歎才窮。耒耜云：『山林盡百巧，揉斲無良材。』李唐更與朱明較，歸罪鴻

都恐未公。讀進士試卷云：『安知鴻都事，竟用程人物。』

貸錢傾粟助之生，探本為謀義自明。一事青苗難放過，程伊川言青苗一事，放過何害。翻疑無意挫

兼并。荊公寓言詩為探本之論，語意至顯。而李注謂公詩常云『俗儒不知變，兼并無可摧』，而此詩復以挫兼并為非，蓋

就末二句『後世不務此，區區挫兼并』言，何止固哉高叟。

救弊難辭萬謗傷，酬王彥叔奉使江東訪茶利害見寄云：『區區欲救弊，萬謗不容口。』勞心養譽衆旁皇。又：

『勞心適有罪，養譽終天醜。』詶詩獨念茶山賦，有術何曾挾管商。又：『余知茶山民，不必生皆厚。』敀畧云：

『公之惓惓民事，若恫瘝切身，何後之攻新法者，必曰挾管、商之術，亦曾於公詩文稍一寓目耶？』沈氏補注亦云：『言茶

山之民不必皆富，恐徵求無措，則逆料於弛禁之先。』可云明識。

術窮摧子父如何，就海收鹽政已苛。更使百年專一壑，貧民餓死富民歌。今時鹽制，人以就場徵稅為善。惟中山先生嘗云：『若為民生，則鹽不當稅，承商更無論矣。』

患留西北歲乘邊，朝野勞勞望息肩。賣劍買牛非易事，省兵議未附時賢。荊公雖不反對省兵，亦不和文、麗當日議論也。

際遇豐熙曠代無，金陵全未怨羈孤。如何曲解君難託，論世翻輸李雁湖。李注君難託一首甚確，而沈氏臆測羅織，自形其謬。

神泉高穴與雲平，不作笙鏞悅耳聲。何事青山捫蝨坐，人人都道是門生。

攀翻誰與寄情親，自信文章老更醇。南北風塵嫌累志，交游猶笑黨頻頻。

聞唱旂亭轉不怡，少年有句悔難追。平生直節元無負，祇是高才太自奇。華藏院此君亭詩云：『人憐直節生來瘦，自許高材老更剛。』高齋詩話：『公晚年與平甫坐亭上，視詩牌曰：「少時作此題榜，一傳不可追改。」』

痛愛黃州遷客詩，峯多礙日有微詞。亦知水遠山尤遠，且遣江流擁涕洟。荊公擊節東坡自黃州北遷『峯多争礙日，水遠欲浮天』句，謂老夫生平未有。余則酷愛荊公『江擁涕洟流入海』七字。

唐人聲律盛當時，不廢高岑應制詩。湖上春風曾再賦，披香寧竊柳家詞。芥隱筆記謂荊公於歐公坐上再賦『而』字韻，以是見疾於老泉。荊公句『春風垂虹亭，一柸湖上持』，即『而』字韻。案荊公詩才素敏，如題虎圖先成，歐陽閣筆，亦一證。西清詩話謂和御製賞花釣魚詩，傳至介甫，日將夕矣，亟欲奏御，得『披香殿』未有對，因鄭獬語，對以『太液池』，翌日都下盛傳王舍人竊柳詞云云，非事實也。

荒陂渺渺日騎驢，問字鍾山興未孤。南渡不知儒術貴，但傳蘄國在西湖。荊公鍾山騎驢圖，李伯時所畫，俞秀老挾字説隨後。東坡和詩，所謂『騎驢渺渺入荒陂，想見先生未病時』也。

獨尋芳草説歸時，十載相從恨已遲。嘉祐本無辨姦論，金陵數見唱酬詩。荊公北山詩『緩尋芳草得歸遲』，東坡和云『從公已覺十年遲』。宋本嘉祐集，無辨姦論。

今人未可非商鞅，後世誰能事左車。堯舜致君寧有術，不妨舉國厭迂疏。詠商鞅、張良、韓信、賈生諸詩，俱別有感慨。惟於孟子云：『何妨舉世嫌迂闊，故有斯人慰寂寥。』則素志也。故嘗云『他日若能追孟子』。

冥冥深樹遮紅蘂，淑淑游鯈出緑蘋。又是看人過江日，鍾山咫尺未埋雲。

客子留連怪屢遭，據梧枝策亦同勞。五湖芳草知何似，為道蔣山松已高。

江湖魚樂已相忘，何事遮要話玉堂。絡首猶存人漸老，此身原自愛桐鄉。

交親第一重斯才，獨自登臨意更哀。亦有招提數行墨，何曾梁木感風摧。題雱祠詩，李注云：『臨川李子經謂屬逢源，恐非。』攷畧云：『雱固未必有祠，即題祠，何必詳注在寳公塔院。題已可疑，「豈謂登臨處，飄然獨往來」，尤不合父子悼亡語。則李子經謂屬逢源，必有所據。』案：詩意與寄逢源、思逢源諸作甚近，而荊公平日與諸弟及諸女詩，皆見性情，有分際，並證以題永慶壁雱遺墨一絶，尤覺攷略所訂為當。

定肯低頭東野秀，不聞抗手玉川奇。荊公兼學韓、孟，其傾倒廣陵，無異退之於東野。惟廣陵時有近玉川子者，荆公無之，豈不為耶？斂情約性非容易，力挽唐風入宋詩。石林詩話謂：『荆公少以意氣自許，不復更為含蓄。為羣牧判官，從宋以道盡假唐人詩集，博觀而約取，晚年始盡深婉不迫之趣。』毋逢辰序，謂『公之詩非宋人之詩，乃宋詩之唐者』。案：公近體尤見此意。

耕深石撓獨行歌，逢源南山之田贈介甫：『耕之深兮，石撓吾耒。』絶壑凌雲奈爾何。思逢源一：『杞梓豫章蟠絶壑，騏驎騕褭跨浮雲。』詩到蘇黄猶未盡，嘔心應比錦囊多。嘗謂逢源乃宋之昌谷，同一嘔心為詩，而風會迥異。李盡於詞，王盡於意，王似尤難。

龍文虎脊接風騷，積抱為工格自高。詎是書生辭賦氣，故將嚴整敵韓豪。劉辰翁謂：『公讀坡集，喜而屢和，然節度嚴整，「未足當韓豪」也。』又云：『公詩律甚嚴，得意亦少。及其拙也，有書生詞賦之氣。』案：公近體工於隸事，而風韻不減。和詩不定勝東坡，而節度嚴整，正足救弊。劉氏兩評，殆非公論。

豈因相業累詩名，洛蜀非公世尚憑。七八百年門户廢，今人不諱學金陵。荆文學術文章，並爲洛、蜀黨徒所疾視，元遺山已有『諱學金陵』之歎。而楊升庵、王漁洋輩，猶恣情掊擊，一若不如是不足當斯文之正宗者。

苦雨，讀杜老秋雨歎，感其詞意，次王荆文久雨韻

天哭霿霿涕滿空，宛陵秋雨篇：『天公哭霿霿，灑涕落九州。』四海八荒呼其龍。大隄潰失后土污，魚頭赤子居無宮。木始生耳船入市，掛席詎適南巷翁。後時馨香忘不得，堂上三嗅猶臨風。

再用前韻

苦熱已欲逃虛空，苦潦又見魚為龍。不知百姓坐何罪，白日弗照潴其宮。城樓逐宿人畏豕，山頭哺子婦懟翁。干戈黯黮盛陰氣，杜詩：『干戈盛陰氣，未必自陽台。』腐儒力說東南風。程伊川謂：風從東南無雨，風從西北則雨。東南陽也，西北陰也。

題曹纕蘅移居圖，次原韻

移家恰是古城東，棊槊相娛此坐中。抱甕荷鉏後村事，後村即事：『抱甕荷鉏非鄙事。』求田問舍半山同。荆文詩屢反昭烈語意，如云：『無人語与劉玄德，問舍求田意最高。』卜居獨念瀼西樂，少陵卜居：『春耕破瀼西。』選勝羣疑冀北空。東坡和道源：『歸去方知冀北空。』羨子頭銜拋不得，已兼詩客與園翁。後村即事：『目為詩客不勝慙，喚作園翁定自堪。』

董卿和試士詩，有『彀中馭世』語，復次韻廣之

緊古振奇士，所鄉惡程律。恥游羿彀中，肯備藥籠物。科舉二千年，寶鼎以瓠咄。權能剖至人，卓立乃不屈。謂德無差池，謂才有蕙鬱。明試本至公，陳修惟其術。書梓材：『既勤敷菑，惟

其陳修。』舉以役於人，亦曰為時出。

五十疊『枝』韻，寄大厂問疾

常如越鳥在南枝，荆文句：『飄若越鳥北，心常在南枝。』示疾維摩問訊知。豈以從横今致病，杜詩：『人今罷病虎縱横。』不逢裲襶盍言詩。晉程曉詩：『可憐裲襶子，觸熱生病根。』一作『戴熱至人家』。安心定許為良藥，窘局焉妨鬬巧棊。韓持國句：『分明四坐鬬巧棋。』努力加餐望吾子，啖瓜如棗恥安期。

棲霞山題名二首

斯邕而後孰工書，小學功臣數二徐。春换江南知幾代，騎省懷古六言：『江南異代長春。』銀鈎留跡故無如。又寄問方判官、田書記：『銀鉤踪跡更無如。』徐鉉、徐鍇

恰是熙寧侍疾時，長君名字至今疑。誰知日暮歸巖下，已有梅花香雪詩。一作：『誰知老輩詩難弟，早有梅花香雪詩。』旁為荆公次子，公曾題其詩謂『俞秀老一見稱賞』。其句云：『日暮欲歸巖下宿，為貪香雪故來遲。』　王旁

雨止，適得董卿和詩，三用荆文久雨韻

電眸虎齒聲摩空，江淮十日驕鼉龍。天吴移山可作地，宣防不塞胡為宫。遂止勿太亦有愿，憂魚思檝昌黎翁。昌黎秋雨聯句：『憂魚思舟檝。』又：『庶幾諧我願，遂止無已太。』詩人為誦天悔過，盡掃晦昧來清風。又：謁衡嶽：『陰氣晦昧無清風。』

三用荆文試進士韻，簡答董卿

馬上得天下，未除挾書律。群經置博士，二京盛文物。舉士一途拘，高論千載咄。聖門用詞賦，衙官命宋屈。草野既皇皇，巖穴尤鬱鬱。上宜崇治道，下豈遺藝術。古或不如今，有言肆之出。

大厂見寄用后山次東坡韻詩，依韻奉答二首

良夜月皎皎，不願生微雲。獨居思悄悄，何可無此君。飛轍就夷塗，薄酒猶盈樽。韓子亦有言，為文俟其醺。老矣疏鑿手，終焉刺繡紋。豈予經綸誤，而以詰屈聞。昌黎秋懷：『詰屈避語穽。』誠齋定林即荆公讀書處詩：『經綸枉被周公誤，相罷歸來始讀書。』胡為困藥石，漸欲忘朝昏。往提四

海水，試洗一尺渾。原題再次韻蘇公有懷誰為言，寄詩復如訴。平生二三子，不茹亦不吐。愧無叔子仁，嫌被元規污。把酒相與閑，他憂始此付。荊文示平甫：『豈無他憂能老我，付之天地始從今。』語奇欲破膽，志逸不踰度。雖爲諸侯客，未悔儒冠誤。歐識梅丈窮，漫云以詩故。書畫與金石，何非濟勝具。乃悟冠蓋場，不如清涼賦。他時與君棊，黑白任權數。原題次韻蘇公勸酒與詩。荊文奕棊呈貢父：『清坐尚可与君棊。』昌黎送靈師：『圍棋鬬黑白，生死隨機權。』

讀王荊文集，補作十首

仰屋平生感獨殊，功名猶足累居諸。詩人若識低徊意，敢謂休官始讀書。

未厭庸兒日問儒，王逢源寄黃任道：『益厭庸兒妄問儒。』畫墁獵較且為徒。交親尚勸乘桴去，逢源寄介甫：『終見乘桴去滄海。』何事先輕范大夫。吳江：『吾雖輕范蠡，終欲此幽尋。』

匈奴臂斷戢諸羌，舊代聯功在廟堂。和蔡副樞賀捷：『幕府上功聯舊伐。』積弱已開南渡局，幾人爭說棄河湟。

一月千江體不分，丁寧招喚卻嫌頻。獨尋芳草歸來晚，猶與龜魚作主人。答韓持國芙蓉堂：『芙蓉堂下疎秋水，且與龜魚作主人。』

以人代畜古無聞，一語莊嚴見性仁。縱有筍輿宜老者，何如小蹇載閑身。馬死：『天廐賜駒龍化去，謾容小蹇載閑身。』冷齋夜話：荊公居蔣山，時時往來白下西門庵小堂法雲寺，止以一驃挾蹇驢。門人乘間諷筍輿宜老者，公曰：『古之王公至不道，未嘗以人代畜。』

心無所住今猶昔，流轉成塵色即空。公是昌黎真法乳，謗禪排道不須同。借后山送劉主簿句。

進退平生各有懷，修廣師法喜堂：『始知進退各有理。』山林獨往世偏猜。呂誨劾論荊公云：『先帝臨朝，則有山林獨往之思。』泠然度水穿雲句，政自中書治事來。中書即事：『何時白石岡頭路，度水穿雲取次行。』

疾惡無因恨太嚴，清光何處隱毫纖。只欣此際浮雲盡，窟穴從渠養兔蟾。詠月：『此時只欲浮雲盡，窟穴何妨有兔蟾。』李注謂：『此見公包容小人之意。』按：詠宰嚭云『但願君王誅宰嚭，不愁宮裏有西施』，當亦此意。

岡巒箸處昏難辨，牆壍隨行曲可憎。次韻微之泛舟：『地隨牆壍行多曲，天箸岡巒望易昏。』休怨暮雲多薄倖，楊誠齋句：『暮雲薄倖斜陽劣。』楚山曾上最高層。登飛來峯：『不畏浮雲遮望眼，自緣身在最高層。』杜牧之句：『明朝楚山上，莫上最高層。』

自有耰耡自力操，幾時園地長蓬蒿。獨卧：『誰有耰耡不自操，可憐園地滿蓬蒿。』可因斂退傷前猛，昌黎秋懷：『斂退就新懦，趨迎悼前猛。』始道求田問舍高。讀蜀志：『無人語與劉玄德，問舍求田意最高。』

次韻集王廣陵句答庚白

不得吾心自合歸，奉寄崔伯易東西終日竟何依。孤雲只應胡蝭還相識，從光師求花卻看楊花自在飛。滰滰常得民愚猶是幸，和洪與權逃民靜於人事益知非。春日扶搖不起滄溟遠，紙鳶欲撥憸人未發機。靡靡

四用荊文試士韻，簡仙根諸友

好士如好詩，所貴聲為律。頗愛王荊文，往往言有物。豈無衣鉢緣，獨為雕鐫咄。荊文寓言八：『始就詩賦科，雕鐫久才成。』變制久未能，抗議終不屈。乃知賢者心，與俗殊忻鬱。煌煌進士科，蕩蕩齊民術。雷雨倘非時，白袍徒跣出。

五用荊文試士韻，寄大厂

叔孫起朝儀，蕭何定漢律。二生掉頭去，三代失舊物。魏其徒沾沾，長平奚咄咄。孰為李豸甝，毋使劉蕡屈。刈楚喻良材，破竹快清鬱。没階可復趨，義山句：『卻羡卞和雙刖足，一生無復没階趨。』投博究無術。山谷句：『懸博在投不在德。』賢有見獵心，高論不敢出。共談試事，居士戲言『若有篆

刻、倚聲兩科，亦欲一試』，故末句及之。

六用荆文試士韻，簡翼如、默君

日月有恒軌，坤乾無定律。獨陰道不生，亢龍悔其物。弧矢占何祥，蛇虺夢自咄。三綱漢儒倡，百世婦道屈。惟恃非常原，足散九幽鬱。照以平等觀，異於霸者術。同官好盡心，濟濟一時出。

寄謝散原老人評點拙詩

萍水文三我中表，南行曾為誦君詩。大談高睨嗟焉往，願學忘年幸未遲。斷岸有雲通窔㝔，故鄉何地忍瘡痍。篇章祇欲攄孤憤，穅粃猶疑有所私。

答大厂，次王廣陵寄介甫韻

幾同王粲懷吾土，誰是田文問客家。雖未應真聊自適，荆文我所思寄黄吉甫：『雖未應真終適己。』不思返旆亦何嗟。昌黎李花：『無由返旆羲和車。』雲消嶺上人多喜，荆文與吕望之上東嶺：『俯仰多可喜。』又云：『微雲會消散。』星出東方衆尚譁。昌黎醉後：『煌煌東方星，奈此衆客譁。』喧雀且堪當暮急，老杜：

『客居籬雀暮喧繁。』泔魚豈悔昔年差。荆文寄涇州韓持國：『泔魚已悔它年事，搏虎方收末路身。』

鶴亭闈中有見夢三章，即次第一首『惻』韻賦答

我常入君夢，知君最相憶。君勞茲過我，不以六月息。何意瀼東西，至忘城南北。車乘畏良朋，喬木思故國。時趨暫苦勉，能事輒促迫。商略雖萬千，差違在咫尺。斯道終不渝，斯意奚由塞。悠悠行路人，翻怪苦悽惻。

寄木蘭，再用『惻』韻

卅年半出門，骨肉成遠憶。惟汝常從我，憂病得蘇息。汝生無弟昆，我行無南北。未能讀寶書，何事適異國。綵衣覓方勤，老杜宗武生日：『休覓綵衣輕。』芳蓀繡已迫。又別李義：『小儒繡芳蓀。』聞汝舉一雄，賀書頓盈尺。謂為善者報，且占道通塞。遲汝攜幼歸，臨流毋歎惻。或作：『生女定遜男，吾意轉歎惻。』荆文寄蔡氏女子：『遲汝歸兮攜幼。』又：『望超然之白雲，臨清流而長歎。』

次董卿淹卧一首韻

年時梳沐愛清晨，折簡催詩意益親。亦信杜陵能治瘧，偶規坡老又如神。行謌漸覺吾廬隘，

腐爵何妨霸業申。衡霍未遥應拊髀，也容因病得閑身。

三用『惻』韻簡仙根，竝寄大厂

從我有不忘，去我有深憶。江湖水已多，辛勤問消息。誰謂越鳥身，棲遲常在北。高丘本無女，何者為樂國。幽憂指自佳，稱辭怨且迫。器欹戒含滿，尋枉譏直尺。如何等薰蕕，因疾鼻可塞。行藏知有時，相望猶惻惻。

五十一疊『枝』韻酬纕蘅

瑶舟幾訊白門枝，所得還應較所知。愛子出塵雙井句，笑予多癖半山詩。纕蘅見贈有『石笥荆文有篤嗜』句，鶴亭謂其所作力摹山谷。但聞鎖院添酬唱，何處耕巖有奕棋。傳是新來商略苦，時方編今傳是樓詩話。西風回雁可如期。

奉酬大厂言志之什，四用『惻』韻

獵較時未能，抱關事堪憶。念彼勤役多，愧兹微倦息。豈無風自南，勝於山有北。落落去何鄉，延延憂在國。綦槊欲相娱，甕牖嗟日迫。子徒畏簡書，誰與正衡尺。何況巨浸成，皇計夷途塞。食薇不願餘，使我中心惻。

悼組菴先生，仍用『師、期』韻

此身真付五禽師，達者何知讖在詩。諸葛自稱仍謹慎，汾陽所得是聾癡。平生部曲應流涕，餘事文章亦映時。惟有典型隨歲改，弓髯攀託慰無期。

寄鶴亭廬山，五用『惻』韻

挾伴游名山，快踐平生憶。天公故世情，風雨瞬亦息。便從澗東西，徧踏山南北。李白死千年，誰歟王此國。我疑散原翁，短兵詑相迫。老鶴聲九皋，元龍卧百尺。惡詩一時洗，魂氣四山塞。有客不能從，貯望徒悵惻。

組菴先生國葬有日，既賦『師、期』韻追悼，意有未盡，復成此章，六用『惻』韻

逝者無與招，成事難去憶。英賢日淪謝，草澤未休息。君才兼文武，譽早流南北。中間苦驅馳，晚惟憂黨國。遇物自有容，憐我情多迫。果哉忍須臾，詎能施寸尺。劍南觀孫太古畫英惠王像：『尺寸未施讒已衆。』遺澤矢不忘，後死責誰塞？何堪臨大江，揮淚意慘惻。老杜句：『揮淚臨大

江，天高意慘惻。』

大厂寄示潔廬賀余得外孫詩，五十二疊『枝』韻賦答

幾人同説有孫枝，雙鬢蒼然四海知。宅相倘徵杜陵句，杜句：『宅相榮戚戚。』關山猶憶木蘭詩。此時凡目驚傳夢，東坡賀子由生孫：『舉家傳吉夢，殊相驚凡目。』他日香囊待賭棊。且道無官於事足，篋中慚愧故交期。杜詩：『篋中有舊筆，情至時復援。』

鶴亭函述散原老人詩評，有『荆公襟抱絶俗，故其偉略高識，涵納掩蔽於文字之表』語，賦此誌所感，七用『惻』韻

丈夫志萬年，細故當不憶。閑氣争古先，借宛陵永叔贈酒句。微鑒仞胎息。論詩泥唐宋，如書衍南北。未嘗遇散原，何能語荆國。杜韓力雕鎪，盧孟與追迫。一心絶塵坱，萬材入刀尺。相業故難知，羣謗因莫塞。歐梅同罪廢，遺山語可惻。

大厂阻雨潦不果來京，情見於詩，八用『惻』韻寄懷

平子賦四愁，憂時若有憶。伯鸞成五噫，忤物去可息。昂昂易居士，不南亦不北。啜醨辭醉鄉，振衣出裸國。清絃聲似孤，哀曲柱仍迫。奈何風雨中，水深泥數尺。意本無町畦，事豈增抑塞。畏塗此未戒，沈陸彼堪惻。

得鶴亭廬山寄詩，最感其越澗過俄羅斯人家一首，九用『惻』韻和之

何人語香爐，風塵始相憶。龍瀑得奇句，虎迒容假息。邂逅山中人，遷流從極北。不敢道姓名，那復思宗國。百年世事異，九載生計迫。共煮麻三升，不盡桎一尺。黲黲憂黎元，兵氣尚偪塞。我知仁者心，匪為行役惻。

鶴亭寫寄廬山遠公塔詩索和，即次原韻

匡廬佳處不自私，往有大句輒得之。李白蘇黃昔未到，邱壑尚足為人師。雲來欲奪登降地，月出喜繡江湖姿。鶴亭夜歸廬林，有『滿衫松影月為繡』句。又詠黃龍潭：『天將雲奪地，風挾水成雷。』千年瞻拜遠公塔，龍象奕奕心尤儀。義熙結徒獨名社，幾復政恐同其悲。彭澤縣令招不至，臨川内史去莫追。士於其間別静躁，法非有意為嗔癡。不然聖凡俱可度，客兒況早誇白眉。原作云：『迎陶拒謝定何意，瑍所生子殊不癡。情無取舍斯佛法，有酒曷不同攢眉。』什師與公故相望，弘教乃在姚興時。平塗積峽茲豈絶，康樂廬山詩：『積峽忽復啟，平塗俄已絶。』鶴亭次韻云：『登降敢告勞，光景固已

絶。』生天成佛所不疑。擬借塔鈴答君語，我儕好古生已遲。

和大厂中秋感賦，十用『惻』韻

新朔雖已更，舊節能勿憶。一月有圓蝕，萬人共興息。吾道豈其南，大患真在北。蛟龍失常馭，蛇豕食上國。沈茭靡有功，煎豆日惟迫。我亡脣及齒，敵得寸更尺。民巖詎無畏，天破曰可塞。當時養兔蟾，荆文太仁惻。荆文詠月云：『此時只顧浮雲盡，窟穴何妨有兔蟾。』又云：『君看出没非無意，豈為辛勤養玉蟾。』

由京至滬，答大厂見贈，並寄鶴亭，十一疊『惻』韻

握手相見歡，回首相違憶。離合非尋常，誠至兩不息。爾時文字飲，酣極話南北。憂患不自矜，惸惸惟念國。裘葛瞬再更，災祲横相迫。下視唯與阿，其間豈能尺。道罔故吾懟，事期衆望塞。持此報故人，我心交忻惻。

哭勷勤

忽爾家居去高棟，豈徒吾黨失良朋。渡河未瞑宗留守，憂國終傷杜少陵。拯我於危知最苦，

跡君行事概難能。結廬桐柏平生語，淚溼江雲痛不勝。

次韻答無量

雨過能為數日陰，飛鴻淚別不教沈。茱萸已把人猶客，苜蓿難乾士有心。且喜庭柯將月上，未知原野閲秋深。乖厓何事思諸葛，慷慨先聞蜀國吟。

答懺盦見和，十二疊『惻』韻

十二年前事，回頭盡可憶。海上又逢君，相對惟太息。君去海之南，我行塞以北。寶玉歸神姦，孰惠此中國。討賊幸功成，鬩牆復憂迫。至道何嘗遠，論思咫有尺。細冀曲學祛，大欲橫流塞。國步已艱難，天步諒悱惻。

再答無量，併寄禺生

蔓結高甍尚有陰，夥頤居室況沈沈。苻離但博元戎鼾，京兆寧知諫議心。天上欃槍何日没，人間機事本來深。未能照寂通禪悟，那悔從初效越吟。來詩有『枯禪坐逭阿僧劫，末世惟存不忍心』句。禺生前寄詩則云：『遲年為政商迂滑，早歲從亡更苦辛。』

無量和詩亦感時事，因再和之

綢繆不定迨天陰，此日風多嚮又沈。我恨霿雲猶有矢，人言叔寶久無心。試拈蓍草時多晦，載聽鳴琴道未深。説與潛夫歸計早，詎忘苕霅濯纓吟。東坡和章七湖州詩：『霅水未渾纓可濯。』

滬輪中寄精衛並別滬上同志，倒用『惻』韻

揮手出門去，慷慨襍悲惻。將去行復止，欲吐語仍塞。豈有事萬難，而須喙三尺。阿奴利火攻，同氣重相迫。盡瘁不足云，讒言交四國。昨日杜陵翁，城南望城北。天道縱難知，民勞願小息。相去一水間，如之何勿憶。

養疴香港赤柱灣，再倒用『惻』韻寄大厂

御風列子狂，擊汰靈均惻。達者無所需，斯道不變塞。奈何彀中游，齗齗爭寸尺。海隅屋可借，風濤詎云迫。俗未離華夏，地喜邇鄉國。培芳南山南，伐翳北窓北。愧予心難齊，欣佳取暫息。故人期不來，江湖耿相憶。

除夕，三倒用『惻』韻

歲如赴壑蛇，昔人詠以惻。韓公更多事，為文送窮塞。未爲衆生憂，俯仰愧尋尺。示疾如維摩，喻近詞亦迫。繞朝苦用秦，得臣猶在國。除舊欲布新，轅南豈轍北。且起祝祥和，但願干戈息。誰唱望江南，鍾山尤所憶。

不匱室詩鈔卷五

番禺胡漢民展堂甫

次和無量游廣州歸舟口占 二十一年

羣雲繁積歲方陰，太息忘機陸可沈。齊客欲言三宿事，原作有『出晝每追三宿憾』句。魯連早有不臣心。風潮為爾歸舟便，簪紱憐渠要路深。投閣本來子虛語，解嘲何事託長吟。又舟中偶成云：『醉引長謡暫解嘲。』

送蘆隱行，四倒用『惻』韻

昨日不足留，今日不足惻。民聽亦易聾，誰能抉其塞。宛陵送毛祕校：『君能抉其塞。』尼父九仞山，杜陵功一尺。杜句：『一簣功盈尺。』相遇非必疏，相見寧由迫。長安多佳麗，傾城與傾國。獨有海濱人，所思注東北。借杜句歸舟乘長風，物糞吹以息。壯往無復難，那為兒女憶。

寄思毅、人鶴，五倒用『惻』韻

詩人愛青山，謂可洗憂惻。杜詩：『青山自一川，城郭洗憂慼。』遡回從中央，蒼蒼蒹葭塞。杜詩：『渚拂蒹葭塞。』千里送書來，鯉魚長一尺。曰余病未能，兩賢豈相迫。有酒勸長星，無人思蜀國。但喜一官遷，誰羞三戰北。荆文詩：『三戰北不羞，一官遷輒喜。』崢嶸竹數竿，平生知憩息。杜詩：『平生憩息地，必有數竿竹。』舊筆時復援，問君何所憶。

感事，六倒用『惻』韻

近畿苦被兵，遠道聞者惻。砲火中宵來，奔避夷塲塞。可憐百萬家，去死不踰尺。忍辱為廷議，開情致崩迫。杜早行：『崩迫開其情。』詞客且哀時，將軍誰活國。我舟維自南，我馬嘶向北。無時畢憂虞，况計燕居息。陳意豈必深，回首龍池憶。杜詠懷：『回首蛟龍池。』又云：『意深陳苦詞。』

捷書，七倒用『惻』韻

捷書晝夜同，破涕心猶惻。致寇者誰歟？烽烟五月塞。桓桓蔡將軍，拔劍争地尺。部曲殊死戰，天驕不敢迫。軍興二十年，此役真衛國。義聲鑠西南，奇恥湔東北。咄哉婁敬輩，隱忍承鼻息。和親本無策，覆轍當自憶。

兵退，八倒用『惻』韻

寇深君若何？兵退衆心惻。春申嗚咽流，蚩尤寒空塞。彌月抗戰功，棄之乃咫尺。肉食三千萬，借工部昔游句。呼援任哀迫。為敵實忌才，相視如異國。守地輕東南，營構重西北。歡盟何由成，攻掠矧未息。小雅有采薇，今人多不憶。

壽鶴亭、董卿六十

兩翁同是名家子，江左風流見一斑。別後聰明當益健，憂深懷抱不曾閑。故人各以詩為壽，大隱何煩藥駐顏。猶有鶯花堪共醉，劍南萬首莫須删。劍南句：『小市鶯花時痛飲，故宮禾黍亦閑愁。』

題歲寒三友圖，集曹全碑字

雨葉與風枝，人間寧有異。嵯峨歲之餘，相守乃同志。

鶴亭至揚州為董卿置酒，疊『刪』韻再寄兩君

東坡淮海相從久，此日真憐鬢未斑。南渡詩家多壽考，過江名士半忙閑。綠楊繞郭堪留客，紅萼依人亦破顏。草長又逢三月暮，借董卿去年和『樓』韻句。清愁如草可曾刪？

書事，九倒用『惻』韻

黍離麥秀歌，半為狡童惻。一姓不再興，頑民謗易塞。況當官天下，得尺非王尺。何物兒皇帝，熏穴求之迫。亶以夷亂華，猶曰舉廢國。韓亡三十年，席捲滿南北。豈無張邦昌與劉豫，羶附偷視息。可憐凝碧池，右丞徒悲憶。報言始贊偽命之鄭某，近亦悒憤不逞。

集曹全碑字，答董卿書

故人千里致魚書，為道長安不易居。書言：『以長安居不易，遂返揚州。』畢竟揚州風景好，二分明月近奚如？

述哀，集曹全碑字

述學相從百不如，年時風雨感離居。元明早有山中志，後死徒親孔子書。
平生敬禮父師如，嶽嶽南雲歲不居。方藥罔為君續命，儒門寧有事親書。
親仁好士世無如，謀國功成復不居。七十餘家趙文子，分金仍拜歲除書。
扶疾憂心季所如，時賢焉恤好家居。爲歡三月歸鄉計，不及相望有報書。

三疊『删』韻寄酬董卿

窮巷招邀到歲闌，屐痕猶記點苔斑。士矜晚節投時嬾，天愛詩人與境閑。書欲白余心上事，酒能朱爾鏡中顔。竹西佳處憑重過，俊賞成吟未許删。

大厂寄示避難、清明二詩，十倒用『惻』韻和之

不因耳目異，始覺心脾惻。昨日錦繡場，今為敗瓦塞。粤人好聚居，韋杜去天尺。萬室被瘡痍，一士苦束迫。行路欲斷魂，逡巡如去國。難得五千卷，燼餘猶巷北。我知窮居士，喜極翻歎息。時無飯顆翁，全盛開元憶。

元美書來為雙親生日徵詩，因次書中語寄壽鶴亭

海鶴風姿藹藹春，文章尤喜性情真。寫經歲歲能祈福，話荔時時不受塵。鶴亭有寫經、話荔兩圖

生日相同懷舊德，鶴亭生日與巢民先生同。名園無恙屬詩人。水繪園久易主，前年鶴亭始贖回。烟霞作

壽誰仙筆，鮑葛羅浮定與親。

柬佛成先生，十一倒用『惻』韻

觸處無好懷，既事有餘惻。聒而與之言，無旒耳亦塞。豈有千丈清，不如渾二尺。后山次蘇公

西湖觀月聽琴句：『信有千丈清，不如二尺渾。』師出行何遲，寇來勢已迫。父老哀無家，諸侯去其國。

歐池水湯湯，戈船幸未北。艱難孰挺身，存亡爭一息。折屐阻投鞭，棋罷東山憶。

董卿三疊『刪』韻見和，即簡奉酬三首

已嗟京洛流塵暗，尤念江湖別淚斑。紅藥橋邊為誰好，白雲嶺上與人閒。頻年爲客茲多感，

一月無詩輒强顔。不怪因循吾事落，春秋斷爛有詩刪。

十里東風載酒還，郎君未貴彩衣斑。道園肌理淵而麗，務觀文章老更閒。董卿平日欣賞道園，括

一『肌』字，而近作多近劍南。欲語林塘重回首，荊公寄友人：『欲語林塘迷舊徑。』相投珠玉一開顏。著新吹萎寧無意，休學禪門綺語刪。原作有『冶春浪語逐年刪』之句。唱酬我憶陪諸彥，文采猶窺豹一斑。荊公句：『卻慙久此陪諸彥，文彩初無豹一斑。』未見求田隨俗好，卻從擊壤獲身閒。冶城空復思王謝，北海何曾擬孔顏。紫鳳天吴等兒戲，來詩有『手拆波濤移曲折』句，指集字詩。只因哀怨不能刪。

失題，十二倒用『惻』韻，寄蘆隱、人鶴

不見管夷吾，楚囚相對惻。晚有小兒輩，江淮流未塞。誰擲一丸泥，不顧法三尺。寇至則先去，處此云實迫。古人城下盟，垂死羞其國。今人壁上觀，佳兵無南北。割地使者還，抱火權門息。太學再上書，少陽堪復憶。劉平國宰寄潘子善詩敘云：陳少陽率太學伏闕上書，六賊遂退。少陽猶以後書不盡用，拂衣去。近傳太學伏闕書，是歟非歟？非山間林下所得知。獨怪朝廷不用其言，諸君猶苟安於學，豈以靖康時事視今日緩急異耶！

為馬武仲題蘭湖禪藻卷，集曹全碑字

卷中詩為送元默師游嶺外而作，作者皆遺老、名僧，見法性倡和集。法性禪院舊有蘭湖諸勝，汪憬吾先生考訂甚詳。

遺民長老相從好，才是還山復別山。法性舊居無處訪，時時流水白雲閒。卷中有『六時流水動，雙腳白雲閒』句。

次和武仲雨後園坐韻

磨蝎身宫苦著身，幽憂未治道奚伸。池塘得句都如夢，夜雨傷神不為春。書報故人千里至，得滬上書，知董卿、鶴亭將買舟來。眼看時事幾番新。借東坡和劉攽句。此邦難覓宗雷社，指法性倡和。解薄淮南自可親。

喜鶴亭、董卿兩翁從揚州來，並寄懷大厂二首，倒用『惻』韻

為竹尚能斑，語工而情惻。居士和『斑』字韻，有『淚深成竹尚能斑』語。詩老來何稽，歐陽寄聖俞：『為問詩老來何稽。』觀者道為塞。余遣木蘭迎兩翁，新聞記者遮道問木蘭，答以『詩人冒鶴亭、吴董卿也』。知無用力處，李泰伯書松陵唱和：『詩外應無用力時。』光芒放萬尺。既感故意長，轉憂吾壘迫。去年白下吟，抗戰如敵國。迤邐春冬花，江南又江北。不敢語肺肝，惟勸好將息。南食故多奇，東事未斷憶。

風吹海水狂，江湧涕洟惻。古來磊落人，往往諤抑塞。氣骨疑無偶，崖岸可千尺。獨於友朋

親，不為時利迫。明月在揚州，紅豆生南國。相攜入我廬，此際無南北。朝誦雙鳥詩，暮感羣動息。居士期弗來，風塵相望憶。

寄大厂，十五倒用『惻』韻

詩人深於情，觸事易感惻。匪無衡霍期，常恐道路塞。欲飛病在床，有羽不盈尺。昌黎海水詩：『我羽不盈尺。』風雨晦復明，宇宙隘而迫。塊獨處窮愁，兩無益家國。惟有相懷句，時時傳自北。恨竹淚已滋，憤濤流未息。又遠游聯句：『憤濤氣尚盛，恨竹淚空幽。』嘗作廬山唫，今更羅浮憶。

寄鶴亭，十六倒用『惻』韻

羅浮一道士，幾度滄桑惻。玉堂望既遠，桃源路未塞。蛺蝶大如輪，丹砂量以尺。知君好名山，因之游興迫。便佇寄新吟，奚煩挈仙國。黃冠各東西，鶴亭往羅浮，以伍叔保繼陳子□為家持也。數年前，陸徵祥在瑞士從天主教為僧侶。帶甲尚南北。蹙蹙瞻四方，擾擾何時息。鮑葛有預期，我詩君定憶。

董卿先行留詩誌別，即和二首，仍倒用『惻』韻

吴翁先別我，清詞蘊深惻。但祝萬彙寧，不計一身塞。徘徊出路歧，黽勉就繩尺。昨怪來何遲，今嗟行太迫。慷慨勿憂時，文章終報國。莊説將圖南，孫言仍夢北。孫光憲著北夢瑣言，以從高季興在江北，故以名書。可期詩思昌，庶幾塵慮息。江南多故人，道我常相憶。

我以文為詩，難盡所慨惻。前沈後不揚，本拔源亦塞。賜廬孔三年，交聞文十尺。歷歷情偽殊，耿耿憂患迫。尼父欲居夷，屈原寧去國。百粤古揚州，君行轍且北。贈言如古人，匪懈增惕息。董卿詩有『匪懈争一息』句。再來定何時，有懷依舊憶。

董卿再辱和，賦此送行，十九倒用『惻』韻

自非太上人，會合離斯惻。文章感性情，治道辨通塞。於陵禄萬鍾，淮南布一尺。骨肉有時乖，富貴何從迫。獨有同心言，能輕萬乘國。室本無遐邇，行豈間南北。爲我立斯須，期君好栖息。低筆容可和，此意吾能憶。歐陽文忠病中代書寄聖俞：『少低筆力容我和，無使難追韻高絶。』

鶴亭此來，始以蒹葭里館詩見贈，誦竟題後卻寄三首，倒用『惻』韻

且辨行樂耳，餘事何足惻。集中與散原唱和句：『亦知萬事不掛眼，且辨行樂餘何嗟。』避名意則那，畏謗氣先塞。又：『忍飢畏謗意常塞，避名藏景心仍遐。』君乎鬢未斑，鶴也髯過尺。官事癡兒了，詩陣彌天迫。和抱存韻：『詩陣彌天有戰氛。』五字盟歲寒，三季夢京國。酬葆之歲暮見懷：『三年京國夢，五字歲寒心。』同聽江海謠，北人仍自北。江海謠：『北人自北南自南。』梅酸與陳苦，論詩：『梅酸后山苦，往往聞嚬呻。』世變探消息。何處著青山，讀宋人詩：『何處青山著病翁。』舊吟君自憶。

大雅幾嗟跎，餘生足涕惻。集中天津呈齊召南：『大化日推移，微生餘涕漣。』業盛采自韜，氣壯境徒塞。五言贈葆之：『韜采蓄盛業，境塞氣彌鼓。』邇來又十年，積稿當幾尺。癯鶴最知君，我從索之迫。祕笈發東皋，明珠來海國。梅堅而歐腴，讀宋人詩：『梅翁堅瘦醉翁腴。』朱南或宋北。苦留清音在，論詩：『何時洗欃槍。』又：『苦留山水清音在。』竺橋有真賞，不作六朝憶。竺橋見杏花：『卻緣幽寂逢孤賞，忍為繁華憶六朝。』

詩惟窮者工，歐為宛陵惻。君意故不然，平生此語塞。集中答瘦湘：『平生厭説窮始工。』遐想在空山，奇樹二千尺。褋詩：『空山有奇樹，獨立二千尺。』善葆歲寒姿，肯受輿臺迫。同上：『觥觥廟堂器，肯置輿臺宅。』行吟祇自賢，呈召南：『采蕨不盈匊，行吟空自賢。』談笑能覘國。借用四疊答立之句。刪詩河

梁後，和澤山阻風：『詩到河梁竟可删。』愁食江淮北。淮南道中：『江淮歲晚愁民食。』雲物一酸辛，河山餘喘息。借用送游登州及鎮江客舍詩句下五字。巢鶴歸豈遲，並游城南憶。

曉生言鶴亭入越城，感愴昔游，詩以訊之，廿三倒用『惻』韻

兒時釣游處，經過重喟惻。寳曆幢尚存，玉帶渠已塞。官隄新植柳，垂絲丈有尺。填海非寃禽，鞭石程功迫。關心中原人，話舊南漢國。亦知五都市，惟此冠南北。財賦豈獨雄，所重在生息。微言聽者誰，謾與他年憶。

寄鶴亭羅浮，廿四倒用『惻』韻

東坡游羅浮，風雨感淒惻。崎嶇掇松黄，千歲願未塞。東坡同游羅浮道院及栖禪精舍：『崎嶇拾松黄，欲救齒髮弊。坐令禪客笑，一夢等千歲。』惟説山中人，庵前足二尺。又寄鄧道士詩引云：『羅浮有野人，相傳葛稚川之隸也。鄧道士守安，山中有道者也，嘗於庵前見其足跡，長二尺。』越嶠真君家，東坡句：『越嶠真吾家。』何有歸期迫。董卿詩云：『敢云游興闌，但苦歸期迫。』攬勝四百峯，放懷古詩國。杭董浦酬何監州：『粤海古詩國，照耀天南陲。』蓬萊浮海至，那復分南北。掀髯鶴不孤，東坡次韻劉景文：『想見掀髯鶴正孤。』牽蘿人暫息。屈翁山羅浮襍詠：『餉客惟朱草，牽人是緑蘿。』瀑布孰多奇，匡盧去年憶。

讀鶴亭羅浮十詠，仍倒用『惻』韻三首

登虬客不從，獨往君無惻。低昂十首詩，盛恐鴻濛塞。羅浮幾百峯，峯峯任裁尺。空愛鐵橋橫，壘詑石樓迫。醉酒酥醪天，留庵衆仙國。牛放乍見東，虎伏應在北。觀瀑熊魚兼，坐石心意息。骨重更有肌，論詩事可憶。

往遇登臨佳，輙動興廢惻。九天何巍奐，遺址久榛塞。而況滑石前，一落千萬尺。多年墮塹深，一老守陴迫。古松如周遺，白水争霸國。初地心利鈍，虚舟江南北。誠齋四印室長句：『江南江北一虚舟。』惟君喻多奇，於余感不息。兩合無傷離，名言尤繫憶。

聞君説羅浮，我亦生愧惻。黄梅花屋主人謂『最怕閒人説羅浮』，亦俊語也。譬如介然路，為間即茅塞。羅山與匡山，相差幾百尺。一歲成兩游，校衡殊不迫。而我避海居，行不到山國。因尋故人歸，未泝湞江北。自詡腰腳頑，差許塵勞息。清景盡君詩，那復費摹憶。

鶴亭五贈詩，有『多言』之規；適大厂寄贈印章二方，一鐫『不匱室主人默印』。詩兩酬之，廿八倒用『惻』韻

貽我印二方，奇字寓隱惻。多言蘇懼呵，因病韓喜塞。不見古時人，動得謗書尺。鶴翁亦同

誠，謂傷辭氣迫。感謝故人意，憂我如憂國。日月易西東，山河可南北。不能弟少游，何敢侯新息。顔路各有贈，董豹當互憶。

廿九倒用『惻』韻送鶴亭

平生换淚交，將别更惻惻。口既戒三緘，手若觸四塞。作達夫豈殊，天涯亦咫尺。惟此執手間，無奈中情迫。隱或寄公朝，借荆文草堂句。鶴難留故國。后山贈智叔三賜韻：『江山故國難留鶴。』輪蹄意在東，坎井寧逐北。又酬智叔見贈：『逐北我方填坎井。』何止愛詩心，到老未能息。風雨送君行，息壤盟當憶。

題會澤朱氏雙節撫孤圖，三十倒用『惻』韻

傳世視丹青，可謌先可惻。姑事已至難，婦遇尤酷塞。難實搆兩家，孤誰託六尺。兒出倚閭愁，兒病呼天迫。三世繫一身，雙節聞全國。故事有汪洪，徵題徧南北。今人豈不如，時衰道未息。持示無母兒，覼閔終身憶。

寄冒孝魯哈爾濱，三十一倒用『惻』韻

仰禄而離親，昔人所常惻。況於萬里外，陰氛海隅塞。持狹匪願奢，枉尋焉直尺。日感氣類殊，忍為衣食迫。我聞左史教，違不適讐國。豈如詩人言，無罪投有北。老父幸慈愛，愛不以姑息。斂版更扶犁，此味放翁憶。劍南子聿待次甚遠，寄詩寬其意：『但令父子常相守，斂版扶犁味總長。』

寄董卿，三十二倒用『惻』韻

執袪劇歡言，擊楫深喟惻。辱贈有『擊楫發深喟』句。挽子奚不能，有梗喉苦塞。歐陽慚呼吸，歐公別後奉寄聖俞：『知之莫余深，力不足呼吸。』山谷恨寸尺。山谷贈秦少儀：『挽士不能寸，推去輒數尺。』不聞垂橐艱，但説歸舟迫。冒翁善解嘲，謂余方憂國。懷人又風雨，看山自南北。賃廡要明時，借集中葆之寄詩續成句養生貴深息。大雷有妹書，因便寄吾憶。

夜與鶴亭談詩，晨起以『惻』韻記之二首

古詩三百篇，其人多怨惻。觸物有所興，因事通其塞。後世未喻此，求丈鮮得尺。逐好如稍

工，失已徒窘迫。魏晉始名家，齊梁等亡國。昌黎述李杜，衰實起南北。宋賢胡取尊，為有真氣息。道喪皆言空，論詩宛陵憶。宛陵答韓子華兄弟述詩：『邇來道頗喪，有作皆言空。』意既取雄深，情亦愛鬱惻。悠悠中心言，浩浩兩間塞。但願大裘長，不慕美錦尺。金陵與宛陵，閑肆故不迫。廣陵與同時，尤足霸其國。西崑長慶徒，至此悉奔北。獨歎歐蘇才，猶以六月息。韓孟角益工，盛事千載憶。

鶴亭來時苦旱，居民争水，觸目皆是。及將去十日雨不止，憂如去年東南水災事，三十五倒用『惻』韻

雨暘惟怨嗟，小民生可惻。負汲趨官泉，瓶罍周道塞。朝來喜相告，一雨水添尺。取之雖有禁，令不如前迫。我誦河渠書，導始秦鄭國。奈何今不脩，歲旱報西北。反顧東南區，又望淫雨息。霖魃俱為虐，孰堪去年憶。

爲韶覺重書暨南大學致遠堂聯楄，三十六倒用『惻』韻

為君重作書，北顧我心惻。滬瀆文化區，幾月兵戈塞。學舍摧夷盡，况此書數尺。寇去仍之他，行成由誘迫。僑民一千萬，强隸憎帝國。失地聞可復，輦金送南北。子弟易成才，原聯集曹全碑字，有『華僑子弟易成才』語。吾望終不息。斯堂燬再興，留取後時憶。

鶴亭瀕行，有贈木蘭詩，故意深長，不能無和，即次原韻

卅載從知氣類親，巷南巷北昨為鄰。豈嘗藥餌屈兒輩，未有綈袍遺故人。后山答黃生：『綈袍不受故人意，葯餌肯為兒輩屈。』木蘭曾以丸葯治鶴病。丹荔離離君又去，木蘭唧唧或非倫。去年鶴亭見懷，有『生女勝男今始信，木蘭唧唧阿爺前』句。左家有妹吾曾識，相見揚州話苦辛。

送漢崙往廬山，三十七倒用『惻』韻

暫游期速還，意兩忘歡惻。了知淞滬間，無復戰塵塞。長風八百里，匡山五千尺。我病卧海濱，亦厭世語迫。荆文示元度：『老來厭世語，深卧塞門竇。』五老當啟齒，又我所思寄黃吉甫：『五老聞之當啟齒。』瘡痍問鄉國。廿年夢香爐，恨不從爾北。歸慰堂上慈，行喜中道息。負米且讀書，無使老人憶。

送梯雲北游，三十八倒用『惻』韻

壯君乘興游，那復臨歧惻。桂林山水多，京洛風塵塞。此行路幾千，期報書一尺。回頭十五

年，津橋出走迫。君家有甘棠，遺愛猶在國。胡舍南海南，忽念北都北。河湟刦衆口，苻離酣鼾息。博望奉使還，往事可成憶。

大厂爲校正拙稿，精勤無比，三十九倒用『惻』韻奉謝

言醉不及狂，言愁不及惻。强記故多通，深詞惟百塞。大厂舊有『百澀詞心不要通』之句。萬事可不理，大厂書來，系涪翁一語曰：『萬事不理專討論。』跬步安矩尺。胡獨好我詩，夏日校讐迫。謂嘗有同嗜，廣陵與荆國。聊此共朝昏，不問車南北。枝策事如毛，何處堪散息。荆文成字説後詩：『據梧枝策事如毛。』又：『遥望南山堪散釋。』茅臺一樽酒，猶得繫君憶。去歲在都，以茅臺酒分餉大厂，來書輒及之。

謝大厂贈山帶閣集佳本並以寄懷，四十倒用『惻』韻

精和要有在，用情無過惻。文簟供卧病，集中還涇上園：『文簟香床供卧病。』蕉葉傳憂塞。早起：『蕉葉能傳病裏情。』贈我射陂詩，媵以琅玕尺。朱明中葉後，亦遭東寇迫。又亂定還家志感：『倭奴全不知天道，盛夏元非斬伐時。』一篋留湖州，又：『天公似肯憐縻竺，留得湖州一篋書。』非時訟島國。行道獨謳歌，贈吴之山：『獨出歌謳行道中。』知音愧南北。冬夜寓館：『江南江北愧知音。』涕淚灑洛陽，環樓言

懷：『涕淚感洛陽。』風塵兾稍息。贈盧冠巖：『風塵澒洞似稍息。』不有子山哀，郭山人重宿朱干草堂有作次韻：『驚時不作子山哀。』何事宣城憶。樓上感朝雨：『蕭條忽憶謝宣城。』

答大厂見謝言詩之作，疊『惻』韻二首

居士評余詩，言言身世惻。云胡不作達，此問末渠塞。嘗歎飛將才，對簿苛三尺。亦喜程將軍，強寇憚相迫。昨答論詩函謂：少小讀史，即慕飛將軍之為人，然亦不敢詆程不識不值一錢，故所作常在放縱謹嚴之間云云。左袒故為劉，中焉思立國。大敵縱當前，吾戰終不北。所欲歐蘇繼，無令孟韓息。誠齋詠胡英彥得歐公一帖詩：『向來孟韓息，不有歐蘇繼。』嫡派惟三陵，快語從今憶。去月為鶴亭言：客有問宋詩者，答以無過三山、三陵。指山谷、半山、后山，宛陵、金陵、廣陵，以其皆杜陵嫡裔也。來詩適相合。

歡娛本難工，況自多愁惻。以詩為驅愁，投膠巨流塞。又如學道人，魔高道一尺。示人面目真，不覺肝肺迫。亦願和其音，與適彼樂國。晉臣馬欲東，楚尹輈未北。戎狄豈有親，乾坤幾乎息。寧為無病呻，聊且報君憶。

次和鶴亭讀楊誠齋集

韓杜縱横兩宋前，不因俳語累佳篇。詩家何事矜持甚，老境從渠近自然。原作附誌云：近來讀

誠齋集，詩膽忽大，覺無不可作之題，無不可説之話，一反從前矜持愛好之心。不知是進是退，或將流入江湖派耶？答書言：當由老境自然近之。

昔日東坡評讀去半山，老狐精喻豈相謾。誠齋亦有通天技，雅俗拈來並不難。借東坡一語，則誠齋乃老狐精，非野狐禪也。

又和二首

信手方圓後勝前，誠齋和朱叔正奬及南海集之句：『古人信手斲方圓。』枯腸雷轉幾多篇。中秋不飲：『枯腸雷轉不禁搜。』向來識得淵明苦，舊翫生新不偶然。讀淵明集：『舊翫出新妙。』又：『向來心獨苦。』

誠齋人謂似香山，我識其非忍子謾。一是有心求淺近，一將餘勇破艱難。

大廠夏日獨游兆豐園坐印蓮池畔，有律見懷，即次原韻

摩訶池畔尋詩好，其奈相懷百歎嗟。摘句猶傷六朝事，來書摘朱射陂『六朝文物又斜陽』句，謂極堪尋討。閉門先負一春花。漫蕪天下功何有，廣陵耒問鎛詩：『天下方漫蕪，爾功亦何有。』詰曲吾行道本賒。讀璽可充新藥物，又云：『長日讀璽，藉治胃疾。』攤書重理舊生涯。

再次『嗟』韻寄大厂

揚子江頭剛送客，印蓮池畔獨興嗟。試思何苦同羣喙，爲報無慙對此花。一飯且從吾黨説，借山谷句。百憂疑較昔人賒。已知契闊愁心處，不是山巔是水涯。

三疊『嗟』韻寄大厂

一年寂寞常來處，怪得行吟觸所嗟。池水亦知干甚事，污泥終不染於花。故園松菊存猶幸，敵國旌旗去未賒。曾是欹眠同白下，幾人攜手又天涯。

四疊『嗟』韻寄大厂

長日邱樊宜倦客，摧藏抱膝子何嗟。論兵空見諸營柳，覘國偏聞十里花。印喜規予相與默，酒能謀婦不須賒。從來未作齊梁夢，一望鍾山意靡涯。

次和鶴亭山居五絶

獵較畫墁何所事，斂情約性又成吟。歐公三上吾從一，怕學陰何苦用心。賦詩入局當求最後贏，有時抗戰獨嬰城。此棊究竟嫌專制，衹重將軍不重兵。象棋 山居圍棊無對子者，故兩枰寂然，鶴、董兩翁日常數局皆象戲耳，故改作以紀實。

抽球容易壓球難，兒戲公然探白丸。巧手要衝羅網出，高騫曾試落荒寒。球戲

天人參半客忘形，往復橋行要不停。亦似方圓社中事，西來歲歲説棊經。葉子戲

羲獻蒙譏趁俗姿，奴書不解更當笞。十年買菜非求益，只寫曹全一個碑。作書

山居近日亦頗有奕事，用鶴亭韻補賦五首

鬬智原難幸致贏，笑人衹自壞長城。老坡眼底無成敗，小范胸中有甲兵。

各以封疆計縮贏，攻如長弩守堅城。敗棊終是失先手，强將何由有弱兵。

一枰笑博紫囊贏，争道何人怨冶城。折屐歸來才快意，東山絲竹未忘兵。

拌得千輸博一贏，曾聞衆志可成城。闗河寸寸傷心地，付與癡兒不用兵。

蛛絲蜩甲算輸贏，一子當闗抵百城。何意窺江胡馬去，盈廷從此畏言兵。

大厂以次韻王廣陵暑中一律徵和

誰令暴日獨飛揚，爍熠當空未可望。七月但占流火熱，幾人曾共舞雩凉。竟無雷雨能蘇氣，

最是炎蒸易毒腸。杜句：『炎蒸毒我腸。』一事不為猶汗出，終朝對食只旁皇。暑中嬾出。執熱莫如荷戈士，窮年不洗苦其曹。客疑杜老何由歎，杜有夏日歎、夏夜歎。我會淵明所謂高。豈必禽窮能自拔，廣陵苦熱：『禽窮自拔毛。』倘求蟬飽恐徒勞。獨居未作乘桴計，忽復移情海上濤。暑熱思風。

再得二律

大地控摶惟有熱，故將餘熱試吾曹。醉鄉正恐難為避，誠齋月下果飲：『醉鄉堪避暑。』郤掃斯時未足高。有手盍提天下往，廣陵暑旱苦熱：『不能手提天下往。』此心猶念夏畦勞。何人不怕昌黎訕，鼾睡公然猛作濤。昌黎嘲鼾睡：『猛作濤翻海。』暑中嬾出，用暑熱思風韻。

鮮飈肯逐暑雲揚，賈勇霜硎暫不望。昌黎納涼聯句：『賈勇發霜硎，争前曜冰槊。』蓋謂風驅暑也。一度披襟成諷詠，千回坐砌憶清涼。炎羲詎願恒斯日，氷炭無能置我腸。丞相近前同炙手，况教酷烈怨秦皇。暑熱思風，用暑中嬾出韻。

和王廣陵暑中二律後，忽大雨連日不止，仍次前韻寄大厂

六月南方苦無雨，翻盆乍見走兒曹。風能屠熱水皆立，雲但塞空天不高。傷此閭閻何所庇，

問誰户牖忍辭勞。杜陵亦恨蓬蒿長，可慣喧豗到枕濤。

祇愁金氣盛荆揚，三月為霖過本望。去馬來牛將莫辨，朱炎白谷早生凉。所思行潦誰通信，老杜苦雨寄隴西公：『所思礙行潦，九里信不通。』不遇淋鈴亦斷腸。功罪兩難説真宰，作隄捍水始皇皇。

雨中感大厂印蓮池畔第三詩意，更和一首，五疊『嗟』韻

南朝一笑金蓮出，曾使人間粉黛嗟。天竺幾時貽此種，漢嘉去歲恨無花。放翁同何元立賞荷花：『紅緑疎疎君莫歎，漢嘉去歲無荷看。』偶來濠上人何獲，如坐翠微君更賒。大厂前年游西湖，有『痛為荷衣坐翠微』之句。求益便非能作達，有涯原自愛無涯。

再讀誠齋集，寄鶴亭六首

正變風居雅頌前，漢人樂府盡名篇。區區雅俗論高下，話到誠齋一爽然。

受業初參王半山，用本集答徐子村談絶句句平生焉得不吾謾。晚唐自是兩家祖，落盡皮毛此境難。

苦學他人悔以前，猶云琱碎坐詩篇。湖天暮景：『琱碎肝脾只坐詩。』昌黎老去思平淡，舊稿焚時想

亦然。

道破歐蘇初挾山，胡英彥得歐公二帖：『挾山初作難，破竹忽乘勢。』個中甘苦定非謾。模棱中立吾何敢，容易看來到底難。

滄海横流孰敢前，蘇黄以後少長篇。簡齋最與誠齋異，持問疚齋然不然。

那得相逢飯顆山，流傳贋鼎只成謾。謫仙人語應忘世，嶺道何如蜀道難。劉後村謂：誠齋也近太白。

八月七日，集王荆文句二首

但知瓢飲是生疑，八功德水正合菑川舉國推。送彥珍獨往便應諸漏盡，平甫游金山次韻脱身難借羽翰追。汜水寄和父關河舊路頻回首，高魏留俎豆平生卻少知。次韻酬子玉同年欲寄微言書不盡，欲往净因寺寄持國士才如此豈無時。寄闕下諸父兄兼示平甫兄弟

乞得東南病更侵，酬裴如晦留犁撓酒得戎心。次韻平甫喜唐公自契丹歸且開京洛蕭何第，謁曾魯公誰和南山白石音。寄余卿温糟粕所傳非粹美，讀史瘡痍猶在豈謳吟。次韻張唐公馬上看君别後行藏意，和昌叔懷灊樓讀書揭厲安知世淺深。答劉季孫

又集王荆文句二首

談笑難忘欲別前，別葛使君卻疑身得舊山川。春風羌兵自此無傳箭，和蔡副樞賀捷腹地他時兩受鞭。高魏留嚼蠟已能忘世味，示董伯懿射熊猶得夢鈞天。次韻酬宋玘其五鍾山北遶無窮水，世故未泛江湖范蠡船。謁曾魯公

使指將如我病何，酬沖卿見別重江應亦畏風波。送孫立之赴廣西區區豈盡高賢意，讀史處處相煩作好謌。示俞秀老遠欲報君羞强聒，次韻宋玘其二未應回首顧張羅。詳定試卷黄塵欲礙龜山出，和吴御史臨淮感事想像乾坤發興多。題友人壁

已有，四十三倒用『惻』韻

已有歧路傷，更為染絲惻。本心非不明，物慾使之塞。睥睨一世間，搶攘纔數尺。近盟亦可寒，强虜終見迫。安得快恩仇，而能活邦國。惄然歧首蛇，兩欲馳南北。雖遇昌黎俠，仍就籠中息。沈何異去反，成事孰堪憶。

酬大厂秋暑湖上，六疊『嗟』韻

抱葉殘蟬更幽咽，王荆文句：『鳴蟬更亂行人耳，正抱疎桐半葉黄。』來簡云：『此間日夕已凉，惟殘蟬咽得可憐。』何感之深也！此情值得子憐嗟。秋光漠漠寧忘酒，時事悠悠又看花。南渡獨於詞律細，西湖何似故人賒。招邀未解當時意，依舊相望海一涯。

冒孝魯來，得大厂病後見懷詩，即次韻並簡孝魯

寶玉有純理，良弓無枉矢。盛氣乃言宜，矚表常徹裏。婀娜被錦繡，厥病為柔靡。安得古雄直，相逐與終始。冒易交卌年，每見輒心喜。夫豈能中庸，狷狂必有倚。皇皇江海間，孟晉且未止。嘗儗白與韓，不中亦近似。匠石所穿裁，拱把皆桐梓。昨夜秋氣深，追風來驥子。搜詞何戛戛，傾蓋已瀰瀰。時危離别多，交親幾千里。

九月十八日，再用『里』韻

伯始事不理，霽雲猶有矢。遼瀋十萬户，痛哭秋風裏。去年寇來襲，帶甲一宵靡。奇辱古無聞，喪地自此始。主將得急報，方抱桑中喜。猿鶴外不愁，狼狽内相倚。錦州再撤兵，猶曰

取進止。冠蓋走洛陽，效顰豈其似。彌月戰滬濱，幸未及桑梓。坐令失援敗，夸毗者誰子？登巔已窮行，濟盈惟有瀰。如何終弗圖，日蹙國百里。

鶴亭寄子詩，有『要須識力定，而以學養滋』句，因廣其意，三用『里』韻贈孝魯

物生無静理，流光疾於矢。相因即為病，堆粟太倉裹。詞不求獨造，世孰振頹靡。與其成而悔，曷若慎諸始。賢者掉臂去，羣兒學語喜。壁壘恍一新，門户歎同倚。尼山唱羣怨，此道固未止。意識勿猶人，懷抱抑奚似。狂言有聽者，得今君喬梓。浮海為搜奇，入穴必得子。積理既淵淵，汩來斯瀰瀰。嘗聞蒙莊喻，去以九萬里。

次韻答孝魯

秋氣初深夜氣寒，一樓風雨足愁歡。峥嶸乍見新來卷，險阻猶思别後巒。浮世功名真一噱，少年懷抱已千端。南來要是而翁意，莫把珊瑚拂釣竿。孝魯有『浮世功名堪一噱』句。

得鶴亭寄子詩後有函詢問，次原韻代簡，並示孝魯

食牛氣已全，凌風翮逾健。此來不帝秦，宜謂貴者賤。何當出門時，翁猶誨無倦。初愁海氣昏，繼思南食慣。萬里遊子心，寸寸庭闈戀。合沓步莫窮，孟東野句：『莫窮合沓步，孰盡派别遊。』咄嗟事豈辨。我生於憂患，勝之以不戰。顧常如金華，挽士未能寸。

爲憂骨肉遠，諄諄語臨歧。千金不垂堂，載寶肯從危。點瑟或異撰，昭琴有成虧。爲仕莫如貧，樹德莫如滋。豪傑學尚粗，聖達心無機。所以栖栖者，猶就柱下師。

有唐千年來，幾人學杜甫。皮骨得之難，藩籬徒自苦。昌黎與義山，吾意等雙羽。宋賢有作者，承流俱莫禦。山谷其猶龍，廣陵遂成虎。歐九慙梅丈，平淡獨心許。謂源出香山，此論吾不取。荆文學道深，自多堅實語。相業與詩名，寧為洛蜀沮。

在齊始聞韶，三月不知肉。取材於異邦，可以大我屋。深山巨澤中，其地多良木。我方患飢窮，彼亦有帛粟。東西此理同，兼收而並畜。愛子氣方剛，化成無欲速。未能横海去，且取竇書讀。

四疊『里』韻寄大厂，釋其勸歸不怡之意

衆好駈一理，周道本如矢。處才不才間，無欲觀其裏。聃胡識兄啼，周且爲弟靡。呼吸慙無能，縶維詎今始。但知風雨鳴，既見君子喜。怨誹宜不亂，耿介復何倚。百澀爾詞工，多文我觀止。食有孟光同，居願於陵似。任令誇楚材，皮革及杞梓。招隱賦未終，高歌望吾子。

車乘自翹翹，河流故瀰瀰。亦勿笑勞人，艸艸又歸里。

次韻大厂辱題小照

昔賢傳世作，過半在酬贈。親以肝肺交，捷如影響應。不知何雕鎪，往往踐奇勝。道修久不面，貽君數寸映。聊示軟俗中，未克吞頑硬。併省吾居士，貧也應非病。急郵輒相報，諧語襍莊敬。狀貌亦猶人，衣冠豈徒正。而子喜荆文，比我於安定。講學愧無齋，安得經事並。時節春復秋，我曹言顧行。大詩雖浮過，廣陵答朱孝先：〔一〕『大詩又來及，推與太浮過。』得規亦自鏡。

〔一〕〔校〕答朱孝先：『朱』當作『東』。見上海古籍出版社出版之王令集卷三。

次『歡』韻再酬孝魯，並寄鶴亭、協之

嶺南九月未言寒，覓句寧從鬧市歡。孝魯函言：旅居嘈襍，不能安心覓句。雙井亦知宜子弟，山谷郭明父作西齋于潁尾賦詩：『萬卷藏書宜子弟。』鶴翁詩云：『鄴侯有高架，無事可借讀。』后山無慮汗林巒。孝魯詩注云：『近從協丈游粵秀、西樵諸山。』后山詠桓山：『林巒特起終有污。』文章秋氣何曾早，鶴翁函云『秋氣多非少年人所宜』，余欲舉宋商邱刻宛陵集序釋非詩能窮人之義答之。憂患人生匪一端。走海求魚君莫笑，為逢叔起且持竿。

和答大厂中秋望月寄懷，並簡仙根，七疊『嗟』韻

風雨鷄鳴胡不喜，騶虞麟趾總吁嗟。遡從一水思葭露，擬待重陽就菊花。歸櫂豈知人自遠，危樓應怨夜何賒。明明如月無時掇，此意誰窺涘與涯。

得大厂九月十八日作，三疊『歡』韻和之

脣亡豈悟齒先寒，失地猶云未失歡。縱使涕洟到江海，無如吟望著岡巒。荆文即席次韻微之泛舟：『天著岡巒望易昏。』去年今日堪思痛，正月繁霜有見端。漁父不知魚尾赤，滿天風雨尚垂竿。

鶴亭和詩云當書後，奇謙厚譽所不敢承，次韻勉答一首，五疊『里』韻報之

曲折必當理，勁直復如矢。都無用力時，只在腔子裏。大國縱難測，吾見其旗靡。聖處久不到，英雄欺人始。故知羣兒愚，樂得衆狙喜。君於古作者，持論去偏倚。香山又眉山，平生所仰止。邇來若有悟，乃與誠齋似。隨手對詩壇，如見梓人梓。北征勝南山，老輩驚賢子。跋海為巨鯨，爭月出渺瀰。昌黎寄崔二十六立之：『猶能爭明月，擺掉出渺瀰。』未遇范石湖，畏人以千里。

次和孝魯見答並寄大厂之作，四疊『歡』韻

風揚狄水自生寒，諧俗無能强作歡。客夢安閒同故里，詩心平淡入秋巒。要令鯤鱷馴毫底，屑取猿猴舞棘端。渺渺多歧須不悞，平生漫説手漁竿。

大厂讀報一首，持論極偉。然教猱升木，捉臂牽絲，故自有人，將以誰罪？六疊『里』韻為答，猶是哀矜勿喜之意云爾

帝以皋陶理，聖為仲由矢。公道不獲伸，春秋在皮裏。小人德如草，尤易從風靡。民貴君為輕，此義孟軻始。下逮黄太沖，波瀾益可喜。惜乎操刀割，徒見輿衡倚。外忍而内争，豈獨違知止。得失螳雀間，形勢鷸蚌似。自衛不如葵，守道孰若梓。仁義存侯門，凶歲多暴子。天下已滔滔，清言何瀰瀰。其中有眩人，毫釐差千里。

國慶日書感，八疊『嗟』韻

風雲星象喜共和，暑雨祁寒亦怨嗟。廿載因循看白髮，幾人慚愧説黄花。蠻夷未辯相干錯，杜句：『社稷蒼生計必安，蠻夷雜種錯相干。』草澤惟聞望治賒。揭淺厲深無限意，典型猶在況津涯。

重有感，五疊『歡』韻

落帽西風雁影寒，又逢嘉節且言歡。疏林似憾連宵雨，新霽宜開遠處巒。國若問年今始壯，政如取友早須端。杜陵感慨開天事，不忘平生竹數竿。杜句：『平生憩息地，必有數竿竹。』

闕題，再用『贈』韻

向戍城可封，繞朝策誰贈？一士諤有言，舉朝噤莫應。未聞守禦充，獨幸樽俎勝。瀋陽與洛陽，後先若相映。從來國家間，茹軟而吐硬。突厥居東方，遠近昔同病。一朝勇自存，萬國起畏敬。遂令不平事，一一爲改正。媚外豈性生，舉棋終不定。其手故上下，其意猶兼併。不云彼當誅，而曰我無行。轍覆輪方遒，何必古為鏡。

鶴亭同大厂韻見貽，三疊『贈』韻酬之，並簡大厂

方誦大厂詩，又來疚齋贈。各探心胸言，聲氣相求應。我聞歐陽時，蘇梅常角勝。氣力自當對，鋒鋩交輝映。從容謂二子，近詩尤古硬。歐公水谷夜行寄子美聖俞句誠欲譟其旁，臏絶敢言病。江海雖憔悴，平生所愛敬。相看鬚鬢蒼，不慚衿影正。今吾猶是故，流轉塵未定。文章與交道，所得固已並。由來功名人，往往有遺行。試問平原絲，何如曲江鏡。

孝魯以婦翁賀履之先生詩見示，孝魯夫人手鈔寄也。戲用第一首韻贈孝魯

滄桑未定又揚波，望遠傷離且浩歌。舊學商量今不廢，親家酬唱古寧多。一作：『一家詞賦古寧多。』老泉愛子因名轍，越嶠非臣尚見佗。習禮明詩翁句好，笑人梳洗望黃河。一作：『阿買八分無用處，錦書隨雁渡長河。』鶴亭嘗為余述其外祖周先生言龔定庵『捲簾梳洗望黃河』句故事。

答鶴亭，用去年『枝』字韻二首

羅浮十日啖荔枝，我舉壽君如前知。邇來便續南海集，即此已是誠齋詩。愛憐少子數寄語，太息長安猶奕棋。嘉惠欲償慙好句，誠齋和曾克俊惠詩：『署無好語償嘉惠。』只依疇昔重心期。

鍾陵誰把菊花枝，九日風高客已知。元亮難忘一飯報，誠齋仍和隔年詩。誠齋和賀升庵詩：『莫嫌久不還詩債，詩債從來隔歲還。』憐君旅食非初意，原唱云：『此來旅食非吾意。』著子關心少敗棊。最憶夷門曾送客，昌黎秦俠不虛期。荊公句：『揚雄尚漢儒，韓愈真秦俠。』

答大厂馳郵一首，兼寄鶴亭，六疊『歡』韻

江海相望又歲寒，風波時事漫論歡。千舟來去門前水，一日陰晴屋後巒。白石刻詩嫌自累，鑑湖擊節愧無端白石自序詩集云：『未進乎此，則不當自附於作者之列』。又云：『其可以舊作自累乎？』又次韻誠齋句：『只今擊節烏栖曲，不愧當年賀鑑湖。』校讐幸遇匡扶手，惡竹奚須去萬竿。

孝魯有答前贈，中為變徵之聲，仍用『歌』韻和之

老成時遣慎風波，羈旅難忘託嘯歌。北望地愁胡馬近，南來山愛白雲多。沙中諸將言何事，關外遺民矢靡佗。休恨清談王謝悞，也曾流涕對山河。

萬里，三疊『歌』韻

萬里西行風送波，相思中夜起悲歌。荆公寄王深甫句。徙薪曲突今寧晚，問舍求田世已多。不信酖人羊叔子，須知取友尹公佗。雁門酹酒猶前日，義士空聞盛兩河。

十月廿八日追悼勷勤先生，四疊『歌』韻

珠海朝來慘不波，哭於是日豈能謌。武侯六出功仍在，子産三年誦始多。至感平生惟長厚，未聞退食有委佗。汝霖已死梁溪去，誰聽忠魂喚渡河。

得大厂重和詩，適有所懷，四疊『贈』韻答之，兼寄鶴亭

顔路出孔門，當别問所贈。誠知道義交，有言千里應。豈如後世人，强辯為求勝。平生齊名友，華髮茲堪映。如酒喜醇和，擬荼嫌苦硬。出入不得偕，人己遂交病。回首望鍾陵，草木皆可敬。借東坡次韻趙景貺句。吾黨胡不歸，夫子教我正。興廢在人事，安敢付前定。熊魚雖欲兼，鳧鶴終難並。世衰無霸才，禮失求儒行。何以慰遠游，萬里波如鏡。

七疊『歡』韻寫眎孝魯

風埃容易舊盟寒，顧我常懷隔歲歡。二客逡巡去東海，幾人俯仰失回巒。后山句：『回巒俯仰如迎客。』和親畢竟羞婁敬，將帥從來忌曲端。略有臺南雙井恨，起尋明月搭衣竿。山谷講武臺南有感：『月明猶在搭衣竿。』

參校伯兄文集成，感題卷末

無多骨肉感吾生，况復追隨賴養成。漢民十三失怙，十五失恃，賴兄以長以養。三載病床惟念我，兄卧病三年，嘗語人云：『我無他念，但願展堂歸耳。』幾番鉤黨卻連兄。兄屢籌策餉糈以助革命之師，功成曾不言禄。而清末以洎光復後，被黨事株連者凡三四次。古文學以終身守，兄私淑東塾，然不作漢宋調和之論，且嚴守東漢古文家言。雖清末今文説大張，不能移易其所信也。孔子書於削跡明。孔子書為兄生平傑作，成於民十四五年亡命上海時。收拾遺編纔一二，門生白髮淚縱橫。文集校讐以石君光瑛致力獨多。石君年少於余一歲，其就兄受業後余兩年，嘗自稱白髮門生。

再題伯兄集後，仍用『生』韻

議禮曾同魯二生，漢民曾以制禮定法請求至都，兄再宿即行。一生低首鄭康成。兄説經通博，而詩、禮則服膺鄭君。文章何者非經史，兄文字枕葄六經、史、漢，今集所收，亦惟説經論史之文。憂患終難守弟兄。漢民服務首都時，兄貽書有『白頭兄弟宜相守』語。世有夷吾思鮑叔，兄既數濟義師，如鄒、鄧諸賢曾與共事，感之至深。我如山谷失元明。提携當案短檠在，猶是秋堂風雨横。

療痔，五十五用『枝』韻

脈叢低壓始生枝，國術由來恨未知。傅君幼卿，少壯從戎，乃能為人治疾，其術甚神。余患痔三十餘年，雖於民二施割，未幾如故。傅則從痔管中取出其根若珊瑚形者，蓋痔脈叢也。西醫之燒割，未盡歧出之細根，故往往復發。王省三先生云：『此國術之獨到處也。』病痔呻吟子瞻語，東坡和止酒詩序云：『余時病痔呻吟。』中虛暴下退之詩。昌黎病中贈張十八：『中虛得暴下。』宿疴自倍他人藥，傅君謂余痔太久，給丹藥六枚，實倍常人。危坐無妨一局棊。余施手術後，即能起坐對奕。隻手去姦如距脫，徂徠此日有深期。徂徠慶歷聖德頌：『大姦之去，如距斯脫。』

題王國卿萬里尋親圖，集曹全碑字

季世寧無孝，儒門重事親。百年風雨感，萬里亂離身。所志依然遂，其間蓋有神。好陳周太史，潛德紀斯人。

五疊『歌』韻，酬賀履之，仍簡孝魯

休言清穎隔層波，臨別歐陽一醉歌。前戲贈孝魯有『親家酬唱古寧多』句，併書詢鶴翁舉似前賢，翁報書言東坡、歐陽叔弼為親家，引東坡新渡寺席上詩題『叔弼臨別，出一篇，頗有淵明風致，坐皆驚歎』。坡詩：『莫言清潁水，從此隔河漢。』少日馳駈為客易，老成文字感人多。石郎誰使臣耶律，梁武惟知禮佛佗。無計洗兵君莫歎，原唱：『洗兵何計挽天河。』不聞重鎧渡冰河。劍南憶昔：『當時重鎧渡兵河。』〔一〕

〔一〕〔校〕『渡兵河』：『兵』當作『冰』。

寄輓岳西峯先生　存目

依韻和大厂湯山一浴

陳人舊地感原深，大厂書云：『遂又作舊地陳人一次。』骸垢能除更有心。好水好山誰可屬，九天九地事寧任。湯山俱樂部初開，戴季陶集蘭亭序贈聯云：『九地九天，大將之陣。』未幾而任潮被拘。至去年猶懸此聯，某君見之歎曰：『戴乃無心為此預言。』華清同此誇温浴，江漢當時窘積淋。入獄探湯儒佛異，衆生猶病子奚禁。

十二月二十日閲報，集荆文句一首寄滬上諸子

能明吾意可無人，度麾嶺寄孫莘老肯但悲歌寂寞濱。送李祕校南歸壟土生涯休盪滌，懷舒州山水江湖

栖酒惜逡巡。送別韓虞部施為已壞平生學，度庵嶺。說文：『為，母猴也。』今以對虎，庶幾荊文『五柳庚桑』之例。搏虎方收末路身。欲往靜因寄韓持國未有詩書論進退，得孫正之詩因寄子固叔孫緜蕝共經綸。嘲叔孫通

聞友人說美僑張君事，哀之以詩

張君業洗衣，平日自奉甚嗇。十九路軍抗日於滬，張盡傾所有以助餉糈。聞十九路失援撤退之耗，即時氣絶而死。

沼吳勳業望徒勞，老向他邦洴澼操。豈有遨官如卜式，應知存鄭賴弦高。逡巡幕府無援甲，嗚咽申江有憤濤。不為感傷神氣絶，魯連蹈海義同褒。

不匱室詩鈔卷六

番禺胡漢民展堂甫

元旦二十二年

癡騃賣盡過新年，我信兒曹自此賢。語愛吉祥誰則異，事如時序或能遷。神荼鬱壘家書户，馬邑龍堆客夢邊。守歲送窮堪一笑，宵來笳鼓太喧闐。

朝來客到便徵詩，為道元龍句益奇。孝魯來述協之有詩。子美畏人居可惜，幼安晏起我無辭。龍漦共逐非前夜，燕頷當封是此時。冬月温温同萬國，嶺梅應有最先枝。

次和協之元旦韻二首

憂患中年各飽經，眼前人物未伶俜。共言南國探春早，何必東山惜雨零。不定桑田觀墜日，無多栢酒勸長星。廿年留得蕭山句，肯使狐疑仔細聽。執信兄民三年寄某人句云：『莫學疑狐屢聽冰。』

出處何知子必經，杜句：『子知出處必須經。』北山文字笑伶俜。干戈未定朝儀起，城郭依然涕淚零。客有來自贛鄂間者，詢『勦匪』近狀，客襲舉前人語以對曰：『大軍所至，城郭無恙，至感威德，惟有涕零。』蓋兵過只餘空城也。終歲不聞師出塞，三台猶有客占星。開愁百里招誰是，老杜春日戲題：『通泉百里近梓州，請公一來開我愁。』鷗泛春聲待與聽。

為蔡賢初將軍題林琴南畫四首

大江東去無窮恨，神闕暉暉在秣陵。不使浮雲遮望眼，寄情何必苦瓜僧。林自題云：『苦瓜僧用意甚奇，偶仿之。』秣陵天遠

名山自有錦為屏，挂席相逢客未停。難識此中真面目，任渠歸去話空青。望廬返棹

石不能言或有憑，樹猶如此若爲情。獨憐繁麗虞初筆，寫入丹青太瘦生。怪石老樹

冬山如睡歲云徂，猶有寒柯入畫圖。風雪灞橋詩思好，何如蘄國在西湖。雪嶺寒林

三日讀報，七疊『里』韻

一室不自理，時論猶集矢。况握北門鑰，山河常表裏。揚揚敵騎來，慘慘師徒靡。抗戰實後人，無謀傷禍始。賦芋狙方争，巢幕燕仍喜。未為牖户計，那得輔車倚。金輪與仁王，南北俱覩止。臨戎乃講經，奈何梁武似。活佛如有靈，亦惟桑與梓。擾擾一場鼓，借荆文擬寒山拾得

其十一句豈救褦襶子。高城奚蕩蕩，河水日瀰瀰。太息視乾坤，借孔平仲韓大夫城句。悲歌動鄰里。

客述寧滬近聞，集荆文句紀之

宛洛氈車處處逢，丁年舊山常夢直叢叢。季春上旬苑中即事空馳上國青泥信，寄余温卿誤責飛芻紫塞功。送何聖從受記豈非遭佛幻，與僧道昇高談平日漫周公。送陳聖俞東歸不須搔首尋遺事，更感鍾山蕙帳空。酬和父祥源觀醮罷見寄

臺殿荒墟辱井湮，次韻微之登高齋有感漫知新歲未逢春。尹村道中文章直使看無纇，詳定試卷棒喝如今總不親。答張奉議握手百憂空往事，送彥珍可憐無補費精神。韓子行藏似欲追時節，燕尚託聲名動世人。相州古瓦硯

大广贈靈臺鏡，因憶前年於鶴亭處見王莽鏡，深感其事，詩以謝之，並簡鶴亭

前年因病卧白門，疚齋示我王莽鏡。云自得之外祖家，二千年物世難並。胡賈欲賈三萬金，展轉櫝藏終勿聽。亦思不貪為寶耳，安能將寶屬異姓。才弱為徵梓柱枝，稍論人事與天命。祇因尤物感興亡，未以此情入歌詠。楚弓楚得猶可言，拔幟易幟奚為政。作賊宫中始縉紳，

分賕海上連優孟。從知耿介不見稱，坐令淫黷無由儆。今年居士得靈臺，千里相望忽相贈。
鐫鑱已歎銘語工，翦裁復有新詞媵。斯例東坡首創之，脫口尤難在小令。愧於倚聲律太踈，
百計誘予力不競。若問平生好古心，又無舊籍供考證。夜光和璧豈暗投，起探微言窮究竟。
居士狷狂同疢齋，治藝愈深行愈敬。當其赤手抉蛟龍，造次未覺牙角迸。天陽不及四海熙，
始識衆囚居陷穽。温犀往照恠或逃，庾塵來污世斯病。眼前物象至紛奇，不有虛明胡順應。
拂拭為存真面目，磨礱善葆舊情性。炯然借鑑莫能欺，何啻請劍斬奸佞。可憐大陸橫流亘，
長安如棋舉不定。土地之寶在諸侯，掉頭而去等破甑。高飲無如宋義驕，橫陳已報周師勝。
虞從虢亡事易知，奈何甘受屈產乘。天下神器尚可姦，大弓寶玉乃其賸。天壤竟有兒皇帝，
中國安得小朝廷。兩翁憂時不後人，欲去龜山無斧柄。伯鸞挈妻成五噫，靈均卜居傷獨醒。
建國多恩固厚誣，紫色蛙聲更非亂。符令頒行四十章，百官汗顏諛頌盛。何如開元天寶間，
猶有老臣伸諫諍。漆頭為器且不朽，遺臭流芳爭一瞑。珍玩原當問以年，好惡卻妨失其正。
彼雖張大誇久遠，此適本然載清淨。我云不以彼易此，兩翁得無笑頑硬。欣欣坐右獲箴銘，
耿耿此心慙報稱。不聞嫠婦緯之恤，又見魯人室如罄。迂儒萬狀殊酸鹹，竊國竊鈎可無評。

集曹全碑字，為叔瓊題西樵山圖

為山合讓化工賢，雄長東西不計年。開就白雲開處望，家家洗藥有流泉。借翁山西樵山中句。十載河陽懷舊令，石泉雲谷定相親。山上白雲洞有石泉、雲谷書院，為前人講習之所。故鄉風景從君貫，畢竟名山是主人。

二月四日三用『生』韻

一歲摧傷白髮生，連床風雨夢難成。畫墁獵較兄憐我，指粟分金我愧兄。經學大師原寂寞，禪心初地自分明。兄晚年始皈依密宗，易簀前數日，友來問疾，兄答以『死生一理』，初無恐怖。國憂曾是令原痛，惝恍相持涕淚橫。甲午之役，仲兄天峯年纔十六，方肄業於黃埔水師學堂，以求請纓抗日不得，憂憤成疾，垂危譫語，猶言『渡河殺敵』不已。而兄易簀時，復當滬戰前後，蓋四十年也。

送孝魯往俄，五疊『贈』韻

送子萬里行，可無一言贈。平生亦有心，常苦手弗應。乃知日冥搜，不如時踐勝。維古文章士，江山助光映。不為塵壒埋，力與風霜硬。白頭安里閭，並世遭詬病。天下本一家，蠻貊惟忠敬。世變要其終，生厚德始正。蘇俄最近計畫之成功，乃其合於民生主義者。奇衺縱駭目，所守愈堅定。為學斯日益，豈求聲類並。魯直子所希，伐檀有庸行。回首我舊游，華髮已堪鏡。余自俄歸，始生白髮。

送王虛吾北行

河湟可棄未全非，甲出民間力已微。縲絏曾知公冶罪，虛吾嘗為人搆陷，入獄數月。干戈難覓老萊衣。有人憂國埋輪去，祝子乘時食肉飛。見說從軍無苦樂，棘門灞上早蒙譏。

六疊『贈』韻，送別孝魯，並寄鶴亭

我昔遠行日，親交亦有贈。勗哉以前規，泰乎其順應。四國多讒人，謂宜不戰勝。雨雪去路長，楊柳歸途映。十月抵俄，翌年三月歸國。詩孟走不僵，書杜評尤硬。失古與違時，於予未為病。文章幸自由，借劍南夜坐示子聿句。居俄半載，其黨人機關報每星期輒乞為文一二首。桑梓必恭敬。風霆挾萬鈞，矯枉常過正。大舟行怒濤，亦弗俄頃定。一張一弛間，孰如文武並。烈士多苦心，達人無細行。欲追昔年狂，與君共看鏡。

虚吾北行從軍未旬日，而熱河警報至，感憤無似，七疊『贈』韻寄大厂、鶴亭

壯士問行藏，愧無寶刀贈。一夫振臂呼，宜有千百應。主將畏言兵，天驕遂乘勝。甲仗熊耳齊，烽火交河映。如以弱羽羣，遇彼嘴爪硬。潛師夜遁者，益為天下病。守邊豈無人，作事胡不敬。民巖大可畏，逐帥乃非正。報言湯玉麟貪暴，熱河人民怨毒已深，常思逐之，因幸其敗，湯遂不戰而逃。紛紛秦賈儔，寧待蓋棺定。榮名與壽考，此事古難並。臨洮痛哥舒，石頭思士行。孰憐仲宣樓，尚嘲王莽鏡。

十五夜玩月，八疊『贈』韻

團團白玉盤，春夜為誰贈。同行人莫對，濤聲代之應。似憐好遊者，腳力不濟勝。荒荒海一隅，寄以無瑕映。老松如高士，見節愈生硬。夷然受清光，快若蘇痼病。昌黎對明妝，無邪語可敬。劍南思鼓吹，光復義尤正。劍南湖村月夕：『安得驊騮三萬匹，月中鼓吹渡桑乾。』今月照古人，攝想都不定。而況憂患身，容易歡愁並。不願滓微雲，何必有奇行。一參曹洞禪，靈臺亦無鏡。

翌夜又作，九疊『贈』韻

落落好文章，屑屑畏酬贈。童冠雖不多，月下歌相應。清佳已在眼，遂嬾窮幽勝。有酒不敢醉，忘形影猶映。濯流愛其清，漱石未言硬。昨見歸來客，服食仍舊病。亦念從軍人，僮僕生新敬。借東野送韓愈從軍句。抱膝謂余非，出門就誰正。葉水心寄題陳同甫抱膝亭：『抱膝且不可，出門更何適。』林木縞始真，河山浩難定。韓子磔蝦蟆，惡其擅吞併。荆文惜兔蟾，章呂有污行。不見漢時關，空對秦時鏡。

殤外孫弟弟

耳畔啼聲在，聞凶益愴然。汝生纔歲半，何苦得人憐。早慧知非福，良醫欲訴天。拊頭原類我，此語竟空傳。孫極慧，頭角隆大，見者以為似我。疾劇姑移住他宅，殤三日，家人始以告。名醫某君謂其病徵與常人異，故發見遲而施救不及，殆有數存焉。家人親戚無不流涕傷之。

送思穀、人鶴北行

孤愁一寸問何堪，劍南題陽關圖：『山河未復胡塵暗，一寸孤愁只自知。』百不能言況劇談。塞上蟲沙家萬里，曉生得其子北來書，言義軍多粵人，適與馮庸所部遇，過半粵籍。比返北，乃聞其已陷没。長安佳麗月初三。投鞭流水渠能斷，説將方州幸不慙。荆公送韓持國從富并州辟：『他年佐方州，説將尚不納。』要待洗兵魚海日，岑嘉州獻封大夫破播仙凱歌：『洗兵魚海雲迎陣。』與君重唱望江南。

讀王廣陵集三十首

騏驎腰裹出天閑，畫手無如氣骨難。度盡金針人不識，韓豪一脈此中看。趙德麟侯鯖録載賦韓幹馬詩：『尊前病客不識畫，但驚骨氣世未有。』又云：『世工無手不肯休，往往氣骨陋如狗。』『氣骨』二字，幾於道盡昌黎之美，宋賢學韓者，可舉此第其優劣。荆文生當時，獨折節傾倒廣陵，蓋亦以此。按今集本作：『但驚馬氣世未有，西北駿骨無時無』。又云：『世手無能不肯休，任使氣骨陋如狗。』

排天斡地無餘力，硬語盤空孰翦裁。苦與詩人説肌理，杜韓猶恐是粗材。翁方綱石洲詩話云逢原詩學韓，肌理亦粗。而吴鈔謂其高遠過於安石云云。竊謂王漁洋一拈神韻，即輕杜陵。朱、何評點韓集，亦多不滿。若言肌理，奚有於廣陵。

哭詩刻骨似東野，蝗夢搜奇如玉川。父事昌黎兼所愛，不曾閒澹入中年。昌黎贈無本：『姦窮怪變得，往往造平淡。』南溪詩幾視南山、石鼎諸作如出兩人。石林詩話謂荆文少以意氣自許，不復更為含蓄。後從宋似道盡假唐人詩集，博觀而約取，晚年始悟深婉不迫之趣。此境固廣陵所未到。

韓老低頭拜東野，荆文國士取逢原。文章定價惟知己，後有雌黄舌莫捫。明何文煥歷代詩話考索與梁溪漫志、石洲詩話，俱力詆廣陵，直以荊文爲妄歎。余按：謂孟能改韓，祇一山谷；東坡、遺山已譏孟不已，大抵尚存流俗名位之見。廣陵還東野詩：『能得韓老低頭拜。』

請我願去燒，此詩苦澁讀不喜。』

至苦其中有至腴，受材雄鶩〔一〕肆紓餘。廣陵似笑東坡老，猶有童心食細魚。還東野詩：『童子

〔一〕〔校〕『受材雄鶩』：『鶩』當作『鷙』，韓愈薦士：『有窮者孟郊，受材實雄鷙。』

豈以堂榮銜所居，煌煌經訓作菑畬。過庭也祇聞詩禮，始信熙豐論者迂。采選示王聖美葛子明云：『買居紀堂榮，顧影樂簪佩。喜將閭里好，持與妻子議。』蓋亦譏昌黎符讀書城南與示兒兩詩也。韓詩樊注云：魯直嘗書此詩後云：『或謂韓公當開後生以性命之學，不當誘以富貴榮顯。涪翁曰：「此熙寧、元豐間大儒之過也，又何學焉。」』

風誼真兼友與師，歸歟吾黨矢相隨。人間妙質終難得，朝暮何堪一馬馳。荊文思逢原：『妙質不爲平世得，微言惟有故人知。』又：『朝出一馬馳，暮歸一馬馳。』逢原寄介甫：『盍思吾黨早言歸。』又云：『好留餘地許相依。』

天不能高放使高，元龍百尺敢言豪。好將窮達論文字，繆壁成書是此曹。墨莊漫録：逢原爲暑熱思風詩云：『力卷雨來無歲旱，盡驅雲去放天高。』客有傳示王介甫，歎曰：『有致君澤民之意，惜乎不振也。』竊意此語純出傅會，宋人詩話類此者多。

幕府當時最年少，感知懷舊意分明。更吟閱古堂前句，第一丹青有定評。邵氏見聞録以荊文虎圖詩爲詆韓忠獻，至『幕府少年』之句亦加以周內。誦廣陵題定州閱古堂詩有云『請留中壁』、『搜國匠第一手寫韓公像』（點

校者按：此衹檃括詩意，非原詩句），可知汝南月旦，早有定評。後生喜謗前賢，非其徒也。

酷似慈恩塔上聯，蒼厓白日傲羣仙。卻疑荆國相從後，不必新吟服阿連。墨莊漫録：逢原一日與王平甫數人登蔣山，相與賦詩，逢原先成，舉數聯，平甫未屈。至聞『仰躋蒼厓巔，下視白日徂。夜半身在高，若騎箕尾居』，乃歎曰：『此天上語，非我曹所及。』遂閣筆。

近所不同遠勞夢，夢中高議飲如醕。金陵有憾終難釋，憶否相從作檝輪。寄呂惠卿：『近者非所同，遠者勞夢思。』呂答詩：『每于清夜夢，多見夫子魂。側耳聽高議，如飲黄金樽。』又云：『子已具車航，吾亦為檝輪。』後村詩話引之，謂吉甫能為此言，豈非近朱者赤耶！

感激交游以竹言，竹賦：『請以竹言。』劉傳言：既遇滿執中，更閉門讀書，為竹賦以自廣。修椽未架共芳堅。一門虎卧揚州後，再寄滿子權：『又况一地卧三虎。』作吏温温滿子權。滿子權，廣陵人，治平中為萬壽令。

字如鐵索急蛟螭，何意東坡有是非。不分少陵抒公論，一生受病在環肥。老學庵筆記：慎伯筠工書，王逢原贈詩極稱其筆法，有曰『鐵索急纏蛟龍僵』，蓋言其老到也。東坡見其題壁，亦曰：『此有何好，但似篾束之骨耳。』伯筠聞之笑曰：『此意逢原已道了。』余意東坡殆持異議，故其書有『墨豬』之誚。又吴鈔謂坡詩以豐縟為病，亦的論也。

呼風百計寂無聞，劍南句：『百計難呼樹杪風。』落日誰令著翅奔。逢原暑旱苦熱云：『清風無力屠得熱，落日著翅飛上山。』避地獨遊心不忍，要提天下上崐崙。又云：『不能手提天下往，何忍獨去游其間。』

耒欲深耕逢石撓，南山詩：『耕之深兮石撓吾耒。』南山田事亦艱辛。得金為用何妨曲，答鏄云：『苟得金為用，何惜木微曲。』道盡公孫一輩人。

勞謌如哭感陂農，倚木看雲日又中。荆文獨歸：『陂農心知水未足，看雲倚水車不停。』下竭始堪成上潤，神龍不謝水車功。廣陵龍答水車詩：『神龍謝水車，子能未足多。上潤雖已然，下竭將奈何。』

翦紙為鳶欲戾天，有人牽線事非難。憑風作勢須臾耳，贏得愚兒仰面看。紙鳶：『纔憑一線乘風去，便有愚兒仰面看。』

共謀平地已多時，一旦乘崖面目非。餘耳遂成千古恨，紛紛鼠輩復何譏。交難贈杜漸：『兩鼠共謀渴，相飲期入水。』又云：『平地握手笑，乘崖撥足擠。』

君臣師弟相從久，馬上功多亦不平。緜蕞既成官賜及，聖人惟有叔孫生。詠叔孫通：『一官所買知多少，便擬先生作聖人。』與荆文嘲叔孫通句相似。

鐵甕城空勿愴神，北門鎖鑰一番新。陳陶可潰苻離鼾，辜負江山代有人。南徐懷古：『英雄自負江山死。』一本作『去』。

未必園林同盛世，儘多絲竹樂中年。書生何物思浮海，尤甚歐公憶戍邊。歷代詩話考索云：逢原寄介甫詩，葛公立方引之，謂：『識度之遠，又過荆公。』按：當日朝政國勢未甚失，措詞乃是背逆，不知葛公是何肺腸，反稱道之！　余謂廣陵幸不與彼同時，否則必有烏臺詩獄矣！

今人抱膝忌長歎，葉水心題陳同甫抱室齋：『今人但抱膝，流俗忌長歎。』來軫難遮且應關。去即不思思在遠，更愁齟齬百年間。廣陵寄崔伯易詩：『屢來徒我煩，不來我弗思。』王直方詩話引作：『來即令我煩，去即我不思。』又云：『念子去千里，昔別今已期。但恐百年間，齟齬終莫齊。』

萬里波濤防失侶，五更風雨重相思。雁聲不及詩聲苦，為問何人共此悲。後村詩話：逢原聞雁云：『萬里波濤九秋後，五更風雨一燈旁。』不待著雁字，而題見矣。

亦知昏鏡損人顔，慎交詩：『鏡不但自昏，損人顔色多。』收鏡除塵卻未閒。又云：『必欲識己真，收鏡除埃塵。』客子攜來只相視，江上四首：『何用妄攜客子來，不可與語祗相視。』廣交容易慎交難。

不願為漁百不任，渭濱惟是直鈎沉。朝來應有得魚喜，好慰風波結網心。不願漁：『今非結網心，豈有得魚喜。』

弱弱惟知與富俱，藩籬遺盡自多虞。為言静女如高士，正色從來不願諛。弱弱誰氏子：『端居待人求，正色不願諛。』

中山林木盛千條，為有濃陰暍日消。葉去隨風情得已，幸渠枝幹未曾摇。落葉：『茂遂本憑枝幹力，欲辭枝幹逐西風。』故人林廣塵有『護林殘葉忍辭枝』之句，余曩年曾用以集曹全碑字云『既雨餘雲仍在野，遇風殘葉忍辭枝』，實襲廣陵此詩意也。

惟恐賢奸有代興，頌詩字字挾霜稜。徂徠若使無言責，未必雍容遜廣陵。後村詩話：富公由并州入相，外廷舉笏相賀，逢原獨云『要須待見成堯舜，不敢輕浮作頌聲』，所見高於石徂徠一等。余謂廣陵草茅立言，固應爾爾。若徂徠則正色有為為之，讀其詩，千載下猶有生氣。廣陵傾倒唐介不已，知其不薄徂徠也。

立朝正色孔文舉，遯世無憂嚴子陵。有為言之翻舊案，不云公論使人憑。梁溪漫志云：文舉一世豪傑，姦雄所憚而不敢動，而顧使之歸；子陵傲睨萬物，帝王所不能臣，而顧使之仕。逢原顛倒如此。余謂逢原別有寄託，與宋儒論史好翻案者不同。

蘇家文字重金元，諱學金陵益有因。摘句辛勤宜子弟，虧他南渡老詩人。後村詩話：昔讀廣陵，草草用朱筆點出妙處，子修弟手記余所點者於冊。

又讀王廣陵集十首

西山誰聽采薇歌，餓死其如失節何。避世有徒期再嫁，申申無慮女嬃呵。余十歲時，讀禮至『一與齊，終身不改』，即聞先兄青瑞先生曰：『此漢人之言，非周孔之言也。』及冠，得夏曾佑歷史講義，言『始皇築臺懷清，世始重寡婦』，兄以為確論不易。程伊川『餓死事小，失節事大』二語，為近世詬病。余謂此可為仁人義士嚴以自律之言，持以責天下婦人，則太不恕耳。廣陵寄姊詩云：『遐追避世徒，子與侍巾裘。』又他詩云：『姊寡不能嫁。』蓋其時道學尚未盛行，廣陵持義亦與伊川異也。

如蝗生野䖵生衣，垢舊為緣禍始斯。原蝗：『譬之蚤蝨生裳衣。』又云：『然而終常不絕種，豈非垢舊招致斯。』太息荆文都未悟，收功爛額意遲遲。荆文和王樂道烘䖵：『熏心得禍爾莫悔，爛額收功吾可賀。』

垂淚蒼生意已遥，跖徒争道薄當朝。寄介甫：『難與跖徒争有道。』夢中伊尹偏傳語，春夢：『一夢夢周公，笑與伊尹語。』十卷周官久不燒。又云：『紙傳周官十卷書，安用久留不燒去。』余意荆文期許之深，必有在文章之外者。

木落天寒未去根，悠悠此際孝思存。勸君慎勿如流水，散亂多時昧本原。廣王醑正叔二思詩：「水流忘由來，散亂卑淫牽。」

牛角鼷傷自不知，人間甘口太離奇。鼷鼠槮：「牛則不知。」又云：「傷則免之。」注：「鼷鼠傷物而物不知，故世謂之甘口鼠。」不鳴亦有先烹者，寧似神黿曳尾時。

不數終軍有棄繻，大弨長劍孰非夫。坐看敵騎長駈入，草野英雄自此無。送仲賓叔赴秦幕：「草野英雄無敵國。」又：「大弨長劍丈夫行。」

傳合韓非已不倫，神仙祖述更非真。如何一樣圖中檜，向左傾旋便惑人。八檜圖：「於中一本特甚異，膚革逆理紐左旋。傳云聃手所自樹，我知此語定鑿穿。」

北窗有夢鳥聲多，枕簟凉生日易過。試遣竹林知睡義，不須把臂飲無何。晝睡：「須知睡義大亦甚。」又：「竹林猖狂事飲鍛。」

故人喜仕恨奚如，胸腹平生未可輸。思京口戲周器之：「但恨故人猶喜仕，他時胸腹未堪論。」肯信出門無直道，嵇康慵作絶交書。慵：「卻笑嵇康慵不得，區區猶作絶交書。」

盛説才多飽百牛，可能容易作詩囚。心靈日耗知無益，祇是人安已不休。答東徽之索詩：「人安已不休，衆恥我獨冒。」又：「心靈無餘多，為此日有耗。」

次韻大厂暮春陰雨見懷

詩老惟知忍古難，惜春常似惜叢殘。輕陰薄暮愁何盡，南陌東阡興未闌。頗説先生能止酒，為言此際一作『獨自』莫憑欄。樂君書在燕游罷，未有興亡淚可彈。大厂之甥王虚吾矢志從軍，至平無所遇而返。

再疊『難』韻寄大厂

誰為東皇不作難，一年一度管芳殘。吹成空絮風先亂，落盡檐花夜又闌。祇攪心情當客路，荆文次御河寄城北會上諸友：『客路花時祇攪心。』更分惆悵與危欄。晴回倘有驕春雉，又自金陵至丹陽道中有感：『空場老雉挾春驕。』為挾隨珠未許彈。

三疊『難』韻寄大厂

無計相安欲見難，一樓烟雨怨春殘。池塘未有蛙聲起，荆文次韻陳繹學士小園即事：『池塘亦未有蛙聲。』庭院應知蜨夢闌。花落不妨泥作障，風狂仍倚石為欄。淵明自愛門常閉，借李忠定詠酴醿句上句：『子美惟恐花欲飛。』琴本無絃可得彈。

悼文公達

呼吸雖慙夙子知，稗官爭論憶兒時。余長公達一歲，雲閣表兄登第時，公達纔十齡，爲余繩聊齋誌異文章之美，余謂大不及儒林外史。則爭決於雪門、雲閣兩兄，兩兄均左袒余。故家喬木猶能説，才士生涯盡可悲。群盜縱橫歸不得，虚名料理事何裨。遐庵書云：其家况無可言，著作亦無存稿，此生遂了。埋雲海上薪隨盡，天道多艱有涕洟。雲起詞自序有云：明知天道變衰，先死未爲不幸。

得大厂再和，時已初夏，四疊『難』韻報之

百卉由蕐作實難，非關風雨故摧殘。借李忠定春詞句。如何此日看春去，至使詩人比歲闌。小杜詩：『春半年已除，其餘强爲有。』即此醉殘花，便同嘗臘酒。』草樹四圍香滿徑，芙蕖千葉水明欄。南迴斗柄單衣重，劉夢得首夏詩，『斗柄暫南迴。』羈旅無魚鋏不彈。荆文再寄蔡天啟：『無魚鋏勿彈。』

遣悶，仍疊『難』韻二首

莫須行路悵艱難，車馬他山物色殘。水至作堤爲計晚，井崩治隧報功闌。廣陵魯仲連辭趙歌：『井方崩兮治隧，屋且壓兮雕椽。』東方白下從沽酒，劉貢父和荆文金陵懷古：『白門酒美東風快。』落日津橋孰

倚欄。宋劉定之言：黃巢既敗，脫身為僧，自題繪像云：『天津橋上無人識，獨倚闌干看落暉。』竹坨浪淘沙詞『更無人處一憑欄』，疑脫化於此。諗竹坨生平者，更知其所寄托也。豈有資囊上書者，靖康時事不堪彈。梁谿詩題云：見報以言者論六事，其五皆靖康往故，其一謂資囊士人上書。横目論心忍棄難，安危一刲詎拋殘。樹園老屋陰宜茂，草倚驕陽緑漸闌。何處白山連黑水，依然玉砌與雕欄。萊公孤注今無有，城下盟成卻耐彈。

補和鶴亭子由生日詩，十疊『贈』韻

何以壽卯君，坡有銀槃贈。微觀二人集，百首相和應。心與香俱焄，壎篪寧鬥勝。欒城次韻姚孝孫判官見還歧梁唱和集：『自憐兄力能兼弟，誰肯壎終不聽篪。』祇有曹家兒，千載與之映。奈何萁豆吟，情傷而語硬。斗粟不相容，帝室由來病。黃髮為王期，亦未愛勝敬。故知骨肉間，不如韋布正。阿兄有仙才，世論似早定。謂弟實過我，文定謚議云：文忠嘗稱之，以為實勝己。遂使二難并。風雨無窮思，孝友平生行。誓静滄海瀾，引刀復覽鏡。又子瞻惠雙刀：『我衰氣力微，覽鏡毛髮斑。誓將斬鯨鯢，静此滄海瀾。』

題暨南大學繼光堂

朱明崛起靖胡塵，中葉猶除海上氛。五百年來無健者，鑄金寧事戚將軍。

紀效軍中有著書，可憐傳誦到曾胡。攘夷未辨春秋志，相斫功成道已污。

陣前回顧斯無幸，想見平生善治兵。法立不為親者廢，此情吾欲諗諸生。

得榆生、大厂和章，七疊『難』韻並答

風雨時時吟和難，孤懷況欲起衰殘。相從問客行何後，不飲看人酒易闌。晞髮無心惟惡暍，折松隨手輒成欄。荆文秋熱詩注：此詩石本，一僧跋云：『公居金陵秦淮小宅，折松枝架欄禦暑。』吾民有慍終當解，不信南風竟不彈。廣陵詠琴：『吾民有慍何當解，學得南風不敢彈。』

次韻榆生感懷二首

未聞防口易防川，城下為盟宋已然。誰使腹心成此患，可憐皮骨向人妍。狙爭未定山先盡，鰲戴無霧地又旋。黔首賜秦知不信，沈酣猶復夢鈞天。

從來季世祇相師，如此江山務觀詩。一士有言終自直，百年多病更何之。偏安王謝疑無罪，

南渡汪黄似預期。縱使炎炎將必滅，纖兒已壞太平基。

再次韻寄榆生、大厂

不辨津涯涉大川，鯨吞鼉作更茫然。楚齊未洗千年辱，邢尹猶爭一日妍。尚恨無人愛毛羽，翻疑有地足回旋。陸沉聾瞽由來嘆，屈賈非儒故問天。

置將吾聞欲善師，逍遥河上乃無詩。紛紛功罪相誣耳，草草承平自失之。當飯似曾思李牧，獻圖原不待於期。南朝有石羞江令，一樣頑忘是國基。荆文詠三品石：『國亡今日頑無恥，似為當年不預謀。』李注：陳子高亦有一篇，其意與公相反。詩云：『臨春結綺今何在，屹立巉巉終不改。可憐江令負君恩，白頭猶作北朝臣。』

八疊『難』韻寄大厂、榆生

擬學蘇張未便難，臨流曾是惜將殘。由人穿鼻君何苦，為敵憎才事或闌。無怪草親君子室，宛陵錦竹：『本與凡草俱，偶親君子室。』誰憐蘚澀舊時欄。又廢井：『陻廢不知年，石欄蒼蘚澀。』背城不敢收餘燼，借用荆文句。螳雀相隨倘畏彈。

晨坐

蕭蕭凉氣滿庭除，愜意燈前一卷書。曉色窺人常不悮，草蛩鳴後鳥鳴初。
翦燭西窗故一時，朝霞有美謂難知。眼前不見雙梧影，誰與秋來共此奇。

有寄，九疊『難』韻

小逆風潮已路難，借黎二樵癸丑五日句。問誰辛苦護凋殘。十旬禦寇瘡痍在，三宿還山涕泗闌。
草縱偃風仍蔓砌，禽惟鎩羽始依欄。悲歡枯菀人情見，弦遇哀歌恥獨彈。

哭林煥廷

藏史修書識道難，乍來驚電不堪看。孤寒有淚為君灑，平易無奇視所安。平仲善交尤在黨，
介推辭禄本無官。定知腸胃鍾山繞，陵土雖乾涕未乾。

秋風，仍疊『難』韻簡佛成先生二首

投袂褰裳事孰難，江湖異態此留殘。高蟬不為秋風咽，老鶴能知夜氣闌。尚有金牌傳塞外，

可無珠履聚門欄。秦淮女作潯陽婦，正抱琵琶續續彈。正自閑中著力難，石吾無愛竹憂殘。山谷句：『石吾甚愛之，勿使牛礪角。牛礪角尚可，牛鬥殘我竹。』新涼落木朝吟異，高碧横河夜語闌。驚月老烏猶繞樹，奔泉狂鹿卻遮欄。江西『寇盜』毋相迫，東海波濤要壓彈。

送海濱，十二疊『難』韻

惟有乖龍割耳難，摩尼濁水照無殘。浮屠三宿意猶戀，海外九洲情未闌。為説里閭尊舊釀，海濱言其鄉有百年舊釀。更因風雨愛晴欄。亦知時局如棊局，中若能平可勿彈。

九月十八日，三用榆生感懷『師』字韻

始以荒娛悞我師，宛丘宜詠變風詩。公卿到底排宗澤，士論何由惜會之。千里畏人寧有説，三年報越恐無期。靖康遺事吾能誦，城下行成禍又基。

夜與酬佛成、海濱、協之辱和之作，十三疊『難』韻

人間清氣得來難，秋到南方暑亦殘。幾許星晨〔一〕疑夜昨，夷然風露待更闌。時危豈有三分

策，思苦真如九曲欄。報道長安仍似奕，貢冠應又為王彈。

〔一〕〔校〕『幾許星晨疑昨夜』：『星晨』當作『星辰』，李商隱無題：『昨夜星辰昨夜風。』

國慶日

百年形勝山河在，一歲憂虞水旱多。此日公卿危左衽，陳簡齋句：『公卿危左衽，江漢故東流。』當時士庶喜共和。不譏後進前修玷，惟恨時賢晚節諞。何事憑欄遲歸鞅，中秋明月恰經過。范石湖句：『憑欄從此遲歸鞅，能及中秋對月不。』

和大厂中秋陰雨，十四疊『難』韻

吾黨關心此世難，陳止齋送范憲東叔帥潼川：『每懷吾黨多，未救此世難。』旌旗到眼夕陽殘。文章善宦輸何愧，時事欺人看易闌。迷局倘因棊有色，益公省齋集題云：『頃創棋色之論，邦衡深然之。』故鄉差喜月無欄。知君本以高難飽，不向王門挾瑟彈。

虛吾書來述大厂近狀，十五疊『難』韻代簡

旅困居愁作計難，頗聞蜷局自春殘。口中聲調霜風切，畫裡朝昏海氣闌。佳節平生常作客，

故園咫尺更憑欄。此心憂喜關榮落，耐可張弦為我彈。

輓白摶九先生

幽憂勞役輒相乘，揭厲多時不自矜。未有神丸起沈痼，可憐骨相累騫騰。牢盆術異唐劉晏，醇酒心如魏信陵。楚水吴山陳迹盡，平章濟叔到今稱。范石湖句：「一任平章濟叔癡。」

勷勤先生逝世二週年，三用榆生感懷「川」字韻

蕭山曾感逝如川，執信兄成仁之前年，曾為人書「逝者如斯」數語，先生後見之，歎為語讖。此日追思益惘然。孔父立朝惟正色，廣平留賦有餘妍。今年始輯遺集。從公白下空酬唱，大事人生要斡旋。見先生遺言。尚有典型在南國，區區吾屬欲争天。王荆文讀後漢書：「欲與天争漢鼎歸。」

補録十七年夏間遊倫敦題使館中總理蒙難所居室，寄郭復初公使

魚服西行困豫且，鋤秦大業問何如。當年不作拘幽操，今日人尋羑里居。宋仇匡畏尚紛紛，振鐸乘桴况有聞。總理曾言至倫敦遇粵人鄧某，喜其頗識時務，欲曉以大義，輒與偕行，遂陷使館。檢當時之總理衙門文書，則内外清吏，正以密探相從張羅設計，非祇鄧某其人也。妄欲頭顱行萬里，誰知

天未喪斯文。

羹牆如遇一淒然，室極幽暗，宛然牢穽。代使陳君出椅一、碗一、羹匙一，謂是當時所用。蒙難成書世已傳。

終見神明造華夏，弓髯攀墮又三年。

奉和協之謁勷勤先生墓感賦

百憂往事空回首，荆文送彥珍：『握手百憂空往事。』縱是平居念亦深。祇以精誠扶國脈，不渝終始見交心。香寒後夜灰仍在，梧落高秋夢豈尋。退哭其私慙把劍，松風不斷助哀吟。

十六疊『難』韻再得一首

來日彰彰事大難，江流遺恨失凶殘。先憂誰識當時意，勇退曾言官興闌。日月有時人上冢，江山無限客憑欄。揮斤吾已亡吾質，何止牙弦欲罷彈。

録十七年題倫敦使館總理蒙難所居室舊作竟，復得三首

咨汝蜩螗大命傾，蒭商寧祇不平鳴。詩人最識姬文意，不謂天王有聖明。

裂冠毀冕是何情，逆變公然肘腋生。卻笑梁皇未神武，佗城畢竟異臺城。

虎尾由來履不疑，據藜困石有危詞。佛言地獄誰能入，多難從今識本師。

重陽，十七疊『難』韻

路出多歧合轍難，雁門一度鬢霜殘。漫矜詞賦江關動，未覺登臨意興闌。斜日多風堪落帽，紅萸黃菊且盈欄。横江鐵絙誰將去，莫倚琵琶出塞彈。借後村再和句。

重陽後風雨連日，三疊榆生感懷二首韻

介圭羣望錫山川，江左朝廷豈晏然。老作中書名士醜，妝成半面内家妍。人心未必能終古，星象何曾向左旋。試與登臺看落日，荒荒有漏此時天。

風流白傅不相師，寧和青山獨往詩。戲論翻騰竟如此，好官笑罵亦為之。雞蟲得失都無已，勞燕分飛會有期。聞道莫邪思自獻，不知齊國待鎡基。

四疊榆生感懷二首韻，呈佛成、海濱、協之並寄大厂、鶴亭

髮亡誰與哭伊川，不計將然恨已然。上相乍聞攘臂起，東鄉猶學捧心妍。江湖去去魚相忘，頭目慌慌蟻自旋。石湖病中吟六言：『目慌慌蟻旋磨，頭岑岑鰲負山。』霹靂推車原未易，黃石齋句：『親從

霹靂推車過。』峯多尤怨水浮天。東坡游蔣山：『峯高多障日，江遠欲浮天。』舞干銜石謂能師，猛志須參栗里詩。但喚可兒為處仲，更聞争道似羲之。倒行日暮已堪歎，勇退急流非所期。此郭此鄉無尺箠，張景陽襍詩：『此鄉非吾地，此郭非吾城。』閑居積道自成基。又：『閑居玩萬物。』又：『道積自成基。』

次答大厂『官』字韻

風雨如期古所難，借冒巢民句。只憑耐久與相看。南來已似多時别，北望都無一日安。豈有佳人能作賊，或言弟子欲求官。蛾羣到處争鐙熱，不悟山頭凍雀乾。

溥泉先生贈日知録校記

孔門十哲士，至謹惟卜商。不謂學日益，而曰知所亡。此意啟後人，為漢宋學倡。顧君生明季，志行蓋非常。尊周管夷吾，報秦張子房。結交盡豪傑，綢繆到兵糧。郡國詰利弊，宅京疑帝王。思以易天下，百願不一償。退而名其書，拘拘如備忘。從知道問學，是朱非陸王。衣被三百年，考據并詞章。爾時齊名者，湘王與越黃。明夷既卓犖，論宋亦慨慷。不若君是書，忍古無張皇。豈真繞指柔，無復百鍊剛。徒見掇拾勤，著述之意荒。况值玄黄變，亮節過柴桑。本朝等前代，稱謂尤弗當。名山有傳人，庋闕孰與詳。子今獲孤本，一朝發覆藏。
夙昔所懷疑，釋然冰炭腸。聖心在中國，易制重冠裳。攘夷無遜詞，滑夏有大防。魯恭為豫
言，王通斯俗傖。凡此真義存，語重而心長。返校諸陳編，萬丈放光芒。淺儒論文字，取徑
必温良。膺懲戎狄篇，猶以用直傷。百一莫致詞，五噫士其遑。魏闕熱何處，河清終自望。
中原雲鳥非，麗藻争虎倀。借用傅青主偶録五言古句。撫事再三歎，勿訝餘杭章。

不匱室詩鈔卷七

番禺胡漢民展堂甫

悼梯雲先生二十三年

傷足猶為卻曲行，扶危有志未求伸。共知才美誇前輩，誰識憂虞累此身。考叔忍言臣有母，繞朝毋謂國無人。枉令南北行縱遍，故里焄蒿更愴神。

一月二十八日

前年此日戰方酣，贏得聲名婦孺諳。鑄鐵奈何成大錯，誤人畢竟是清談。未終詞唱枝先折，李拯讀史：『佳人自折一枝紅，把唱新詞曲未終。』謝疊山謂寓梁武事。各議瑕疵鳥不堪。『前汝下視鳥，各議汝瑕疵』，昌黎為李宗閔作也。豈有司徒繫朝右，祇今人惜左寧南。

次和鶴亭癸酉除夕韻

載醪祛惑勝談玄，老使鷗鷺到海邊。梅訊已春猶寂寞，土思如歲更周旋。荆文句：『乖隔殘年有士思。』功名願處後生後，文字尚争前輩前。誰解平居憂故國，且因舊臘祝新年。

疊『玄』字韻再得一首

侍中回志卻思玄，六一寒時亦念邊。未得桃符駈鬼去，漫從葭管喚春旋。丹青功罪千秋後，傀儡衣冠萬國前。試象焦原都不改，相看又過白雞年。

倒用『玄』韻寄大厂

萬屋相誇又一年，詩書豪氣可如前。極知世事無公論，惟聽官軍報凱旋。耶律北來方立晉，靖康南去孰論邊。一樽聊有江南憶，不見成虧道始玄。

三月一日

遼瀋倉皇失大城，逡巡冀北又從盟。世間真見兒皇帝，昔日嘗為孺子嬰。朝有汪黄堪事敵，將非韓岳敢言兵。宣和舊事何無靦，聞偽號『宣和』。預卜相從五國行。

三疊『玄』韻寄懷鶴亭白門

覆瓿分定不須玄，對奕中虚輒棄邊。道有萬難書久久，女惟妖極舞旋旋。關河舊事空回首，桃李春風又眼前。何必稻粱慙著述，閉門覓句自年年。

四疊『玄』韻寄鶴亭，索所著后山詩註

曹洞禪參義亦玄，要如説蜜徹中邊。蘇門未放論功去，天社先驚奪壘旋。好語恢張吾有待，后山答魏衍黃預勉以作詩：『正賴好語能恢張。』苦心揚搉子無前。雨風白下宜春否，著作同官盡少年。又酬應物見戲詩自注：何承天老為著作，而同官皆少年，目為乳媪。

鶴亭來書有南游之約，仍疊『玄』韻以堅之二首

知白何妨便守玄，羈愁不遣犯吟邊。山居澹蕩人無夢，海氣平和春始旋。北望豈堪榆塞外，南行須趁荔枝前。無情未是長江水，后山句：『無情是江水。』送客來回又一年。

詞客休傷鬢不玄，佗城風月號無邊。長風宗慤乘槎去，南食昌黎載槖旋。陳屈肯容吾輩在，朱查未讓美專前。用鶴亭前年贈詩語意。湞江曾為催歸棹，便可重來話歲年。

三月十日閲報，七疊『玄』韻

不聞龍戰血黄玄，猛士何人與守邊。自有藩籬甘破棄，翻言珠玉善周旋。弄兵大異潢池内，鼾睡真成卧榻前。況是兩河忠義士，枕戈南望已三年。

内子輓其三嫂，有『泥他沽酒今何似，見我扶床最不忘』之句，爲足成之

卌年伉儷豈尋常，晨霤春風助感傷。潘安仁悼亡：『春風緣隙來，晨霤承簷滴。』眼裏外孫行已密，病來醫者術非長。泥他沽酒今何似，見我扶床最不忘。亦願阿兄能作達，達生齊物説蒙莊。

詩寄大厂，兩句未報，疊『玄』韻更寄二首

未必通玄便草玄，相望都在海東邊。深衣有道門常寂，淺醉無聊室自旋。書到老來真可著，馬於奔殿豈能前。山川何處供消憤，荆文寶應進士乞詩：『解玩山川消積憤。』不到西湖已十年。

静外安身易與玄，燕書猶滯舊巢邊。荆文歸燕：『貪尋舊巢去，不帶錦書還。』嶺棉抗日紅將放，江草摇風緑早旋。經歲唱酬如白下，幾人慚愧在盧前。狂謌過我那無意，身健今年勝去年。

錫疇出示近作，輒題其後

不將腸胃繞吴門，行路雖難可細論。貪學杜陵作詩苦，年來幾處未招魂。

清明，十疊『玄』韻

憶涉高岡我馬玄，索居吟外復愁邊。誠齋和周子中病中代書韻：『吟外今何病，愁邊我索居。』新來南面書城樂，不計東皇斗柄旋。寒食清明相次第，花光柳色儘當前。半山亦有懷鄉語，新火關心問幾年。荆文句：『故國回首三千里，新火驚心六七年。』

同日答友人問時事書，十一疊『玄』韻

率野云何草不玄，將軍從古怯乘邊。蝀非有祟婦猶唾，朝故無人客可旋。細雨紛紛時節過，餘寒漠漠海山前。一春强半中原望，忽憶龐公上塚年。

四月二十一日閱報，十二疊『玄』韻

興亡一局數非玄，失著相仍腹與邊。陛楯諸郎仍雨立，舞衫時相獨風旋。何當很石共談處，

東坡甘露寺詩題：寺有石如羊，相傳謂之很石。云諸葛孔明坐其上，與孫仲謀論曹公也。不憶狂瀾未倒前。曾見糾彈和議去，靖康猶是最初年。

敬翁見和三月一日詩，邇來消息益惡，因再用『城』字韻寄之四首

割地輸秦歲幾城，尋盟惟恐或寒盟。面諛未必呵樊噲，股栗何能對灌嬰。漢書齊悼惠王傳：魏勃本教齊王反，以漢既罷齊兵，灌嬰使使召責問勃，勃曰：『失火之家，豈暇先言丈人後救火乎！』因退立，股戰而恐栗。東坡答王定國詩：『人言魏勃勇，股栗向小兒。』鄙我即亡寧有國，依人為活可無兵。憑愚護短多官府，凜凜平生視此行。別有所指，不為敬翁發也。

莫須更説壞長城，不汝訾瑕又受盟。大局總為私計悮，盈廷誰敢逆鱗嬰。是何鬼怪甘倀虎，抉我堂廡使備兵。縱許遼金從戰伐，將軍無復抗顏行。

蕩蕩無虞寇上城，頻年多事訴同盟。作炊已是矛頭米，望救幾成虎口嬰。溝壑不忘遑説禮，萑苻如故未休兵。小朝要作降王長，使者遲遲返國行。

幾曾完璧貿兼城，强制車書為踐盟。逕欲絶秦煩呂相，更因存趙重程嬰。兜鍪内外思專國，壇坫東西議省兵。聞道豫言三十六，瘡痍猶在衆前行。

紀寧客談時事，六疊『城』韻

北使歸求三鎮城，靖康傳信録：李棁至自金人軍前，言金人要索太原、中山、河間三鎮。舉朝無術諱前盟。畫地未聞新設險，窺江從始畏言兵。廬山真面人難識，日日江頭送客行。苦祈佛力如龍象，肯念民愚愈馬嬰。孔安國孝經傳序：『夫民之愚，豈不愈於胡馬嬰兒耶！』

前題，十三疊『玄』韻

未到排牆未悔玄，驩然捽耳自誰邊。食言慣似牛芻反，進步難如蟻磨旋。索地每於和議後，伐交尤在用兵前。彦回不作三公死，功罪何須待百年。

疊『玄』韻寄答榆生二首

何須争地與争城，息壤分明視舊盟。詡以天驕胡勿寇，謂持人主已如嬰。置人壁後羞名士，雪恥枋頭惡老兵。危局一枰誰與活，蕭冰厓次楚山見寄：『一枰孰與危機活，千古難磨此道存。』欲請竟無、大厂兩居士參之。遲遲初不悔吾行。

紛紛此際擁專城，大義攘夷孰主盟。莫謂嶺南無佛性，須知同谷有啼嬰。百年恐墮弓裘澤，四國驚聞草木兵。習坎乘流非我輩，勞生應許抗天行。李忠定次韻申伯上杭道中見示：『坎止流行任天運，未應萍梗歎浮生。』茲畧反其語，以答榆生來函。

次和榆生一夕韻

森然豺虎正當門，仗馬寒蟬噤不喧。坐視中原形勝失，豫愁寰宇戰塵昏。由來詞客江關老，何止經生骨相屯。翦紙為鳶廣陵笑，臺城舊路又風翻。

閱報謂日人將設置東三省總督，仍疊『門』字韻二首

誰招大盜入其門，東海波濤寂又喧。學得癡頑堪作相，為求援繫輒成昏。事如高麗真前轍，目擊皇姑有舊屯。張楚劉齊同一例，逡巡此局未推翻。

島夷為政亦多門，狐搰狐埋衆口喧。蜾蠃自知非族類，蟪蛄何足較朝昏。叛人誘厠諸侯會，講肆夷為萬馬屯。睥睨燕齊更蠶食，誰支大廈救傾翻。

疊『門』韻並寄大厂、鶴亭二首

不關仁義在矦門，凡鳥多於静處喧。司空表聖山中：『凡鳥愛喧人静處。』國有大疑人諾諾，時非冬

月吏昏昏。陸沉誰向中原歎，兒戲無須灞上屯。火耨刀耕生活久，何來花樣與新翻。

桓靈賣爵入公門，高位多金謗亦喧。虜更有圖今豈息，高季迪寄余左司：『虜意有圖秋暫息。』民猶可使爾何昏。行人一介朝傳命，武騎千羣夜徙屯。弱肉飼强終不盡，可憐舌辯尚瀾翻。

十四日紀事，六疊『門』韻

萬國衣冠白下門，驛亭怪事忽騰喧。閉關大索人何在，熏穴相求日又昏。自愛幽妖投鬼窟，昌黎會合聯句：『鬼窟脱幽妖。』横駈水陸壓軍屯。可憐流落東瀛士，不見當階一葉翻。我國留學生葉木花同時被殺於長崎，僅得其縣知事道歉而已。

輓直勉

妙質高材世所稀，平生曾不憚為犧。白龍魚服追隨苦，赤蟻壺料理遲。宋玉招魂：『赤蟻若象，玄蠭若壺些。』少日已無書媚俗，病深惟有語憂時。刺天未覺羣飛息，直道從今付與誰。

協之有遺懷之作，其詞甚悲，率以俳句慰解之

協之何故似微之，共恨黄門太費詞。衹以深情提舊事，更無綺語褋哀思。空中有色四字用伯

兄青瑞語。須禪悟，太上能忘敢此規。同老可令輸絡秀，封胡羯末盡佳兒。

榆生詩來云『夜夢渡海相尋，為風濤所阻』，次韻二首

我愧太丘能道廣，詞人猶阻夢中來。悠悠歲月居何念，寸寸山河志未灰。聞説相從有桑扈，可堪回首望燕臺。秋今在眼江舲動，昔日荆文正賦槐。荆文與平甫賦槐：『秋子今在眼，何時動江舲。』

海上山居相望久，秋風吹送好詩來。忍從譙叟稱天命，肯與胡僧話刼灰。完璧無人歸趙國，懷清有婦謝秦臺。謂某夫人在滬方發傳單，言抗敵事。卻憐禰襶驚秋者，不夢蕉隍夢大槐。

中秋節近，疊『來』韻寄榆生、大厂三首

滌盡炎蒸存夜氣，健人詩骨好風來。諸方五味原非相，百鍊千錘未作灰。西北浮雲偏蔽壘，年時多病復登臺。人如舉子繁忙甚，不為花黄樹樹槐。

六代豪華士氣衰，幾人曾是過江來。强顔謂得詩書力，解事姑尋榾柮灰。花鳥有情皆眷屬，江山何處不樓臺。汴圍可取宣和石，三朝北盟會編：靖康圍城時，取宣和銀岳〔一〕諸石為礟。應勝添薪仰古槐。

〔一〕〔校〕『銀岳』：『銀』誤，當作『艮』。

曾笑何公去復回，詩人一笑下山來。閱報見散原辭廬山詩。不聞未雨求桑土，但願無言撥芋灰。

海水漸飛黄歇浦，西風遲到宋王臺。漢家論議雍容甚，猶有諸生市列槐。

九月十八日，仍疊『來』韻四首

操戈同室疏能問，遂使開門揖盜來。萬國衣冠齊齒冷，兩河忠義未心灰。豎儒詎有和親策，

兒戲先聞大將臺。生聚十年堪藉口，不須新火感榆槐。

人間方用鴆為媒，赤鳳何嘗為姊來。當日君王言有疾，祇今遼瀋刦成灰。阿誰慷慨將戎事，

儘汝郎當辱舞臺。提面依然横海去，執信舊有譏某氏句云：『啄盡王孫横海去。』銜人家世是三槐。

填海孤禽力易摧，此時富貴逼人來。遺民不改偕亡日，壯士當燃未溺灰。何至跳踉如火窟，

真嫌攀摘似黄臺。廬山遠近無真面，刑政奚由訪棘槐。

馬首羣瞻上將回，翻然養寇幾年來。上流作鎮塵污面，中夜觀星筋畫灰。捉臂便成新傀儡，

關心猶是舊池臺。北庭戰捷深秋氣，一夢平橋夾緑槐。劍南記九月三十夜半夢：『十丈平橋夾緑槐。』

又：『北庭大戰捷旗來。』

寄題景瑗圖書館

讀書常苦得書難，鄴架何從見一斑。能使寒儒受衣被，不須廣廈萬千間。
山水中間福地開，圖書萬卷足徘徊。也如文囿經營好，便有蒭蕘日日來。
長纓未繫歸來早，説禮敦書此獨聞。見獵依然心不喜，灞陵誰敢傲將軍。

貴縣修志，訪翼王故居，得其祖墓殘碑，輒題其後

我志未酬人亦苦，英雄終不怨天亡。魯城何必輸豐沛，魂魄千秋返故鄉。
斬棘披荆事萬千，曾孫名字此中鐫。太平有道無人説，鬱鬱佳城過百年。
同記曾玄三十六，碑為翼王曾祖母墓石，與達開同記者，曾孫十五人，玄孫二十一人。水源木本有如斯。奈何搆憾金陵者，煮豆燃萁快一時。
懸目東門看沼吳，怒濤終古有臣胥。河山還我公無恨，休斬尋常百姓居。翼王祖墳被伐後，邑進士林乃樫瘞祖骸其地，未幾乃樫罷官病歿，其家以為獲咎，遂舍之。翼王故居在那帮山之陽，其甥孫居之，家以索。或告以甥宅舅居，古人所忌，亦徙去。

次和鶴亭東坡生日有懷嶺南舊游韻

壽坡懷我曹，詩成未即寄。江湖盛秋水，一日因風至。黄陸皆有詞，何云無一字。建康與淮湄，叮嚀至三四。才合蘇門友，黨嘗蜀籍厠。六十二翁賢，山谷有：『老境五十六翁。』放翁擬為『六十二翁吟』。故宜得散地。南食豈必佳，韓柳有同嗜。嶺南多古音，朱查尤熟記。一勺曹溪禪，萬卷光孝寺。崇桃積李篇，無復見同異。介甫老狐精，此語出游戲。相從未覺遲，芳草數酬次。東坡和荆公北山詩『獨尋芳草得歸遲』句云：『從公已覺十年遲。』

次和鶴亭補作山谷生日詩韻

何世獨無才，有才皆欲殺。北地惡聞鵑，南行喜見蝎。誰云天地寬，但道波浪闊。坡識谷詩奇，謂當窮生活。惟谷於蘇門，實非受衣鉢。且願為忠臣，救熟以生拙。奈何連罪謫，寒灰同不爇。從知金石固，義不問存歿。豈與章吕流，一日較優劣。賢哉賈參軍，論交怕深結。賈闐仙寄遠：『始知相結密，不及相結疏。』荆文言若反，得意可胡越。荆文明妃曲：『人生失意無南北。』江西一瓣香，今寧有異説。

次和鶴亭放翁生日詩韻

奪得松亭醉夢間，放翁樓上醉書：『夢中奪得松亭關。』可憐茵席有餘潸。楚騷宜為不祥祓，得朋舊書多索近詩：『楚騷為我祓不祥。』蜀道方知倦翼還。游圜覺乾明祥符三院：『豈比倦翼方知還。』酒隱半生聊自笑，野外劇飲示坐中：『酒隱人間已半生。』詩多萬首未能刪。壽公倘有青瑤簡，料許相從索賦山。夜興：『飛仙授我青瑤簡，索賦山中夜興詩。』

中秋夜坐

未晚天河未是秋，也來乘興坐南樓。當前艸木情非闇，極目山河氣尚遒。自古不聞無月好，小兒剛唱有人愁。粵諺：『八月十五樹中秋，有人快活有人愁。』身閑卻怕鷗盟負，徙倚長謌孰為留。

國慶日書懷

去日堂堂廿二春，禮言禦外用剛辰。永懷斡地排天事，各要千錘百鍊身。天下正思廉恥將，杜詩：『安得廉恥將，三軍同晏眠。』當年猶及老成人。東坡送張軒民寺丞：『龍飛甲子盡豪英，嘗喜吾猶及老成。』亦知多難能興國，惟恐偷安更苦民。

同日再用前韻

相期吾黨政如春，后山句：『喜聞吾黨政如春。』毋忘稱觴慶此辰。四裔所憑皆服漢，諸公為國不謀身。縱無豪聖誇前古，大有規模啟後人。使馬如羊誰致寇，帶牛佩犢莫非民。

懃勤先生逝世三周年祭二首

百憂三十餘年事，二十年正月集字寄詩時，先生方續假南行。不悟都無面訣時。珠海濤翻先命將，謂討沈鴻英之役。白門春好共尋詩。文章餘事君常諱，長厚為之世不疑。今日侯芭墳已拱，三年黯黮有餘悲。

華屋邱山過眼驚，高梧葉落想平生。拔材疇衆無人及，分謗同袍不自明。當日儼然如大國，即今何止失長城。江流石在寧終古，朱鳥歸來有恨聲。

題中山大學十周年紀念並慶新校舍落成刊冊

不與淵明非講肆，十年草創見精神。陸沉聾瞽知誰罪，肯構斯堂尚有人。

喜鶴亭南來，並寄譽虎、大厂、韶覺、榆生、孝魯

君從江南來，買船黄歇浦。此間多故人，遮君為寄語。手持象牙杖，平明入吾户。隨槎三萬里，驥子壽而父。遺愛古詩人，杖為俄詩人普希金遺物，其端鐫有小像，距今百三十六年。割愛今贈與。四明華山碑，貽自葉譽虎。云此最孤本，幸尚可攝取。司農有佳石，刻劃入奇古。能事受促迫，君歎未曾覩。祇此數物者，已破窶人窶。居士尤好奇，待公無所苦。瑯玕書畫冊，三絶人敢侮。狡獪詩材料，解頤木蘭女。大厂謂夢見伯兄青瑞，因自號待公。鶴亭述此時，木蘭侍旁笑云：『易伯伯自造詩題耳。』爰有教授箋，如見坐揮麈。慷慨拚投荒，出入愁肺腑。受贈歡且慙，勗我更鼓舞。我時無所恨，恨未一堂聚。

題大厂為澄心作水仙小冊

葉猶存古拙，花已極清妍。高調今人少，成連未學仙。

鶴亭南來，大厂、榆生俱有詩見懷，用榆生韻奉答二首

飽露經霜方覺好，大厂題畫菊句。生如鐵雪更深情。大厂題畫梅：『我生如鐵復如雪。』亦知信美非吾

土，為說人間重晚晴。樂府千年學初講，古香一轍畫能明。大厂題畫梅云：『此即蕚緑古香，同我出一轍。』安然且受群愚謗，謗作詩窮太瘦生。

相忘江湖夢不驚，幾人風義重平生。粃糠時事云何補，衣鉢詞人大可榮。朱漚尹以校詞雙硯授榆生，實傳衣鉢。不復采薇歌杕杜，詩序：采薇，遣戍役也。杕杜，勞遠役也。〔一〕莫看翡翠失長鯨。荒遐一樣團圞意，將得騷心愧老成。榆生水調歌頭詞：『一樣團圞意，要使被遐荒。』又減字木蘭花詞：『將取騷心到者邊。』

〔一〕〔校〕『遺戍役』、『勞遠役』：據毛序，『遺』當作『遣』，『戍』當作『戍』，『遠』當作『還』。

更存老弟和余『師、期』韻至六十疊，函來再三索詩，並乞為其弟汝匡闡幽，先答二首

並屋機雲自得師，悔吾昔未與言詩。難知天道萇弘血，錯認臣家濟叔癡。辛亥光復，更存叔父寵廷先生奔走鄂國，竟以身殉。又二十年，汝匡以家國憂憤得狂疾，飲藥自殺。彭澤菊松原至計，令原風雨奈多時。舊篇百一和將遍，誰謂莊荒負所期。

以吾長爾遂為師，異縣書來但索詩。詩可得窮君未省，韻緣嬾撿我當癡。十九年時，劉蘆隱見余疊韻至百餘首，笑謂：『此真詩癡時期也。』余應曰：『簿書傍午，無暇撿韻，故聒而不舍耳。』欲知風俗殊今昔，宜有溪山伴歲時。荆文送崔立之赴廣西云：『窮去始知風俗薄。』又云：『誰伴溪山避網羅。』玄感英姿劍南

業，見演盧贈詩。新來方與演盧期。

愿公令叔瀫南先生見和『師、期』韻，簡答

子雲玄學世常師，壯悔雕蟲更有詩。高論莫嗟知者少，荆文酬王太祝：『高論莫嗟能聽少。』苦吟那得使人癡。后山贈吴氏兄弟：『自癡那得使人癡。』火山冰井曾游處，越鳥南枝屬目時。可有英賢拜床下，鹿門好赴德公期。李忠定容南得諸季書云：『携家深赴鹿门期。』又晚泊蒼梧有感云：『火山水井舊傳有。』疑當作『冰』，待攷。

鶴亭下榻顒園，菊花盛開，主人置酒，賦詩見寄，次韻二首

三年兩度喜能來，豈有江南庾信哀。秋氣縱横宜不盡，冬心閑寂未嘗灰。清尊白髮人欺得，京洛江湖客夢迴。分與此邦償舊債，日搜文字幾多回。

菊花相就故重來，絲竹中年屏樂哀。北海得朋尊有酒，長源作相芋無灰。詩從彭澤東籬瘦，人似咸陽趙璧迴。酬次不曾難一字，肯教律髓屬方回。鶴亭嘗以七律為最難，近則頗多作。

為熊觀民題傅青主書祈神療親文後

黄冠一老隱青羊，別有人間服食方。未得相隨拾芝草，卻曾如意禱文昌。霜紅龕集老趣：『即此省心法，不藥服食方。』又偶録五言古：『神孫遽武健，如意祝文昌。』

書似金縢告後昆，青主自識云：山追記尊神靈異，書付弟子輩，無諼也。不非神道重親恩。文章餘事都千古，况是忠臣孝子魂。

題崔卓吾保闇詩集

廷尉從來天下平，據梧枝策亦勞生。詩成不與人同律，定有金華為品評。山谷自跋效王仲至韻四首云：『仲至詩規模甚遠，不與當時同律，故罕知音。』

謫仙人語盛唐時，巨眼衡量五七詩。張乾若題贈，盛稱工於五言古。君自精於文選理，古風無敵世嘗知。姚合讀張文昌詩云：『古風無敵手，新語是人知。』

三次鶴亭『來』韻寄大厂上海，並簡鶴亭

欹眠曾共白門來，省識微詞魯定哀。羈士何憂付天地，荆文示平甫弟：『豈無他憂能老我，付之天地從

此始。』禪宗此意會寒灰。更須萬首償詩債，鶴亭原唱有『江山要我償詩債』之句。恰趁空城看菊迴。花可延齡見題畫，大厂贈畫有『杞菊延齡』之作。百年高會兩三回。『小欖菊花會』六十年一次。時鶴亭從『小欖菊花會』返粵垣。

和協之，答鶴亭，四次『來』韻

邀得江南詩叟來，相攜聊發古狂哀。不貪棋勝常觀局，為愛爐溫自撥灰。蒼翠滿前忘歲暮，菊梅交替凝春迴。戴石屏山行遇秀癡翁：『梅花與菊作交承。』箋詩自是康成事，一字推翻數舉梧。原注云：『迴』『回』同一字，故鶴亭已改作『梧』字。

大厂辱和寄章，適有所感，五次『來』韻再答

邦家相斫記從來，歎息秦人不自哀。但願南山多種竹，那虞東海更揚灰。隴猶望蜀苦知足，沈不如何去復迴。共説年時思會面，濳夫書札自多回。大厂語鶴亭，謂余年來但以詩代簡。

集曹全碑字，題馬武仲所藏明季諸老送敏公上人游山詩卷

遺民長老相從好，才是還山復別山。法性舊居無處訪，時時流水白雲間。

武仲以所藏方正學先生自書溪喻原稿冊索題

為學從知重本原，居卑納廣道彌尊。讀書種子隋唐少，五絶相衡恐失言。鮑逸卿俊題跋，擬以虞永興五絶。

正學當年方述學，潛溪弟子善言溪。河汾亦復稱房魏，節義功名未可齊。

題協之所藏南海陳文忠子莊寫杜工部嶽麓山道林二寺遺墨

憂國無如杜少陵，麻鞋猶見兩收京。先生豈有誅茆計，卻寫桃源避世情。

方丈蓬萊不可尋，微軀晦迹亦無心。故鄉留得衣冠冢，山鳥山花自古今。杜句『桃源人家易制度』，『易』字陳書作『好』；『山鳥山花吾友于』，作『友徒』。點寫之誤耶？抑別有所本耶？

次和鶴亭題陳文忠書杜詩冊，用杜韻

天運剝復人事殊，不直以遂常回迂。蜀道淋鈴望南内，吴山立馬緣西湖。興亡亦涉山水事，哀樂何術冶一爐。漆園老吏似解此，欲使象罔求玄珠。嘗攷杜陵至衡麓，頹暮實與窮愁俱。世無后羿九射日，付與寺榜雙迴烏。平生論書貴瘦硬，此時未識有意無。朱明末造劇天寶，崎嶇閩越危難扶。江右縱來賨融表，後至莫懔防風誅。丞相不寫出師檄，可憐心苦筆則腴。蓬萊路渺徒尋涉，蒼梧雲深惟叫呼。正如指南宋一脈，信國安忍完其軀。更若擊節歸田疏，鷗鷺豈即非良圖。文山贈祕書王監丞：『我昔山中想風采，幾回擊節歸田疏。』又云：『未許鷗鷺從公閑。』桃源何地制可易，朱鳥焉食公其孤。臨書慷慨天地窄，乃以友徒為友于。詞人贊歎幸留意，孟津松雪皆非夫。

疊杜韻再和

賢者有好與俗殊，以所託興祛煩紆。致君堯舜豈無術，心輕范蠡重五湖。風塵悠悠自勞苦，更欲寄語聞香爐。荊文吳江：『吾雖輕范蠡，終欲此幽尋。』又送李屯田守桂陽：『為我謝香爐，風塵每相憶。』承平輒作遺世想，佛説濁水摩尼珠。文忠身遇陽九厄，奉詔恨不文謝俱。石頭城下生者褚，尉佗城上黑非烏。宗社偏安勢先去，門户角立渠能無。中原漸非華夏舊，南國惟賴儒生扶。何處一片乾淨土，敢有逸志臣當誅。然而大事已早辦，姑游於藝味道腴。始知從容就義者，不恃感激為喧呼。杜陵少擬偃溟渤，老以道路羸其軀。憂生念亂意未已，求田問舍寧初圖。公識此老肺腑在，爲之濡寫德不孤。前史後瞿共不朽，精忠大節相喁于。不放蒼生各環堵，工部寄柏學士林居：『各使蒼生有環堵。』餘事空令敵萬夫。

鶴亭以減字木蘭花題薛剛生為陳元孝所作畫，𪈵余同作。余不善倚聲，姑以二絶塞責

山中人識方山子，老至丹青别有懷。寫與詩家陳獨漉，莫思磨劍去秦來。

好飲好儇無俗筆，餘霞散綺舊才懷。獨漉增閣歌贈薛劍公：『筆下餘霞散為綺。』通明客就元龍卧，又云：『會須更作通明客，還就元龍地上眠。』何似舉觴招鶴來。又云：『舉觴招鶴鶴下來。』

鶴亭、海濱游宋王臺有詩，三疊杜韻和之

山河歷歷風景殊，新亭泣客心鬱紆。天下尚有乾淨土，帝子亡命來江湖。變夷用夏自有道，造化於此窮錘爐。古時避狄始亶父，悉索皮幣玉與珠。無君何患患無衆，如市之衆從之俱。以奠周基服萬國，故嘗走馬同瞻烏。方宋盛日講歲幣，積弱召侮無時無。老姦有堂半閑耳，丞相仆地顛不扶。臨安降表中夜出，高亭敗將無人誅。天驕狂虜莫敢抗，蠶食已盡中邊腴。僅餘趙氏一塊肉，太后不禁祈天呼。相傳竄走到此岸，石為屏蓋剛完軀。樹枯崖死臺不滅，謌風試馬羞雄圖。難得宋史與徵信，要為漢族哀遺孤。黃農虞夏孰云没，後有繼者翼以于。尚書：『予翼，以于往也。』〔一〕昭王茅屋楚三户，君歸好語吾大夫。

〔一〕〔校〕『尚書：予翼，以于往也』，按：此處引文出自尚書大誥。原文當作：『民獻有十夫予翼，

以于敉寧武圖功。』（標點據中華書局版黄侃手批白文十三經）

大厂因夢伯兄，自號待公，兩月為期，今告無恙。四疊杜韻寄之，並邀鶴亭同作

人生所患氣類殊，如以一直當百紆。一人隅向飲不樂，孰若渴夢呑江湖。古來詞賦常無用，外家暫説文君爐。亦聞詩禮可發冢，小兒偷伺含中珠。我兄君友少小日，角力不讓文場俱。墠石深交及骨肉，此愛勝愛屋上烏。乍然瘖㾓通謦欬，周官九夢思不無。芙蓉城中丁與石，丁壽山、石琢如後先作古，皆先兄總角親交。足弱豈更須人扶。先兄以十八年得疾，遂艱於步履。况君嘗治春秋學，大盗不止留筆誅。又嘗皈依藥王座，貌雖苦瘠心彌腴。宗臣祈死非君事，詎有發者為呪呼。君亦未厭五濁去，不缺不折明此軀。大厂題所畫梅云：『我生如鐵復如雪，萬鈞不缺冷不折。』顔君前休後已室，貽我飽露經霜圖。夢言不踐天方幻，退而爲畫聲不孤。『做成渾化天方幻』，又『柰何為畫使聲遒』，皆見贈冊中句。早知意氣自倔强，誰使洵沫相因于。金華引士未能寸，漫以書札期潛夫。

輓澤如先生十二月二十日

歲暮天寒日已沉，里門舊好共沾衿。荆公輓吴正肅公：『里門無舊客。』最知分肉如為宰，從不聞鴞信好音。結駟早因端木重，飲醑豈抱信陵心。平生一事應難瞑，叫舜蒼梧雲氣深。十八年，總理奉安金陵，先生未赴。

似是平居能作達，達觀誰解厲深悲。甘陵寇在宜懷憾，荆公輓賈魏公：『出甲甘陵叛黨消。』梧館風微倘有知。萬事恐終無倚賴，荆公輓吴正肅公：『朝廷終倚賴。』一生扶得幾安危。曾聞大隱為朝市，依舊元勳在鼎彝。

榆生病起辱寄，依韻和答

棲心恬漠一為吁，病起行吟免興孤。詩老不知牛有角，風人尤歎黑非烏。階前種艸多新意，樂府傳鐙祇舊圖。如此江山賦招隱，自矜老眼未模糊。

六次『來』韻答大厂

述學徒知束古來，仲任猶有陸沉哀。不堪庇衆言尋斧，何況師秦罪棄灰。七日開春宜鼓舞，四愁能賦且邅迴。友朋可畏吾寧嘿，車乘翾翾又一回。

五疊杜韻贈榆生

吾鄉人謂後起殊，謂夏吷庵語。尚未識面思縈紆。大厂居士老不遇，得君講學同鵝湖。道衰文敝斯獨振，執上下齊揚其爐。考工記：大築執下齊，大冶執上齊。有時和我病中作，好句共探驪龍珠。頗聞春誦夏絃久，胡不玉椀金盤俱。載行肯數歷塊馬，獨夜幾念南飛烏。香山樂府古遺直，自言言者罪蓋無。寥天鶴唳好相屬，風雨一室誰將扶。擬挽天河洗兵馬，萑苻滿澤猶稽誅。文章一事通治亂，忍使外削中無腴。陸沉聾瞽我所歎，幸與賢者登高呼。羽毛自愛亦勿病，勁氣弸此七尺軀。書林近刊倚聲學，畫手舊續傳鐙圖。須知彊邨一遺老，託君此道如託孤。毋令雅音遂失墜，必有大力持欒于。鐘口兩角為欒，鐘唇為于。黄九秦七未北面，田詞自昔非田夫。

馬武仲從省垣饋粉肉，謝以詩

不期遠道更相將，美食酬詩客笑狂。幾度傳聲嚴約束，有人乘驛助排當。二語紀實。新炊何必師為餅，親饌遥知婦出房。自錫嘉名徵列子，題糕無復窘劉郎。鶴亭詩但言『甘餌』，武仲則謂之『粉粢』，蓋本列子『食必粢糲』。粢，米餅也。

題番禺黃鶴堂自然堂詩二十四年

峻麗清修道必該，汪序：詩之峻麗者，其人必清修。不含蔬筍即仙才。又云：少淒怨之音，亦無寒澀之習。東南賓主須壇坫，曾掌名峰又下來。又云：元孝陳先生及惠陽王使君親送入羅浮，為四百名峯主，既而退居穗城云云。

勁能存樸是工夫，集中缺題云：『勁能存大樸。』為説神仙事本無。虞翻苑：『神僊本自屬虛無。』但得海天襟抱穩，招鶴：『海闊天空原未穩。』春來何處不吾徒。同友人春城晚眺：『烽煙久已息，何處不吾徒。』

風雅差池著力難，汪序：鶴堂為之言曰，粵中風雅，大非昔比云云。陳王曾許共躋攀。缺題：『誰許共躋攀。』我疑傳者非其至，且與時賢見一斑。

題韓節愍上桂凌雲記傳奇

貞士尤知遇合難，淒涼法曲落人間。武皇自有凌雲志，何與盧龍一判官。節愍殉國時，為永平通判官。

司馬當年意氣粗，所南何事亦題圖。鄭所南司馬相如題柱圖句：『重來衣錦頗從容』、『男兒意氣當如此』。

不能守土無憑藉，衣錦還鄉託興孤。傳稱所南為蘭不畫土，根無所憑藉。或問其故，則云『地為番人奪去』。

協之十年前精寫余舊詩數十首以予木蘭，近始乞鶴亭為詩，余更題其後

阿翁舊句不收拾，汝舅辛勤為寫之。歎羨古人無此事，至教詩老費言詞。

舅工詞翰非能及，祇是從來好我詩。且質江西諸老輩，交情雖過不為私。誠齋讀元白長慶二集詩：『讀過元詩與白詩，一生少傅重微之。再三不曉渠何意，半是交情半是私。』鶴亭曾以余詩請陳散原、夏吷庵評定。

我信刻詩徒自累，白石自序：其可以舊作自累乎？因兒外舅輒成編。亦依此冊為藍本，一覽前詩一惘然。林煥亭親家刻余不匱室詩，既成而煥亭逝世。

以杜韻寄慰大厂，旋得報章，恨前詩未盡近懷，五疊韻再寄

我聞出處靜躁殊，古人不見今人紆。木能霜雪老崖谷，應許濩落長江湖。五金出入詎可保，長安大道如洪爐。北山戲呈虞君明察院蓍：『長安陸海如洪爐，五金出入無精粗。』桑田東海詫屢變，狡獪叱粒還成珠。宜乎斯士不願才，謝彼匠石斤斧俱。集枯集菀故妄見，吾吾豈必慙烏烏。金陵把酒百憂去，爾時所願一詭無。荊公示平甫：『欣然把酒相與閑，所願此時無一詭。』廣陵窮恐失自愛，謂屋就仆非人扶。廣陵卜居：『一仆非爾力可扶。』又云：『乃知窮則失自愛。』窮者萬事足勝貴，輒云偷飽幸未誅。下五字，廣陵寄滿子權句。餓色留菜有重責，況肯齪齪貪甘腴。廣陵寄洪與權：『餓色

面留菜。』又：『貪知身責重。』返觀荆文既達仕，掩卷仰屋恒嗟呼。平生不足時人者，傷屯悼屈惟其軀。荆文杜甫畫像：『傷屯悼屈止一身，嗟時之人我所羞。』不識睥睨衆史意，祇解譏刺題虎圖。荆文虎圖：『睥睨衆史如庸奴。』李氏注或言公作詩譏韓忠獻，恐無此。誠無藻繢君已辨，義縱剽聆吾不孤。荆文寄曾子固：『誠語無綵繢。』又：『真人於余獨剽聆。』譬如東都會衆樂，有客獨唱于蒍于。翻然勸我乘桴去，似怪嘗輕范大夫。廣陵寄介甫：『終見乘桴去滄海。』大厂在寧嘗為寫此詩。荆文吴江：『吾雖輕范蠡。』

門人陸更存數函索鶴亭、映庵、大厂、榆生詩集，且乞評論。適得映庵寄詩，因次韻兩答之，並簡諸彦

我於時賢詩，嘗欲識其至。言是今人言，字要古人字。疚齋好香山，間乃足愁思。映庵專梅九，相視真氣類。大厂患才多，聱牙不肯棄。詞人若榆生，不廉見能事。江南與嶺南，離合豈有意。而我拱其間，勉力立漢幟。亦笑抱冰翁，但説味外味。前日與鶴亭論詩及此，嫌其太抽象也。

次榆生歲晏見懷韻

人間換歲多佳語，我亦逢場愛作歡。嬾與癡兒言夢事，喜招詞客共詩壇。支離其德今猶昔，黽勉同心易卻難。白傅大裘坡未解，但言高處不勝寒。

協之來書，言鶴亭方肆力度曲，因疊映庵『至』韻寄之

前年臥白門，日夕望君至。君時偕易吴，為我難一字。雕劇豈能工，假此忘憂思。二陳及一夏，更與求聲類。都非時俗驩，但慮古人棄。三年兩度來，仍推君好事。桃花扇底謌，風雨龍吟意。不云重拙大，故當樹一幟。持以當南食，三月知肉味。

疊『至』韻為述梅二首，即呈映庵

昌黎昔論詩，平澹以為至。顧其所自為，點竄二典字。香山與同時，淺語達深思。此如陶謝手，同工不異類。宣城紹兩家，崑體始唾棄。睥睨二百年，作者歎盛事。樹老無醜枝，皃眠有閑意。既善體物情，亦以稱其幟。何罪并歐廢，世鮮能知味。

韓歐於孟梅，推許蓋云至。後人多重貴，顛倒説文字。謂梅祇澀體，謂孟累苦思。遂疑兩公賢，故故引其類。獨聞江西夏，一生鍥不棄。杜陵不可學，宛陵當嚴事。鶴亭告余謂映庵嘗力言杜不可學，四坐默然。而董卿微語云：我思宛陵，豈遂無杜？稱孟輒抑韓，雙井倘此意。我欲進私評，匪曰奪趙幟。七言當韓豪，五言饒白味。

奉題鶴亭新著后山詩箋，五疊『至』韻

學杜得杜骨，此境不易至。何怪雙井黄，虚心陳正字。謂參曹洞禪，天社窮其思。注者在當時，固已絶等類。然且如壽史，狷潔多所棄。君真裴松之，搜引無遺事。勤學力未衰，亦有千秋意。大厂前年聞鶴亭志此，歎謂『此不朽之盛業也』。小處從吾規，更揚大將幟。鶴亭以藁示余，余嫌紀曉嵐等評多泛，可删。鶴亭欣然不以為忤。人如啖蔗佳，君自回甘味。

得大厂六疊『來』韻，有『貧後其如病更哀』句，六疊『至』韻答之

三年共招君，而君未嘗至。家有彭澤貧，帖無魯公字。時時翻念我，平居作何思。落落斯道孤，底處覓儔類。絶蓺持與人，亦遭白眼棄。窮者而後工，世寧知許事。以我臨流歎，感君登樓意。出門天地寬，誰能易此幟。蘇知猶未盡，米言良有味。

七次『來』韻，寄酬大厂，並簡鶴亭

花事關心書遠來，鶴亭云：張菊生書來，苦憶嶺南花事。未成秃立漫相哀。陳止齋和張孟皐尋梅韻：『紛紛自謂好顔色，萬類秃立皆堪哀。』天寒夜静難忘酒，冬至陽生早候灰。有意維摩示人病，無心王子掉舟

迴。宛陵過杜挺之約同入汴：『人説維摩居士病，我如王子雪舟來。』名流願作中書去，誰為當時惜彥回。

八次『來』韻，答榆生杜韻見酬

此事分明古以來，文章何事數悲哀。荆文句：『文章尤忌數悲哀。』冥鴻道遠人奚篡，大雅吾衰志未灰。獨夜闗山潺子賦，扁舟天地為誰迴。窮愁居士相依倚，與作壎箎日幾回。來章云：『大厂居士忘年契。』又云：『文字骨肉相依倚。』

再和榆生病起韻，亦答來章

長歌未已復長吁，慷慨為言道不孤。遠欲九皋應鳴鶴，近愁三匝見栖烏。來章云：『九皋鳴鶴遠相應。』又：『三匝何枝可栖烏。』世堪肥遯晦翁卦，人有流亡鄭俠圖。譬似虚舟隨所觸，叩門呵叱語含糊。惠洪大雪招鄒元佐：『癡奴搥門呼不譍，但聞含糊語呵叱。先生行世如行川，虚舟觸人無怨言。』

不匱室詩鈔卷八

番禺胡漢民展堂甫

知曉生將北行，七疊『至』韻送之 二十四年

齊人争好竽，楚客抱瑟至。世無揚子雲，從誰問奇字。雖云遠遊樂，歲晚有羈思。與人無詐虞，字我必族類。細行可勿較，大道庸能棄。古來功名人，猶恥温飽事。奈何平生交，不識平生意。縱横轍已亂，必且靡其幟。要從吾黨説，先得菜根味。山谷次韻子瞻春菜：『一飯且從吾黨説。』

八疊『至』韻，呈答佛成先生

不見師中嚴，但虞寇日至。春秋有微言，斧鉞在一字。斗室時龍吟，斯民方鼠思。大車祇自塵，貪人尤敗類。鴟腐嚇鵷雛，不知早唾棄。猶幸及老成，敢忘一大事。相維髮千鈞，相許無窮意。以此答時賢，堂堂張我幟。借吷庵句。羌桂〔一〕性彌辣，酸鹹殊俗味。

〔一〕〔校〕『羌桂』：『羌』疑作『薑』。

讀榆生論學詞文，九疊『至』韻寄之

蓺事非苟然，矩矱有必至。治詞嚴四聲，如詩争半字。抑亦傷心人，甘自縛才思。式穀念後生，時復祝我類。奄奄二百年，蘇辛幾擯棄。詞派鬬西江，感深興廢事。照天騰淵才，奔走呼號意。歐陽居士詞品序：其他一俟承平，而先發奔走呼號之一聲。樂苑耿傳鐙，豈奪常州幟。邁往足捄亡，斯言可終味。雲起軒詞序：邁往之士，無所用心。沿及元明，而詞遂亡。榆生文云：南宋之末即於滅亡，未嘗不由於悲憤鬱勃之氣尚存於士大夫間云云。

十疊『至』韻，續寄榆生

我不能倚聲，感興亦嘗至。去家三萬里，懷人一百字。歸示嶺南客，謂有東坡思。内慙竭吭吻，敢望齊品類。冒易三折肱，嬲索使勿棄。漸於此道嫻，當識甘苦事。君為多士言，慷慨非常意。依然託體尊，不廢異軍幟。高調取自娱，何如有同味。

閲報，十一疊『至』韻呈佛成先生 一月二十五日

佳兵兵不祥，畏虜虜復至。曾為城下盟，不敢道隻字。肉食偷歡愉，邊人極哀思。媢奥與媢

竄，神豈歆非類。向為身不受，今寧衆共棄。我聞石晉時，契丹可父事。降至宋南渡，楚齊師其意。何物汪與黄，詭詞護賊幟。蜮狐射影災，蛣蜣轉丸味。

一月二十八日，十二疊『至』韻

一軍抗强敵，呼援迄不至。三年問海濱，何有紀功字。積弱華夏羞，溝壑平生思。豈圖厲之人，生兒願相類。莊子天地篇：『厲之人夜半生子，恐其似己。』更為敵忌才，一擊皆廢棄。衆口論成敗，儘多不平事。來日亦大難，失足詎失意。惟傷部曲在，無復當年幟。涇渭可同流，淄澠誰辨味。

感事，十三疊『至』韻　存目〔一〕

〔一〕按：此首寫『圍剿』紅軍事，内容删。

榆生新年有詠，即次原韻四首

舊俗猶聞稱舊歷，新年且許説新歡。燕然北望誰銘石，秦畤南來未作壇。壯不如人今況老，民無恒産士為難。感君臨睨故鄉意，衣褐如何耐歲寒。

眼前何物堪娛歲，幾許心情託古歡。士願返農定同社，後村竹溪生日：『晚各為農同保社。』兒呼拜將詎登壇。試思疇昔誰爲政，不計方來事大難。鐘鼓清時須記取，勿如歐九説邊寒。剛風騰踔寧無竟，楚澤吟成困亦歡。為有冷香上詩句，不令孤響錮詞壇。人非李赤三孤喜，後村六言：『諸公重鄭玄易，三孤喜李赤詩。』意似昌黎一字難。大札改定杜韻一字。遠欲報君論近事，相依松鶴未言寒。是日適得滬友書。豚蹄祝歲成嘉歲，人既無愁我自歡。未雨宜知桑有土，十年敢忘杏為壇。夢游蓬島求仙易，坐恃江神立國難。後村南唐一首：『專靠江神立國難。』蜀道如天嗟自古，出門何况怯春寒。

十四疊『至』韻，呈佛成、協之

利盡交即疎，其事蓋必至。爰有聰明兒，謂朋非正字。廉為藺負荆，平因勃焦思。如何耳與餘，相煎劇異類。未聞以義合，那怪中道棄。蔓艸固難圖，狉獉願諂事。開門揖盜人，窮山放虎意。人笑衛君愚，鶴軒不去幟。我疑曹瞞詐，雞肋猶戀味。

榆生辱和疊韻兩首，有『鶴翁示雅詞，鞺鞳愜我意』句，十五疊『至』韻答之

山居寡唱酬，龍吟月幾至。君如静女姝，十年貞不字。力欲挽頹波，時復吐沉思。選聲鬥韻

場，説教乃無類。宛陵昔述詩，切偶謂可棄。又言此論出，必且遭謗事。見宛陵復答韓三子華兩詩。即今將無同，疇復知斯意。憐彼靡靡音，恐失堂堂幟。豈為我解嘲，染指粗嘗味。

十六疊『至』韻答大厂

剛和教授詩，居士郵亦至。生平金石交，更精金石字。豪韓不易當，寒郊别有思。兀傲故難雙，忍苦求其類。多奇違俗遠，宜遭俗之棄。寧遇折節交，終不北面事。能自樹腳根，因能明吾意。荆文句：『能明吾意可無人。』身世似覺翁，何止詞壇幟。近友冥心儔，商略寒滋味。來箋寫所集宋詞，有『忍寒滋味，風流不枉與詩嘗』句。注云：「榆生冥心孤往，故以『忍寒』自名其廬，偶得是帖寫之。

古枝見和二首，仍疊『至』韻答之

專欲制其國，為道以漸至。作記懸千金，未聞易一字。俄而燒詩書，天下始怨思。然雖味治術，猶能衛吾類。長城既自壞，河湟復偷棄。無過澤灌才，謂知舜禹事。亟挽内外危，盍悔從來意。紅紫不為服，青白不易幟。為聖去臭惡，亦不撤羌味。〔一〕

〔一〕〔校〕『亦不撤羌味』：『羌』疑作『薑』，論語鄉黨：『不撤薑食，不多食。』

換歲書桃符，妖厲駈勿至。除舊貴布新，豈在宜春字。花濺憂時淚，詩續懷古思。古稱蜀道難，恐尚非其類。內言寇勿追，外聞地可棄。紛紛有幾秦，荆文桃源行：『天下紛紛經幾秦。』割讓苦從事。徙以僥倖心，長彼無厭意。朝來視四境，所見皆敵幟。寒枝不敢栖，試省此情味。

讀宋史，十九疊『至』韻

孰為城下盟，責言乃日至。歲幣較幾何，獻納争一字。區區名義間，賢者具遠思。降至徽欽還，秉鈞悉醜類。南渡不設守，兩河真坐棄。未謀國與立，寧有大可事。狐埋狐搰輩，以夷制夷意。縱覆女真巢，焉存趙氏幟。噬臍悔莫追，忠言盍早味。

民國十七年游埃及，感其國事，夜來偶與客話，欲有所諷，二十疊『至』韻

尼羅河畔國，嘗以訪古至。但見天方民，已失象形字。大邦臨以兵，罔敢逸厥思。水流指掌中，可使無噍類。黨人殊崛强，抗議未全棄。前仆後復繼，恥言瓦全事。我亦神明胄，偏多援繫意。取攜不汝疵，未戰先偃幟。鼎食小朝廷，何補亦何味。

古枝再和二首，復疊『至』韻答之

誨盜由慢藏，負乘攻寇至。易理決當然，何須符讖字。來章有『明年祖龍死』句。從來國中興，大

多憂危思。虞晉故非親，優孟仍不類。匈奴水草地，未聞冒頓棄。弱肉强者食，斯世始多事。此責先屬我，人侮自侮意。堅守有壁壘，鮮明在旗幟。披枝傷其心，食荼甘汝味。天地發殺機，所苦惟人類。盟成曰弭兵，奈何任破棄。壇坫遂無靈，縱横適敗事。欲善誰不如，效尤豈初意。扶義以鋤强，庶幾無異幟。毋使若投骨，衆犬争貪味。

疊『至』韻送亮疇先生行二首

久與故鄉違，真從海外至。嘗得他國情，以熟佉盧字。高丘一返顧，慨然動歸思。謂忍與終古，宗周無遺類。就我策安危，我言君弗棄。繼述既往心，彈糾當前事。許子不憚煩，君啟事有『何許子之不憚煩』語。穰侯疑有意。終見乘桴去，廣陵寄介甫：『終見乘桴去滄海。』好持吾黨幟。衆醉難獨醒，良藥多苦味。

履困當如夷，行遠期必至。霸主鞭六合，猶曰無難字。况如救焚溺，何容怯者思。功非在一時，仁可及萬類。國貴能自强，世不我遐棄。善鄰亦多方，最下乃賄事。公道倘無聞，均衡寧美意。惟去侵略謀，始保平和幟。毋謂秦無人，贈言乞君味。

與協之談，述中山先生之論詩，二十五疊『至』韻記之

我昔聞諸師，論詩有獨至。謂奪造化奇，惟此韻文字。嚴律行勝兵，用短運精思。神明規矩中，其美乃無類。言志復緣情，綺麗何必棄。天然去雕飾，亦非巴人事。用夷變夏風，下喬入谷意。不能到古人，徒欲樹新幟。三歎述師言，吾道有正味。民國七年時，執信偶為新體白話詩，中山先生輒詔吾輩曰：『中國詩之美逾越各國，如三百篇以逮唐宋，名家有一韻數句，可演為彼方數千百言而不盡者。或以格律為束縛，不知能者以是益見工巧，至於塗飾無意味自非好詩。然如「床前明月光」之絶唱，謂妙手偶得則可，惟決非尋常人能道也。今倡為至粗率淺俚之詩，不復求二千餘年吾國之粹美。或者人人能詩，而中國已無詩矣。』余生平未覩先生所為詩，但記民七年，先生去粵大元帥府，至日本箱根。宮崎滔天偕同志數人來迎，觴於環翠樓。宮崎席間求書，先生書『環翠樓中虬髯客，湧金門外岳飛魂』十四字贈之。私認先生必能詩者，但不肯示人，而其論詩則真先正之典型也。後十年，余游倫敦遇某公司總理男爵，謂倫敦圖書館長某氏好中國詩。余以先生之論詩語之，渠謂某氏之意亦復如此，且云中國之詩人道也，而泰西人詩則反是。余愕然，請申其説。渠謂某氏以為泰西詩人好言戰伐爭鬥，殺人流血，侈為美談；中國則酷愛和平，未嘗有此。余曰：韓昌黎元和聖德詩『婉婉弱子，赤立傴僂。牽頭曳足，先斷腰膂』，至為後人所譏。而三百篇則僅云『薄伐玁狁，至於太原。』而已；又『蕭蕭馬鳴，悠悠旆旌。徒御不驚，大庖不盈』。如許精妙，可為中山先生與某氏論詩之證佐。渠大歎服，約介某氏相見，惜匆匆遂行，不及與某氏談也。昨日與協之談如上述，旋偕過唐少川先生。唐先生則謂近人粗知西人文字詩歌，輒欲舉我國之文字詩歌而廢棄之，此其罪過實浮於盜賣故宮古物也。

得鶴亭寄書，二十六疊『至』韻代簡

方與葵邱盟，何言防風至。買菜我求多，惜墨君無字。映庵善折衷，再韻慰鄉思。須知鶴與松，相從以氣類。倚聲還度曲，未嘗小道棄。風流鄭妥娘，此外更幾事。縱成南海集，不必誠齋意。樂苑新消息，蘇吴各争幟。言，且各張其幟。』且遺食蛤蜊，下鹽恐傷味。

二十七疊『至』韻答大厂論詞二什，並簡榆生

方士求蓬萊，可望不可至。蠹魚游書叢，三食神仙字。乾坤滿瘡痍，吾輩多困思。下士必大笑，古人豈貌類。恥與衆竽和，拚作黄鐘棄。欲遺有涯生，姑為無益事。大厂自注集宋詞聯句云：此中况味，殊非雞肋。兩年止酒，舍此何以為生耶？專精此不移，説教渠有意。固知出一途，亦樂門兩幟。易簡定不易，見舊作三集曹碑詩注。相狎兒時味。

榆生以答大厂作見眎，二十八疊『至』韻率呈兩君

大辯在無言，有言皆篤至。同住海之涯，煮石復煮字。一心儀廣樂，萬態約微思。但患遠於人，不患出其類。居士固嘗云，泛愛無所棄。賢哉朱彊翁，何止藏山事。彊村先生題映庵所藏大鶴山人詞墨：『文章何止藏山事。』託體有必尊，救時亦深意。我如聾者詞，敢樹調人幟。冷暖祇自知，一滴大海味。

題黄晦聞蒹葭樓詩後，二十九疊『至』韻

少説白石仙，高吟哀未至。集中讀白石集：『祇汝高吟未至哀。』常為卻曲詞，不見凋疏字。嗟卑愁老材，何足擾清思。風節重文章，國維徵士類。集中簡癭公：『文章不朽關風節，士行從來乃國維。』南北仕隱間，略知所取棄。箋注魏晉賢，輒及興亡事。慷慨僅傳詩，我聞罪世意。卻聘晚迴車，攘夷早樹幟。可惜張樵人，但責酸辣味。張序僅稱其南歸高蹈，蓋志事不同。

再題蒹葭樓詩，三十疊『至』韻

散原於君詩，推挹實已至。格澹更多奇，趣新仍鑄字。白石託彌明，説盡裁雲思。七律如后山，軒輊求比類。名家疵病無，洪流沙石棄。白石詩説：『名家者，各有一病，大醇小疵可耳。』梁髯恨見晚，髣髴黄陳事。自從韓歐來，老輩多此意。放出一頭地，讓以先登幟。嘔心四十年，辛酸自知味。『嘔心來日復如斯』、『文章爾我各辛酸』，皆集中句。

得讀鶴亭疊韻八首，謂是新年日記，仍疊『至』韻報以二首，不能依事奉和也

怪君久無詩，八詩同日至。神勇茲可怖，前日來札語。七百二十字。行樂及春時，懷古發幽思。聲樂稍寄情，棋槊亦呼類。拾取眼前物，不以微細棄。閑肆出怪巧，原是都官事。詩成寄吷庵，我疑君有意。不然作功臣，再整蘇門幟。屬和倍前賢，更醕更美味。宛陵依韻四和正仲：『四和還如九骰醅，更醕更美未嫌來。』

君詩未入手，顒園札先至。評語襍詼諧，讚歎則無字。我知二人者，訢合無間思。迦陵與巢民，相依正相類。豪華雖不逮，形骸自可棄。又復通而介，名教有樂事。故其見之詩，莫非交深意。祇以健筆論，亦掃千軍幟。兩心比月影，要得言外味。宛陵月下懷裴如晦、宋中道：『唯影與月光，舉止無猜毀。吾交有裴宋，心意月影比。』鶴亭第八首自注：『元夕與協之登粵秀山，時已夜半，寂無一人，境乃清絕。』

依韻答庚白

關山難熟客長飢，勉强和音報遠詩。齊相四維人欲假，秦皇一歲子何疑。美新已見揚雄傳，感舊須尋羊祜碑。近日詞流寧解事，不言鍾鼓樂清時。

庚白函眎新吟二首，再次前韻為答

磨蝎占星輙忍飢，昏昏海氣各言詩。平居骨肉能無愛，大義春秋早不疑。炙手詎知丞相熱，關心仍説黨人碑。折衝何必非奇計，來章有『折衝有奇策』之句。指鹿秦廷又一時。

疊『至』韻再和映庵述梅見答二首

我愛宋三陵，宛陵、金陵、廣陵。步武恨未至。皆得少陵骨，不襲西崑字。戛戛去陳言，耿耿無俗思。沆瀣為一家，面目非必類。成蓺始學古，得魚筌可棄。譬如讀漢碑，摹擬日常事。終乃有己在，君言先吾意。姝姝一先生，徒陋宗門幟。持論平不頗，相飲醕醪味。

梅時論梅詩，較今宜切至。既析厥淵源，從知所乳字。歐陽首老郊，以多窮苦思。晏次比陶韋，高極從其類。而梅於宋初，風雅歎淪棄。謂衹詠青紅，諂諛極人事。亟稱古刺美，聊發憤悱意。斯道慶初還，二百年來幟。黄陳以下賢，漸識大羹味。

失題，疊『至』韻二首

君去日幾何，飛語續續至。未塞讒慝口，忍下褒貶字。歷塊過彼都，激昂天下思。君自非汪黃，何乃汪黃類。酬酢已過情，士論將見棄。趙入虎狼秦，猶有完璧事。吾謀不獲用，仇者所快意。不信倒繃嬰，疑是新降幟。我方為魚肉，勿供刀俎味。問胡適彼土，謂以覘國至。報我速於郵，不敢忘一字。頗恨會面難，更與傾積思。廿年樽俎間，從容切體類。苟能見其大，瑣屑自可棄。顯服而微行，世寧有是事。好者不能勸，轉導猜虞意。皇皇大國賓，搖搖中心幟。鄙我復誘我，甘言何足味。

有感，三十七疊『至』韻

按劍叱投珠，為其無因至。一刺越三年，磨滅懷中字。士生惡苟容，何必高世思。豺狼不可親，螟蜾終非類。辱甚盧龍割，勢異朱厓棄。納欵為搆和，那知羞恥事。曲學阿世風，指鹿為馬意。既自鉗其民，翻為虜張幟。兒曹猶浪語，甜蜜無真味。王頤堂次韻李士舉文感春：『兒曹浪語甜如蜜。』

三十八疊『至』韻，呈佛成先生

自非示疾身，疾乃不期至。肺腑未能語，徒識靈素字。金痍非戰痕，借東野句。積疹疑詩思。所不釋於中，惟諸有情類。先生日過我，謂宜一切棄。無使事上心，那得心有事。置身水雁間〔二〕，仍是分别意。所以道家言，不如法王幟。協之書云：兄言黄老，而佛翁主佛。何者宜於養病，似有研究。空病即未空，且躭禪悦味。維摩詰經：得是平等，無有餘病，惟有空病。

〔一〕〔校〕『置身水雁間』：『水雁』似誤，疑作『木雁』，見莊子山木。

三十九疊『至』韻，再呈佛成先生並簡協之

從游病未能，夢游隨所至。酒肆維摩言，火宅華嚴字。陶公松菊懷，謝客池塘思。時光取慰人，亦以蘇物類。喧静同一塵，何欣復何棄。寤言一室中，反衍衆生事。除幻還為幻，詎是西來意。萬法惟一心，萬軍惟一幟。黑蛇無處藏，未妨安眠味。遺教經云：黑蛇藏汝室睡，當以持戒之鈎除之。

病稍癒，四十疊『至』韻，懷鶴亭並申江、羊城諸友

嶺南望君來，江南喜君至。如何經月行，不見一紙字。當緣念我病，恐累静中思。交親迹轉疏，平生多此類。未參初地禪，綺語早捐棄。顧如勞者歌，亦祇歌其事。離騷袚不詳，庭草見生意。蕭公達過我，猶鬥象壇幟。鶴亭行時見過，謂佛成先生之於象棋，猶我之於詩。勝敗共欣然，此中有真味。

五月六日紀事，四十一疊『至』韻

蚩蚩四鄉氓，居然繦負至。不聞頌美聲，不識諂諛字。悉爾米鹽錢，一暢嬉游思。賢豪徇耳目，所好亦相類。去今不百年，朱厓始割棄。彼邦報大酋，云此最忠事。更令踏浪兒，過屠未快意。機牙日相逼，争奪帝國幟。天驕無常驕，休詩勝者味。

石遺老人偕鶴亭南來，將有羅浮之游，疊『至』韻分呈二首

嶺南山水佳，朱查舊曾至。耆德重是邦，不獨在文字。今時陳太邱，遠近莫緘思。搜勝如搜詩，道廣故無類。爰笑蓬萊仙，夜半左股棄。鳴鶴不緣身，為人好心事。延頸慙笻藜，顧我有餘意。頗聞吴越間，定霸中原幟。勿以江珧肉，舉似荔枝味。徐菊人鈔番禺汪氏詩而遺惺伯，陳散原謂黄晦聞近體有過后山，月旦之失，余與鶴亭嘗病之。

嶺南君故鄉，期君君果至。提攜老人星，苦愛山水字。我病無愁心，君來有遐思。通德伴伶玄，倘與鮑葛類。前年君獨往，相招不相棄。而我與松齊，平生稱恨事。未嘗雲壑親，豈味衡霍意。喻指乘流筏，舉義風中幟。裹足或使然，再游重有味。

再寄粵滬親友，四十四疊『至』韻

自省孱瘠軀，不耐用心至。韻淡五言詩，體拙八分字。匪曰於蓺游，姑以平吾思。未能强其身，何況錫爾類。依然吾道憂，炳炳弗自棄。昏卧三月餘，孤負一春事。國論比不揚，願推以此意。宛陵觀黃介夫所收畫：『願推此意佐國論。』任受敵憑陵，終辱爾章幟。肥甘恣當前，久疾安敢味。

晨坐小園，四十五疊『至』韻

醫者勗閉關，客亦不常至。本無嵇康嬾，把紙愁作字。勿藥求諸身，守心戒馳思。室邇人則遠，此情無乃類。百卉已蹉跎，衆緣忍翦棄。貽我以清陰，大足償花事。真處定難忘，靜中獲新意。筍爭滕薛長，蝸列蠻觸幟。調羹不取肉，枌槿非異味。山谷次韻孫子實寄少遊：『吾聞調羹鼎，異味及枌槿。』

石遺老人賜木蘭詩，敬次原韻代答

女子從來恨不男，此情難使近人諳。豈嘗鞍馬長征去，祇戀庭闈樂趣含。齒頰幾翻慙老輩，雨風七字憶江南。廿年握手鄉邦感，應為談詩未暇談。

疊『至』韻呈答石遺老人二首

人知北斗宗，由夔舉贈詩云：『海内談詩宗北斗，朝端知己屬南皮。』君為名山至。越南多儒衣，幾輩從問字。平生論詩心，大抵賞真思。優孟古衣冠，嫌其過相類。老重固必收，春華亦弗棄。所聞所見世，學人詩人事。一手為權衡，中寓匡時意。應怪湘綺翁，徒揭湖外幟。不矜凌絶頂，詩話續編一言：『登山向不游絶頂。』更洽游觀味。

我欲乘桴行，而君横海至。兒輩不能文，亦乞長者字。和韻與長句，皆達難顯思。相示性情真，嗤彼俳諧類。庸行稍見稱，古訓因未棄。廿年一再面，但許詢詩事。賈勇豈无餘，避舍良有意。胡憎道學名，甘謝程門幟。詩話續編一：夏劍丞詩云『吾衰喜與游楊友，重是程門一輩賢』，自洽切。惟余非理學先生，欲易『游、楊』為『罪張』，『程門』為『蘇門』。看山最不廉，如食必兼味。

次『男』字韻，再呈石遺老人，並留别鶴亭

昔人但恨不生男，孺慕真長豈未諳。妙解人情成創獲，已嚴詩律許同參。淵源不分依江右，福命先知過渭南。幽討起余猶有憾，歸時補作大瀛談。

三用『男』字韻留别諸同志

蘆溪有句説奇男，王蘆溪庭珪送邦衡句：『男子要為天下奇。』不悵臨分此老諳。國蹙可堪為晉宋，詩愚未便到柴參。從吾游者道之合，尚有人焉斗以南。又試攜兒行萬里，十年舊事抵深談。

海濱有贈行詩，四用『男』字韻答之

倉皇解甲更非男，衆寡難憑事孰諳。士論未知仍舊貫，彈文豈欲待新參。深憂大勢僑將壓，回省當年道已南。瘏口曉音吾亦慣，有人猶戒勿多談。

六月十一日舟中，五用『男』字韻

平生真愛女如男，萬里波濤往復諳。舟穩客疑行近岸，夜闌吾欲起捫參。極知海水多於地，不信和風衹自南。仍是求方方以内，幾人欣聽老生談。

十四日過星洲，疊『至』韻寄義順、楚南諸同志二首

我年未三十，此洲既再至。為漢策中興，鄭重立名字。僑民識孫公，始有民族思。乃大聲以色，相率耡非類。神物光復初，大寶敝屣棄。公路一輩人，接踵柄國事。國不競日凌，全非鼎革意。四省已淪亡，河北又易幟。何人墮火坑，久且忘苦味。

帝者求殖民，窮日月所至。始得以詐虞，繼乃言撫字。吾民最先來，豈乏冒險思。辛苦闢草萊，安定幾部類。無國為之援，萬里遭遺棄。為役於荒田，收穫非己事。庇焉而尋斧，又必無此意。齊楚未為得，黃白恐争幟。善藏大壑舟，勿恃禁臠味。

六用『男』字韻並答榆生

柳下難師用魯男，積憂成痗舊嘗諳。西来醫亦勸深息，曹洞禪原要活參。三月無詩吾豈憊，萬方多故子其南。書生獨愛論風節，不學時賢瑣瑣談。

榆生有詩寄還，舟中開緘，即次原韻奉答

恰如雙井思桃李，苦效昌黎鏤腎肝。傳世文章非一事，與人憂樂豈無端。未能講肆從容話，曾把吳鉤子細看。真個揚帆滄海去，來詩有『盛夏謝講貫，帆揚滄海月』句。憑君弟子報平安。

二十日舟次孟買

十日舟行過此都，平梯能步不須輿。幾家未住貧民宅，政府建有平民住宅，但多無人居住者。有客偏誇顯者居。同游李領事專言富人住宅。得爵爾羞奴輩齒，買得爵位者，即羞與己原同位者齒。營商人詆腹中腴。各國商人雲集是地，同作經濟侵畧。猶聞一老棲棲去，聞李領事言，甘地又在遊行中。創業艱難意可如。

五十疊『至』韻答榆生

我行得君詩，計先三月至。相去萬里遥，開緘認題字。因君慷慨言，發我鬱陶思。維士生世間，剛柔各毗類。曳尾塗中行，斷材溝中棄。猶曰保全多，與人家國事。華夏幾千年，悮解蒙莊意。東西兩聖人，謂托爾斯泰與甘地，東籍嘗有此稱。胡襲用此幟。論詞揚蘇辛，前言吾已味。

二十二日過印度洋遇風示同行諸子，五十一疊『至』韻

同舟人告余，巨浪如期至。疾首不能興，眩目輒成字。惟余慣海行，不甚亂神思。往年出國門，頗用儕儕類。天風海水間，俗塵盡洗棄。大浸縱滔天，若行所無事。諸人亦健者，病呻

出不意。羸卒坐守障，怕見外兵幟。壯士起自強，眠食定甘味。

舟中作海洋談，蘭兒請用舟次孟買韻為賦，戲占示之

大陸徒誇麗且都，可能十七占坤輿。今看帝國均衡力，古謂仙人縹緲居。涯涘無窮包宇宙，蓋藏百倍勝膏腴。賦名六合人先笑，比擬玄虛定不如。

舟入紅海浪止，客有擬繞陸游埃及者，五十二疊『至』韻紀之

破浪印度洋，紅海炎風至，客如起病床，擬看塔金字。俯仰數千年，豈無懷古思。但問數日顏，愉苦胡不類。新樂且周旋，舊愁如掃棄。安得平等觀，洞觀一切事。無浪即無風，或乃出新意。謂作伍胥濤，猶勝赤帝幟。慷慨爾則那，同嗜詎如味。

與同舟客茶話，五十三疊『至』韻

同舟非偶然，為喻義懇至。晨夕相見歡，已勝遥寄字。急難遇風時，吳越不異思。如何在平日，屑屑矜品類。晳種自相貴，他泯賤且棄。國籍二十餘，集此幸無事。惟祛雄長心，庶泯町畦意。吾欲叫祝融，盡燒萬國幟。兹願不可償，且言薪膽味。

二十七日由紅海入蘇彛士河，有風不熱，同人皆以為快

兩海通航恃運河，七年三度我經過。早收事業歸強國，肯放艟艨起大波。剛報歐洲無此熱，無線電言歐洲之熱，為一八七八年以後所無。不知秋氣為誰多。未須更説蓬萊淺，但問浮槎意若何。荆文寄友人三首：『看沙更覺蓬萊淺。』又：『但有浮槎意未忘。』

抵威尼斯

西風吹送海之涯，廿日行程不算賒。遵陸卻知船代馬，望衡真以水為家。千年王氣憑誰説，威尼斯嘗建國十朝，雄視地中海。四國丹青自此誇。意大利畫派始盛於威尼斯，而荷、法宗之。亦似荔灣宜夏夜，歸舟肯趁夕陽斜。

到意喜晤亮疇，聞述意與阿比西尼亞近事，五十四疊『至』韻紀之

七年為歐遊，亦先此邦至。紀元與衆同，下乃有七字。其時意相慕沙里尼執政七年，紀元之下，註有七字。稱述古羅馬，淩跨一世思。蠢爾非洲氓，宜視曹鄶類。顧以叱咤雄，難使尺寸棄。頗疑巨人掌，握潰天下事。平心論此公，固善探民意。首相仍黑衣，南歐無赤幟。不必論和羹，

已超常飪味。

五十五疊『至』韻贈亮疇

倫敦歷幾國，三日傒我至。握手襍悲歡，握筆不成字。問君別以來，當更有佳思。君言國際間，矛盾非一類。信使日往還，盟約公然棄。旦旦説和親，皇皇備戰事。決策苦太遲，求繫滋失意。試觀角力場，豈容弱者幟。君言憂且深，吾病未能味。

五十六疊『至』韻再贈

國士不身謀，謂難易者至。折獄在片言，勝人千萬字。平居遇瑣瑣，動見深密思。謹慎諸葛公，大節當推類。友我廿餘年，疾苦尤不棄。知我病未瘳，何忍喝言事。行止關天下，相規誠厚意。苟得療養方，毋親異己幟。君言不必定適某國。食肉舍馬肝，不為不知味。

七月十一日從威尼斯移居里度，七用『男』字韻

黑衣難掩昔時男，歷歷勳勞衆史諳。大道同塵誰衮鉞，一星隨我不商參。廣栽林木臨沙嶼，飽啖櫻桃憶嶺南。櫻桃正熟，每飯同人輒盡半筐。余戲套東坡句云：『日啖櫻桃三百顆，不妨暫作意南人。』客

既好奇還好静，駈車時覓老農談。

暫住加當拿湖濱，五十七疊『至』韻

西湖入我夢，怪我久不至。吴越路非遥，曾困簿書字。兹勇江海行，豈有蓴鱸思。弱軀憚長征，遲留三宿類。嬉遊士女少，不以後時棄。加當拿湖為意國名勝，惟暑時客至反稀，亦我國之西湖也。得失看欣然，棋釣各有事。故鄉無此好，聊解東坡意。詩人重品題，較量湖山幟。我行占得朋，應盡樽栖味。亮疇初到，云當痛飲，入夜則仍酌啤酒半瓶。又約至朱力，飲瑞士名酒。宛陵飲酒呈鄰幾原甫云：『東海為酒樽，五湖為栖釜。』

十七日乘汽船渡加當拿湖，以機壞不果，五十八疊『至』韻

蕩漾一湖水，彼岸何難至。未見自庢返，迅失青帘字。看花馬蹄疾，客無東野思。亦非訪戴行，迴舟事乃類。小艇徐過前，始悔短檠棄。技巧能濟物，豈必惡機事。不熟為不仁，惕厲自本意。世有淺嘗輩，託庇維新幟。不聞堂下笑，僅得糟粕味。

至洛迦諾湖，五十九疊『至』韻

山水天下奇，客從遠方至。逆旅喜逢迎，能通四國字。遵道雖今殊，好游仍舊思。獨有腳力差，行行跛鱉類。扶杖觀太平，疑此甌脫棄。全歐號同盟，協和萬邦事。湖山最佳處，冠蓋來不意。最近意相慕沙里尼召集會議於此，謀對德國。可惜數强國，不抑卐字幟。千里而畏人，弱肉斯爭味。

朱力多打客寓，六十疊『至』韻

征途漫苦熱，凉意偕客至。風雨不出門，臥誦平安字。夜來喜快晴，有月慰羈思。光景各一奇，物我豈殊類。始聞經過處，鸞春苔臼棄。宛陵送傅越石都官歸越州待闕有『伯鸞賃春苔臼棄』句。聞陸子欣出家入天主教為教士，有屋在羅加諾，乃轉賣於政府，為價二十萬。胡公使言，倘能久住，可以借用。出家仍擾擾，太息長者事。我為借宅謀，居停悔初意。初覓得一宅，頗適暫住。居停始允，既而不諧，聞為逆旅主人所警告。豈憎遠來客，實畏豪强幟。羊酪敵蓴羹，客亦諗世味。

六十一疊『至』韻，贈陳翼平醫生

東西活人術，今尚未云至。但聞藥疾名，多出無數字。東人貴古方，西人重理思。儒墨不相攻，溝合自一類。陳君遠隨我，未嘗跬步棄。僕僕同門友，謙謙君子事。不輕拒人請，亦慎徇人意。方壯獲盛名，屢揚吾國幟。陳君屢為國際醫學會代表。憂我如憂國，何時食甘味。

壽協之三兄六十初度

少時曾共短檠讀，最服平生氣不矜。松壽定如詩所頌，蘭言敢以易為徵。看棋置酒心常樂，著論修書老愈能。海内諸陳長壇坫，呼君家弟揖而升。或作：『嶺南一派任憑陵。』

偕陳君、黄生覓屋先歸，陳、黄失道，遇德人為指引，知其不食二日，輒酬一金，六十二疊『至』韻

天下用舟車，吾行期必至。行路如讀書，好不常見字。逆旅憎其華，時有卜居思。應門黄四娘，白髮青裙類。蒼茫瞑色動，失計輿馬棄。窮途易德色，迷途真細事。邂逅忽相需，珍重此時意。民多寒餓憂，國詡富强幟。遑問翳桑人，不恤鼎烹味。

八月一日為瑞士國慶日

披榛得坦途，猶問所從至。創業念艱難，如石深鐫字。中處歐洲原，人有春臺思。斯民真持權，他國鮮與類。其間廿餘州，成法幾用棄。開基八百年，致此豈易事。朝來喜相告，木本水源意。鐙火萬人家，栖盤十字幟。主客禮數寬，狂醉非酒味。

客思，六十四疊『至』韻

山水如丹青，不知老將至。安心即是方，遮眼惟有字。誰解遠行客，依舊獨居思。高原秋氣深，松柏自為類。況有拒霜花，何能一笑棄。培澤靳天功，支柱在人事。世無魯仲連，孰受解紛意。八月八日亮疇電，言意已允接受英、法調停。差勝東周微，虛擁共主幟。豚蹄狹所持，時夜早懷味。

題都大逆旅

散澤園林晝漏長，秋風似與客相忘。我行處處湖山好，不道他鄉勝故鄉。

入德境，由佛萊壩經巴敦巴頓，六十五疊『至』韻

我從萬山來，如挾風雨至。王國非舊觀，門户得新字。德人謂之黑林之門。薄遊涉其藩，貽人春夏思。蒼欝千百里，但辨松杉類。驕陽已無力，稍窺旋復棄。喬木擬世臣，舉國仰生事。材用在人謀，培覆知天意。有人啟南服，暴興前古幟。希氏發難於明森，而其黨萌芽於佛巴等地。『万』字為幟，聞本之古日爾曼人。何時收波瀾，遠近同風味。杜句：『南紀收波瀾，西河共風味。』

六十六疊『至』韻奉答協之

坊從養病名，客未後時至。矜持肘後方，歡喜眼前字。以我萬里行，貽君三秋思。調護老成人，愛惜同氣類。為政常若斯，有材肯自棄。天下望苟安，西綫無戰事。寸懷如春風，借范希文句。修綆窺古意。祖擊中流楫，韓奪空壁幟。强將不擇兵，良庖先得味。

中秋月，六十七疊『至』韻

萬物自我觀，諸境隨興至。惟此天上月，費盡人間字。明明秋正中，悠悠客遠思。人物知有無，景色難指類。高歌夜愈酣，狂言醒勿棄。方笑古時人，漫引仙都事。遠近當同晴，蘇東坡

中秋月詩句：『嘗聞此宵月，萬里同陰晴。天公自著意，此會那可輕。』造化詎著意。清寒澈肝膽，光輝見麾幟。為問長江水，何似故鄉味。是夜劉平歌其鄉中秋謠，有云：『鯉魚難捨長江水，阿妹難捨有情郎。』

榆生渡海用東坡韻見寄，即次和，時中秋後一日也

寺鐘徐動勝傳更，月到中秋自喜晴。世事幾堪兒輩了，河流不為聖人清。故園耕劚難歸踐，羈客心情遠寄聲。争説古先閒氣在，九洲而外老書生。

再用前韻

完缺樓頭幾度更，晚來既雨亦宜晴。最難良會當佳節，豈可微雲滓太清。香露入簾人不寐，草茵如洗夜無聲。湛然方羡蘇居士，東坡句：『照我湛然心不起。』卻説遊觀冠此生。

三用前韻寄鶴亭、大厂

欲遣潛蚪與守更，新詩如菊艷霜晴。出門所嚮誰云礙，傾蓋殊方得趣清。同是遥憐故鄉月，未妨先答海濤聲。英華浩蕩憑君取，休笑詞人太瘦生。

答友人問某國事，六十八疊『至』韻

力能百步射，孟氏稱其至。國復九世仇，春秋無貶字。嘗為城下盟，了無弱者思。教養需十年，芟鋤重非類。覆巢恥幸存，孤注拌擲棄。豐年料民食，剛日治外事。畏途真自衛，捷徑豈無意。東坡壽樂全先生句：『畏塗自衛真無敵，捷徑爭先卻累人。』四國嘖有言，三色已易幟。賦詩可斷章，於人孰正味。

孝魯自蘇俄來，余亦別鈕咸行矣，六十九疊『至』韻眎之

兵祲有豫言，幸其不即至。雖非帝王家，猶好讖緯字。矢函滿天下，但蓄非常思。眗眗故為仁，偏愛及異類。責人斯無瑕，如法尚應棄。別來欲有說，浮雲與多事。秋風亦已過，老柳長亭意。鈕咸好種柳，秋深尚未搖落。回首來時路，各樹彌天幟。吾老君方壯，如何薄世味。

題孝魯夫人賀翹華萊茵河畫

百戰山河史最誇，幾多樓闕水明霞。丹青總是和平手，不羨葡萄入漢家。

八用『男』字韻寄協之

藥餌扶持豈壯男，是何濡滯客程諳。鵝湖鹿洞謂將合，雪竇曹溪許并參。未始厭山行塞外，新來回棹復歐南。故鄉歲暮花如海，松鶴相驩助我談。

次答榆生登高見懷，並寄鶴亭

築臺燕郡號黄金，自棄長城敵又侵。不信宗邦成積弱，要令大地掃重陰。揷萸就菊人多感，臨水登山士有心。行盡四方頭更白，把書吾已愧周任。

悼念鄧仲元先生二十五年

家居能壞况長城，誰使來岑誅未成。先死庸知非不幸，自犧猶説愧同盟。君遇刺知不起，謂家人曰：『余才學不逮朱執信先生甚遠，朱先生且先我而死，為革命黨人，平日拚作犧牲，爾等無過傷也。』今名將也皆稗佐〔一〕，粵將帥知名今日者，皆出自君之所部第一師。小學生歟此性情。君自辛亥革命即統師旅，既而討袁征閩、駈龍駈莫諸役，皆身為諸將先。勤學好問，謙以自牧，見者謂猶有陸軍中小生本色。尚有典型難泯滅，更堪時聽鼓鼙聲。

〔一〕〔校〕『稗佐』：『稗』當作『裨』。漢書項籍傳：『梁爲會稽將，籍爲裨將。』

示義女鍾慧中

古來義女總無聞，蜾負螟蛉反亂真。我有一言留息壤，遇紅無禮是泥塵。李泰伯句：『與影有情惟日月，遇紅無禮是泥塵。』女侍余讀，亦深喜之。

次大厂韻題榆生受硯圖，並寄大厂

陸莊何事畏荒蕪，氣類相求定不孤。常愛古人尊所學，更為後輩廣其途。別離猶憶欹眠集，風雨時吟受硯圖。慚愧交親問腰腳，登臨處處要人扶。

竟無先生遠贈金光明經品目，榆生適贈先生所編詞品及彊邨語業各一卷，率拈小絶報之

淵明豈必攢眉去，介甫其如習氣何。未了法身無量義，且尋語業一高謌。荆文書定林院窗：『夢説波羅密，當如習氣何。』

次韻榆生春日懷散原翁北平二首

匡廬幾載認苔痕，真照原知達本根。天下更無棲隱處，人間猶有是非存。苑多蕪没思秦地，日已蒼茫下古原。漫企東來書一紙，先生彌老道彌尊。

年來豪氣已無痕，北首看雲倚竹根。散帙空堂人共惜，舉幡全國士猶存。宣和文物何從覓，長樂心肝未可原。聽水不招公合返，任人無佛處稱尊。

悼陸女景韞

彎弓射市人，命薄者先死。洶洶市虎來，膏吻者誰子。須臾掌珠已毁地，陸氏之女年十四。父執傷憐百首詩，不知生汝天何意。借鶴亭句。

三月二十三日游從化禊詩

挽强不用漢飛將，開道真煩謝客兒。南北温泉齊頫首，恨無山水入人詩。

茂林脩竹似蘭亭，縱使無泉亦足名。冷暖自知言説廢，出山常是濯纓清。省政府職員建有『濯纓小榭』。

鑿石探源事等閒，噴泉江底動微瀾。人間未盡風波惡，插足中流可是難。
三瀑争雄有本支，中間巖石輒矜奇。幾時香粉消磨了，香粉瀑因土人嘗於此製香粉，故名。八十老翁來賦詩。
從化生油四十年，短檠猶記擁書眠。欲回光景須農圃，一作：『攘夷吾不如農圃。』丹荔黄橙被服鮮。

游羅浮

有約成遊事偶然，我來慙已後諸賢。欲尋舊誌説蝴蝶，不見滿山開杜鵑。一代文章成謫宦，千秋祠觀屬神仙。吞湖倒壑金華句，借與樓頭百尺懸。
曾聞弱水限蓬萊，安得浮山萬里來。龍上于天聊取象，虎加其膝總含猜。藥池丹竈今非昔，逃閭仄聲思明士也才。暫許此心無一事，軒然長嘯俯層臺。
五百峰多不易分，亦如名島掩其群。老人俯仰今何世，玉女周旋半是雲。本體尚難知主客，後來猶欲證聲聞。摶沙攫土無非弄，且學玄卿季孟文。
浮海歸來始看山，山靈應許笑余頑。長安未到人能賦，名勝當前意轉閒。玉局有時師抱朴，杜陵誰為斬樓蘭。聞蔣憬然君新為『白鶴觀』主。從容卻語華峰客，休認顛毛自此斑。

思發花前問客程，茲遊堪否冠平生。久無大句壓奇景，晚有妄人來惡聲。謂袁子才輩。勝諦恰參山似月，好春全在雨餘晴。鐵橋高迥吾何及，更羨同行腰腳輕。

華首臺

天龍祖道入山深，何止儒生惆陸沉。爾日栖遲皆福地，刦餘歸坿幾叢林。諸天華首佛無語，一滴曹溪法自今。未識華嚴真境界，月圓前夜契詩心。

華首寺僧引觀瀑布，用石遺韻

滿山蟬噪客忘言，數里清幽寺有門。合掌何時穿石過，振衣無意截流奔。衹今上坐思遺老，會見群仙禮世尊。聞道華林經籍在，南能北秀本同源。

任民屬題所藏翼王遺聯

甲兵無暇洗銀河，民族英雄語不磨。蜀道泥深蒼隼没，傷心遺札較如何。聯云：『挽得銀河脭穢滌；張開鐵臂地維靈。』李君蘊鼎云：翼王手札尚有藏於成都唐氏者，字體近顏魯公，蓋與蜀將商畧退兵書也。

祖鞭曾未著中原，草草群兒祇自尊。真使地靈擅江左，東南何至有啼痕。

題惲南田續笠廬圖

簦笠簑衣歸不歸，吾廬風雨足支持。畫山猶有藍田筆，驚起遺民為賦詩。

題鶴亭所藏孫洪館試卷

少陵不薄當時體，以論新城善解圍。到底文章疏鑿手，暫從館閣亦無譏。

從大夫哭不為迕，嚙妃子脣寧有情。忌諱愈多文愈靡，阿婆辛苦到公卿。洪卷有『詞臣不用歌黃竹』，被勒白。

題看雲覓句圖

風塵而外有懷抱，閒適中間見性真。雲起何如雲在好，一般看法付詩人。

和榆生與同人泛荔子灣，賞紅棉，訪昌華故苑。以王漁洋歌舞岡絶句分韻，拈得『歌』字

天半朱霞意若何，嶺南春許霸才多。芙生先生詠紅棉句：『春於此樹無餘力，花亦如人有霸才。』沈沈居

室無尋處，時有王郎斫地歌。

鶴亭自惠州歸，有拜朝雲墓之作見示，率得弔朝雲詩二首。以在頤園坐末即寫稿也，茲補録之

少日稱心推孟博，老來低首學香山。我知氣節蘇門重，不遣佳人字素蠻。

未言伉儷耿相隨，不合時宜勝自知。剗卻維摩天女語，哀情何必遜微之。

不匱室詩餘

番禺胡漢民展堂甫

卜算子 集曹全碑字寄懷協之

時節詡風光，定是南方好。萬里懷鄉有故人，相望長安道。斯事要商量，或賦歸歟早。明月清風且費錢，不合山中老。『詡』、『道』用碑陰字，若『且』、『不』兩字互易，則詞順而意乖矣。今先説破，不許陳三作如此答語也。亂中失卻余集字詩稿將及百首，亦年來最大之損失也。

蝶戀花 月蝕，和君佩

不是蛾眉天亦妬。底事團圓，忽被山河阻。省識人間離別苦。盈盈一水都無語。爲問嬋娟何處去。似爾分明，肯受纖塵污。玉闕重光光幾許。家家樓上争凝佇。

浪淘沙 新除夕寄内，依君佩韻

窈窕善懷予。珍重郵書。客游從不載愁俱。萬里關山風雪裏，著個征夫。我自樂江湖。到處傳呼。使君豪氣未曾除。陌上花開歸緩緩。卿意何如。

金縷曲　既和君佩寄内詞，更作此以廣之

識我平生矣。十餘年、韓檠杜槧，祇君相似。斫地狂謌謌未罷，且復縱横自喜。漫贏得、江山如此。雲夢胸中吞八九，問誰堪豪傑同生死。成敗恨，徒為爾。　西湖舊事重提起。悵新來、關山雨雪，游蹤難紀。盼盡飛鴻芳訊阻，處處心魂相倚。見説是、天涯人邇。太上忘情仍不免，笑英雄自古欺人耳。天下事，語還止。

水調歌頭　朱子英貧困思家不已，賦此慰之，非調之也

去家三萬里，行役未全休。百年身世多感，今夕且登樓。未必解人難索，唤取并州快翦，為汝斷離愁。入眼山川好，珍重此時游。　西湖夢，鑑湖月，五湖舟。古人足跡未遍，何處覓封侯。人自悲歡離合，我自東西南北，歲月足優游。破涕一為笑，期許在千秋。

百字令　寄懷協之，聞游西湖，用東坡赤壁韻

為蒼生起，問誰是、江左風流人物。把酒新亭，教我輩、留得江山半壁。歇浦晨經，函關宵

度，衿袖皆風雪。虬髯人去，此間偏有豪傑。遥憶范蠡當年，五湖舟穩載，西施俱發。絲竹中年，應屏盡、祇是盛名難滅。未愧盧前，且居王後，鏡裏添華髮。相思萬里，孤心一片明月。

金縷曲　再用前韻贈君佩

道出陽關矣。譜新聲、迴黄轉緑，人間何似。我自豪吟君綺語，一樣風流可喜。休記得、樹猶如此。滄海横流流未盡，笑黄巾也咒蒼天死。濯足去，且從爾。　二三豪傑為時起。歎年來、東奔西顧，風雲難紀。獨有蛾眉忘不得，明月樓高獨倚。應與説、歸期方邇。一局楸枰容易決，待他年再洗巢由耳。萬里路，行復止。

點絳唇　集曹全碑字示蘆隱

萬里長征，山河別後無從賦。舊家門户。禁受風和雨。　不道歸時，特地長亭遇。歡如故。故人奚慕。有酒寧相負。

大好河山，登臨忍舍風光美。且因君起。明月人千里。　故國歸與，歷歷從前事。心如水，臣門如市，不是平生意。

高陽臺　代楊若衡寄外

別已銷魂，詞還寄怨，東風待拂鸞牋。枝上啼鶯，驚人好夢初圓。王孫不恨歸期誤，恨天涯、芳草年年。更何堪，明月樓頭，萬里胡天。　飛鴻休管關山遠，寫相思二字，已到唫邊。翠妬紅顰，故園芳訊依然。知君冰雪周旋慣，恁歸鞭、不在春先。早安排，指點銀妝，重整金鈿。

滿江紅　民十五年，自題舊稿

收拾新愁，最難是、登高憑遠。相憶處、舊時詞客，舊家池館。花鳥有情成眷屬，江山無賴憑駈遣。三十年、未分作詩人，天涯遍。　刪不盡，風雅變。續不盡，離騷怨。祇抒情而作，感深頑艷。庾信生平人不識，魏收輕薄吾知免。且歸來、隨分引芳樽，春何限。

蝶戀花　答蘆隱見和，集曹全碑字

大好家居無與主。桃葉桃根，都在人門户。前歲劉郎歸復遇。東山雨後西山雨。　為甚年時相爾女。要使人人，各有安心處。舊事分明元不負。等閒忍讀離騷賦。

減字浣溪紗 戲贈鶴亭

佳話當前破寂寥。美人心事惱中宵。纏頭百萬可曾饒。對客要呼將進酒，看花偏愛老來嬌。未諳蠻語抱蠻腰。

鷓鴣天 再戲鶴亭

學得鴛鴦不羡仙。漫將情味怯流年。當筵翠袖翩翩舞，暗地紅絲細細牽。心妥處，即流連。廣南風土要人憐。為誰斟酌吟髭斷，輸卻先生百萬錢。

浣溪紗 和舒信道詞，大厂同作

蜩甲蛛絲有鬥争。雁行虎穴任縱横。誰於勝敗見人情。王悦治城應讓道，謝玄淝水正揮兵。遼城何事比聊城。北宋詞鈔末句『何妨談笑下遼城』，清人詞選改作『聊城』，大厂訂之是也。

滿江紅 和大厂次文信國改王昭儀韻作

寄語詩人，可曾似、玉顏鴉色。休更擬、銅仙鉛淚，痛辭宫闕。七發誰從枚乘後，五噫常在梁鴻側。儘天家、傾國重佳人，昇平歇。 繁華夢，難消滅。興廢事，何從說。有低頭神甫，子規啼血。消息難憑雲際雁，玲瓏只見窗前月。聽高歌、換卻斷腸聲，壺敲缺。

前調 再和大厂

馬上琵琶，誰則願、畫圖生色。空悵望、宗周禾黍，漢家城闕。王粲傷時遊未遠，杜陵懷古身常側。問單于、可繫是何年，烽烟歇。 春秋義，終難滅。和親事，更無說。豈受人穿鼻，水濃於血。俯仰百年譌當哭，嬋娟千里人如月。究相攜、入道送歸雲，無圓缺。

前調 和大厂清明日再用文信國改王昭儀韻

聽雨聽風，渾不管、故園春色。何況有、五津烽火，三秦城闕。思在洛陽應奮起，眠過白下曾欹側。肯夜深、留客鬥枯棋，茶煙歇。 綿上恨，難磨滅。漢宮事，有人說。枉古今龍戰，玄黃共血。獨鶴初歸雲萬里，羣鶯亂舞春三月。怕石泉槐火迫人來，駒光缺。

浪淘沙 和榆生賞紅棉，訪昌華故苑之作

照海獨紅鮮。老榦擎天。招呼羣卉埘其顛。此是世間豪傑氣，不讓人先。 故事幾流

傳。霸業徒偏。樹猶如此客何言。要作大裘千萬丈，心意緜延。

浣溪紗　壽鶴亭六十

南面書城傲百王。保民耆壽在文章。飛來仙蝡又稱觴。閑向名山尋鮑葛，笑誇年少喚潘張。年年松鶴好商量。白香山詩：『猶有誇張少年處，笑呼張丈喚潘兄。』

前調　聞大厂新詞，有『百澀詞心已不支』之句，悲壯極矣，輒以尋常論調解之

百澀詞心獨自支。覺翁家數本多奇。如何七寶世猶疑。少悔雕鎪揚子賦，漸歸平澹退之詩。此情惟有故人知。『漸』或作『老』。

不匱室詩餘終

不匱室詩鈔　跋

今年五月一日余過訪展堂展堂以近詩授予曰平時所得詩僅此予適於詩者又如家畫子學如余素所知詩學本為平本差勝而體似未能從本貫來廣牘摘貴尤兼於壹衛國華業已所欲乎本牘論乎其算誠之乃簡向日而展堂亦叢痛已往余壹牘展堂詩為詩此時余、忍手錄之然庚午以前僅為古風二首此今集中所載者條皆近體庚午以後乃無作古風余未嘗不好近體展堂亦未嘗為古風而亦以古風無昧將庚午以後乃盡為之未嘗貊涇後如佳氏十四年變為字入手戶庭而肆刻採其放尚時為棄曹全拜李詩百餘首此所集然運後為可惜耳餘詩不匱室詩鈔為已三時前所學為楷字未嘗早而能探索無詩之塗乎乎為未就本所工精而體似未老蓋一卷為仿宋字本然乎本八寒後廣牘既不

余豈又題詩屬以附後誠文德畢顯獲被而未安義高之冒疚甚
撫毅生不如畫敢論於二子然之乃將乎翁以豈本及以後此化墨蹟
展畫遠矣豈以愛其正至於解補其說畧難目收之請姚任文備於
一致余爲八卷而繫以詞其後用詩板以迅速而強留存以毅生之意援
助之雖其言而然久聆績與道脈未能厭者矣 如若夫展畫一生子功
原不借詩以傳而詩且足精神所寄且其詩之草堂既於六化者之 其於
海內名宿已皆言解毋待喋喋矣同論者皆其疚甚於其毅生無其時
然仿法漢錄爲今帝被裘而鑊寫者爲其康候亦爲民國二十五年
十二月番禺陳融識

陳融詩集

黄梅花屋詩稿

序

顒園以詩名海内久矣，而堅不自慊，所作至今未刊布。去歲余歸里，力以為勸。今秋乃允親友之請，選刊一卷，屬余序之。余曰：顒園之詩之工暨其所以工，世多知之，不待余言也。顒園之藴蓄與表襮皆非竟以詩人老者，今遂以詩人名于世，而天下後世或亦祇以詩人目之，此世變時會使然，於顒園固無所得失。且嶺南風雅之銷沈久矣，今得顒園起而振之，一章一句若與山川運會争其光顯。矧流風所被，蔚為時宗；南服騷壇，源流斯遠，顒園誠何負于此時與地耶！獨慨余少嗜文學，衰病一無所成。入世以來，雖頗親近諸賢豪長者，謬承其啓導獎掖，而所為尚不逮顒園遠甚。綜余之所損，即顒園之所獲可知矣。余曩得宋陳簡齋銅印于海上，久置篋中，今春乃以贈顒園。此非尋常縞紵之誼，蓋粵中詩派多祖三唐，其能含咀兩宋之菁英而極其蕃變者，蓋不多覯。五十年來，梁節庵、曾剛甫、黄晦聞、胡展堂諸主持風家，始開拓境界，別出手眼。顒園之詩清剛深切，與后山、簡齋為近，可謂能纘其緒。蔚為會，固非顒園莫屬，其受此印宜也。抑顒園嘗綜覽粵中四千家之詩而各為詩以品評之，故余之巨製，顒園所作自不與其列。然則顒園詩價之幸較，殆非相知數十年如余者莫屬。質之顒園以簡齋為比，私也，亦公也，且分之所宜也。即余所以序顒園之詩者，亦不外是。及讀顒園之詩者，以為何如？

時民國三十七年九月，葉恭綽

黃梅花屋詩稿

番禺陳融顒盦甫

丁卯冬夜感賦

不獨長安似奕棊，迷離詩訊動吟髭。儒生鬼域風斯下，梟將羈縻事已滋。雄辨喬皇雞鶩笑，舊羣索落鳳鸞嚱。五湖未易輕舟去，匣劍匳釵可耐思。

世事汪洋縱眼看，衆流歸赴有波瀾。冰壺玉尺袪塵淨，霽月光風取徑寬。借梁節菴句。舊侶寄情深似海，新詩命意曲如欄。寸心隻手平生志，珍重滄江尚歲寒。

展堂遠遊，詩以送之

刦後經綸微往例，樊中俯仰是今憂。何堪袖手觀沈陸，別有詩心紀漫遊。海送長風塵惱盡，雲連春樹別情遒。江山資料空前富，乞付吟箋速置郵。

與客談明末諸儒，記以詩

皂帽西風汗漫遊，山陵涕淚灑松楸。柴桑賦後崦嵫暮，自惜名山占一籌。

烽煙起伏大江潯，家派南雷晚學深。一紙風波投絳燭，雅懷遮莫笑儒林。

千載詩流擅代興，安身立命尚門庭。衡湘風動牙行説，不獨居心罵竟陵。

殺身幾爲負崇名，且幸紆回卻載旌。借徑南山一回事，門庭愧煞李天生。

痛語遺山節未堅，蕨薇心事自昭然。布衣史局辛勞甚，惜爲王家服硯田。

萬劉相友學相需，處士風流更絶殊。徹地通天王霸畧，茫茫滄海惜遺珠。

金劉於世又齊名，博學畸才肺腑傾。汗漫奇縱誰得省，懷疑底事鮚埼亭。

西家處女玉爲顔，獨立盤桓二八間。祇惜高山深水處，揞持薄命卻艱難。

不甘入社韶齡日，始信談經晚學年。一度絳雲樓上客，無緣豈獨浣花箋。

三子旌旗起翠峰，姜醇侯肆孰兼雄。酒酣黄鶴樓頭客，我愛和公古俠風。

排牆恥作今名士，築室嫌爲舊黨人。腸斷世間淒絶語，幾回吟罷我酸辛。

題陳章侯九歌圖

眼底滄海為桑田，銘鐘勒鼎不問天。醍醐方熟湖山姸，含毫箕踞伸素箋。亦醒亦醉催丹鉛，浄鬘盥手和露研。作九歌者楚屈原，誰能圖之惟老蓮。雲神太息四海便，洞庭始波木葉翩。秋風嫋嫋哀嬋媛，手搴芙蓉擗蕙櫋。思君流涕爲潺湲，鬼雄魂魄誰爲憐？終古無絶悲山川。畸士下筆思幽玄，酒气忽忽十指顛。古狀嬈態窮雕鎸，論價不數黄金錢。鍾陵寒樹咽秋蟬，故山夜雨啼春鵑。楓溪舊路山樓前，清福回首今何年。畫蓮遊戲貽飛仙，畫柳悽愴明湖邊。命騷於畫歌神絃，筆墨尤併靈均傳。呼吸湖月噓湖煙，元神邈邈馳湘沅。圖成復飲沽十千，樽空獨扣漁父舷。

熊嶠然病中寄詩，即答

熊子少聰頴，短小精悍材。讀書冠羣儔，一座之顔回。早歲籍甘陵，高志超八垓。奔走馳驅下，風濤霜雪偕。智膽乃敢爾，不畏多煙霾。聲利以爲汙，不染纖塵埃。碌碌至今日，大用猶疑猜。道合以身助，幕中忘形骸。治事兼十人，一一勝典裁。否則寧疏閒，鄉隱居蒿萊。種菊餐落英，怡然開舊醅。一笠一簑衣，釣雪寒江隈。庭前恪朝夕，甘旨和尊罍。老父樂融融，鄉譽子弟佳。熊子於是窮，窮味與詩諧。愈窮詩愈勤，功效如神催。噫氣所摩盪，咳唾皆瓊瑰。蒼然后山筆，枯朴其素懷。益以簡齋趣，腴淡相安排。今生將杜韓，定卜衆妙該。高涼百年間，吟嘯數輩儕。堅苦而卓絶，子當爲之魁。嶺海詩域廣，不易多追陪。旗鼓出中原，且看騰風雷。人窮詩益工，此語當邅迴。造物時弄人，難以常理推。窮不加以病，未足摧俊才。肺病良醫難，而使百念灰。健者又不然，一笑付談詼。羸狀雜呻吟，神明猶壯哉。詩境進深寒，王氣振其頹。孤感依微茫，爾我情益隈。讀子病中詩，秋波爲溯洄。餘生歎有幾，幽夢馳海涯。德聞希微我，楚楚松樹齋。況此京洛塵，滯我思歸來。何以慰良友，襟抱平生開。長言寫不盡，蕭蕭風雨哀。

原作　　曙然

多病餘生能有幾，追歡隨地愛相逢。卧遊惝怳春深夢，退食從容別後蹤。理事由來資伯始，棲心何處著元龍。歸期慣向枝頭卜，更望齋前一樹松。

風塵京國時相憶，珍重詩篇枕畔看。草樹正當三月長，簿書愁擁一春寒。未同甘苦能無恝，便恕疏慵忍自寬。曾似金城親植柳，摩挲重感北征桓。

讀晚清人詩集分賦

風煙遍地生涯拙，不礙玄亭困學深。越雋並雄推石笥，師門生色有天琴。詩書掃盡牢愁病，名節增高縵雅音。著述牛腰誰品定，杏花香雪最蕭森。越縵堂

椰冠學士配軍頭，神秘江山眼底收。熱淚如雲萬絲雨，風毛猶雁一身秋。孤吟梁父平生耿，故態元龍意氣遒。相逐中原論得鹿，南皮才力未殊優。簣齋

江西魔派不堪吟，北宋清奇是雅音。二皆廣雅句。名氣不曾染塵土，愁眉獨爲惜春陰。香山樂府淚餘讀，龍樹秋林霜後尋。流轉江湖吟事老，浯溪磨石是詩心。廣雅堂

天南池館絶塵氛，嚼徵含宮有雅羣。顧影悲愉滄趣月，無心去住出山雲。門庭韓杜風斯健，几席蘇黄老愈親。手法謹嚴留本色，須知臺閣是前塵。滄趣樓

臯香國亦百花潭，老子胸腴興又酣。如玉合緣尋底蓋，似鶯梭巧織青藍。羣流混混偏甌北，束筍纍纍等劍南。不困同光新派下，樊山自有繡詩龕。樊山

深知翰墨累窮年，冷燼餘光剩幾篇。勺酒興懷屬陳左，瓣香無意拜王田。沈觀句。軺中風物奚囊富，夢後春明老筆妍。海上聯吟問花鳥，古魂今侶益淒然。沈觀齋

嶄新色界古鬚眉，華嶽三峯世所推。秋悍上顔九邊氣，石寒漱齒四靈詩。挽春無力思櫻笑，

隱市難安痛黍離。强學司勳殊刻意，争教老醜愛花枝。海藏樓

伊川三魂君有四，簡齋爲夢子爲魂。借梁節庵句。胸中廬瀑天龍勢，袖裏浮村仙蝶痕。春水後
身莫須有，雲門才調試同論。張顛得意頭濡墨，狂草狂吟殆一源。琴志樓

可怪同光詩體稱，寶雖珍貴器難名。眼中屑構空中語，功力平參學力精。寒雨消寒臣有説，
病僧支病若爲情。藩籬荆棘苦同慨，檀闞莊嚴喜佛膺。乙盦

無數袖詩呈佛者，斜街花木好秋陰。偏師材武談何易，家法醍醐味獨深。緒衍辛楣補遺憾，
意翻貽上表同音。奚囊檢點鄉詩富，到聖如何儘用心。石遺室

怪棘土淤寒乞累，被君一掃不留灰。拍肩騰笑峯南北，照影滄浪月去來。人在畫中求畫境，
意飛詩外逞詩才。爲繙籜石諸家集，猶欲輕彈幾點埃。缶廬

騷選當年託毫素，前塵今夢足低徊。感春神得韓豪肖，詠淚悲從李婉來。繞室菊魂宜冷抱，
依湖柳意有深哀。山居孤唱蒼涼態，半世平生首重回。蒼虬閣

浪語修詞宛陵筆，石遺嘗謂散原兼。局從蒼莽無邊拓，句向蕭森逼肖拈。能數幾人開户牖，
比參一卷疏華嚴。寒林高竹宜鷗鷺，忍俊埃塵寸喙銛。散原精舍

清才跌宕尋詩夢，偏事憂虞百態新。眼底滄桑爲別客，隴頭埃霧不陽春。脪肝幸有伊涼換，
毛羽終由雨雪珍。病榻蕭寒嘔心稿，湖煙湖月盡酸辛。觚庵

開詩世界江湖論，學自桐陰日課來。几榻鼾聲悲好夢，宮庭怪劇痛殘灰。狂敲鐵板魚龍駭，
廣擷珊柯罟網恢。偶似謝家晞髮集，尚難一格囿鷩才。人境廬
峥嶸亂世愛冬郎，弗喜樓臺碎玉裝。詞采不縈焦客夢，滄桑能重杜陵傷。斜陽草緑哀鵑似，
修竹天寒翠袖當。節菴句。脈脈琴心遭刦後，祇堪枯筆記蒼涼。節菴
何來秋夢優曇客，別有幽絃變徵音。負手花前欄愛曲，斷腸歌後淚彈深。碎金零玉皆詩累，
寒雨淒風以力任。骨格終存人亦悴，自捎翎羽費沈吟。蒹葭樓
雅筆爲題康樂妙，命途如妾后山哀。詩人官職禪宗合，猬士文章苦處來。絢素獨儀唐代始，
枯寒不責楚風開。平生養到詩幽約，肯被冰懷著點埃。蟄菴
法門難得寄禪師，海色天痕好入詩。馬背馱來參去住，牀頭苦日悟嗔癡。吟情畫蟹菰深處，
花事牽牛錦燦時。賸欲渭南尋短劍，舊緣刊落是心期。瘿公
曾記庭簷禁燭時，風流儒雅亦吾師。用杜句。卅年蕭瑟疑爲夢，一卷因緣尚有詩。祈嚮得宗
唐代雅，端嚴不野漢官儀。江山萌漸憂危日，國事扶輪更屬誰？退思堂
縱横一代樂天樂，羣己大同貞曜貞。詩必深寒爲王氣，人從衡困見多情。陸沈風雨途窮淚，
心蕩江湖絃絶聲。無限唱隨好花月，終難壯語起愁膺。肯堂
自家抹淚訴衷腸，木菴句。故實從來費紙張。笑彼梳妝傚天寶，容予諫諍冀朱王。茅分各軫

古無害，石點成金仙有方。東野幽微后山樸，終難的確定評量。木菴

一鹿異材羈在乘，九華心約隱於壺。海嘘殊笑樓臺幻，漸西調樊山語。崖裂寧妨沙石麤。仙釋

一源人籟寄，興亡有恨怒濤吁。句文鼓吹皆餘事，誰爲祧唐抱宋謍。漸西村人

龍漦家事兒嬉甚，一局蒼黄一士吁。蝕月恨留宫井豔，亡人疑索酒家胡。櫻飛旗扇吟魂蕩，

雲起江湖客唱孤。流畧專門詞賦手，寸心千里較何如。雲起軒

和荅麤思有懷

何子新詩戛冰雪，怪予忽去又忘歸。何堪飲啄因循誤，漫許雲山心事違。豐悴相隨吾有友，

清渾交接事多師。行人風雪低徊處，獨子人天詩緒微。

原作　　麤思

草生花落曾經處，風雪行人獨未歸。明月高樓非昨夜，寥天孤露有當時。撫膺恐自難

爲意，避席猶聞愛説詩。一代嶔崎每如此，江關吟望亦生涯。

白下贈梅擷雲

廿年久别相逢處，白下春深楊柳青。世象晴嵐如此幻，故人思夢若爲醒。瓶盂花自開千葉，湖海身同著一萍。彼岸清凉吾躑躅，乞君容許問雲扃。

寄隋齋

浮雲白日總蹉跎，蕭冷湖山獨嘯歌。一事慰情風雪裏，黄梅花勝嶺南多。
濩落生涯計亦迂，菜畦花圃近何如。乞君預我三楹屋，促膝商量理故書。
雪霏酒煖可沈吟，嘯侣低徊萬里心。遠想笙歌清夢客，近來詞句益蕭森。

雜興

烟榛隨地堪憑吊，大好江南語不差。一水昔曾工點染，百年前已掃豪華。闃車廊巷新官宅，淘米坳塘百姓家。頓挫風懷猶兩絶，白門楊柳後湖花。

用湘兄寄懷翼翚東京韵即寄

每從握别惘然久，惟恐微生少日逢。一髮中原多感處，漫天風雪慣行蹤。詩聲偶聞清於鶴，筆勢高跳矯若龍。舊學商量幾時事，盤桓我欲問孤松。

庭下竽音自爲笑，鏡中鬢影幾回看。秦關馬首瞻來去，梁苑鶯聲認燠寒。案爲牘塵詩稿亂，友從鄉至酒杯寬。柯亭奏罷蕭然去，不必人間識姓桓。

原韵答　湘勤

可有餘情恣墨瀋，更無聊賴作逢迎。魚頏鳥頡工書勢，薤倒針懸見筆蹤。自昔論詩重無己，當年豪氣似元龍。將來舊學商量處，同倚東山幾樹松。

離合萍蹤殊惘惘，新詩猶喜寄時看。飽徑[一]西華南衡雪，頗怯瓊樓玉宇寒。舊約烟波雲水處，相隨魚鳥海天寬。少年意氣消磨盡，莫想龍山一壓桓。

[一]〔校〕『飽徑』：『徑』當作『經』。

侯府東園夏日即事

老樹成園花似田，小樓迴檻屋東偏。水從江上挑來淡，果自鄉南寄到鮮。畫桷尚留爲客燕，緑陰常聽合時蟬。苦人熱惱俄間事，無慣清涼月上前。

己巳秋感

萬緒如絲待解紛，草茅苛論尚云云。僧騰客是天驕子，平準書爲紙上文。赤臭播關唯所欲，牓標生活是誰親。諸端倘副喁喁望，合頌英雄屬使君。

家山好月偶時圓，梧野新愁伏莽煙。悲慘河陽花刧後，陰森蜀道馬危前。秦雲隴樹疑無路，黔雨滇風别有天。四顧踟躕憂未已，可能談笑燭幾先。

松花沃壤繞江潯，何止祇園地布金。閲閲情形千日醉，關門韜畧卅年心。折衝樽俎談何易，死活棋枰刧已深。此是榻傍鼾卧客，得毋中夜費沈吟。

組庵書贈楹聯，續成一律

把臂追歡常恨少，賞心同癖本無多。聯語。能容懶放情如許，無補涓埃意奈何。牘似校書摧落葉，事同鬬壤理繁柯。一年飄忽猶雲度，躑躅長安且嘯歌。

歸粤寄展兄『師、期』韻

到处雲山是我師，奚囊檢拾又成詩。年來魂爲傷離黯，老去情惟戀舊癡。撫景自宜多雪地，歸鄉正及好花時。冥鴻轉眼各千里，君問歸期已有期。

人海波瀾動得師，醰醰鄉味可無詩。持袍被體分寒燠，擊檝同舟有黠癡。得失雞蟲煩屑事，縱横冠劍合宜時。家山戎馬張皇日，正是沈憂緩緩期。

荅隋齋二首『師、期』韻

行藏欲問懶殘師，芋熟灰寒各有詩。此日齋魚人未老，當年戎馬事寧癡。香脾幾集囊中物，隋齋集前人句爲香脾集。花圃三弓海角時。世態風雲情雪月，且傾樽酒話襟期。

故山人至自京師，酒暖肝腸吐在詩。來景又因新歲短，好花常慰主人癡。書能果腹家豐日，樓可棲心我倦時。珠桂長安途萬里，不勝惆悵掛帆期。

原作

隋齋

風誼平生友亦師，傾心何祇是風詩。蒼生屬望君應出，烏几栖遲我任癡。但願鄉閭無隱患，何防[一]耕稼老明時。愛憎參透皆虛幻，離會隨緣莫問期。

〔一〕〔校〕『何防』：『防』當作『妨』。

客有自題墜歡詞之作，依韻和之

倚市妖嬈海角吟，如君抱意最幽深。隔牆花落干卿事，祇有微雲識素心。

腹裏瑯玕翰墨宣，江湖詩案有人傳。含毫寫入黃梅記，斷作紅蘅碧杜緣。

黃葉詩人得氣先，風懷刊落在當年。深寒薄袖憑欄夜，忍俟埃塵別一天。

玉露金風頗自持，清愁如草解人知。漫天霜雪歸來客，愛讀人間涕淚詞。

到京寄粵中諸友

稱心出處古人難，綿蕝經綸且强顏。交況同萍此湖海，宦情如水有波瀾。樊中飲啄尋常慣，鏡裏濠梁咫尺艱。巨浪天風又催去，藏雲點點是鄉山。

最苦人間是稻粱，長歌寧願在江鄉。鱸羹風味離筵早，燕子光陰客夢長。湖外詩交益秋興，江南花訊待春芳。粵臺煙雨秦淮月，覊趣無端又較量。

春日白下次霜兄[一]韻

依舊江山龍虎姿，鶯飛草長好栖遲。花光冷煖因風處，人治汙隆結想時。獨斷爲文滋世論，寤歌求友與君期。卅年晴雨論朝夕，詩步雍容今始知。湘翁向不作詩，此作爲第二次見之。明湖艓子一篙春，同上桑畦步緑茵。怪他早起觀霞客，君早起愛觀朝霞。偏喜宵深愛月人。余愛深夜，君不謂然，余輒舉陳東塾『人有深懷愛清夜，天將明月答新詩』句謝之。慨世濁流多唤渡，惜誰花蕊盡成塵。原詩意。詩心含淚幽微甚，我是漁郎欲問津。

〔一〕〔校〕『霜兄』：由詩後自注及原作署名，可知『霜』當作『湘』。

原作　湘勤

雪後平蕪競秀姿，蕭蕭衣袂野行遲。縱騎柳影參差處，繫纜江潮上下時。放鴨野塘知水暖，聽鶯深谷及春期。人間無限東風恨，輸與江南覊客知。

自維無計可留春，桑已成陰麥似茵。微蕩曉風窓外柳，欲殘寒月夜深人。任教紅紫隨流水，忍聽車輪輾作塵。如此清淮清幾許，更無打槳渡溪津。

明孝陵櫻花

收容海色入陵林，畢竟中朝氣象森。絶蕩天魔迴小舞，最頑翁仲識芳心。江南桃李何曾弱，嶺外紅棉更十尋。骨醉東風無限惱，松楸寒處一沈吟。

侯府海棠

覊客江南詩思好，衆香無限點芳辰。生涯入世揞沈醉，顔色撩人惜晚春。夢後樓臺誰是主，妝前金粉易成塵。青蒼松栝凌寒下，絶妙横陳錦障新。

組兄命題展兄自書詩册

茶陵齊步相先後，宗匠興朝伯仲間。風力揞持誰抗手，中流一柱好青山。
偶向渭南尋短劍，剗山斫柱此爲雄。閒來自品盤空語，鏤玉描花笑未工。
蔣青淮碧好春時，意興沈酣百疊詩。詞陣雌雄公等在，局中如我素人棋。

組兄題奬拙稿，賦謝『師、期』韻

圭角磨礲得匠師，附庸齊魯獻聲詩。深潭水及桃花漲，覊客情因柳意癡。運啓貞元屬公等，風留正始愧當時。春深錦幕弘如海，不廢川流妄自期。

原作『師、期』韻　組菴

十載相逢在義師，軒眉今始讀君詩。孤芳自賞知難及，結習猶存未是癡。夜雨簾櫳看不盡，春風庭院立多時。大邦文史從來盛，羣彥汪洋不待期。不相菲薄不相師，我亦低徊禮部詩。夢裏何煩因與想，體中常半黠兼癡。是丹非素殊多事，禰宋祧唐爲入時。甘苦自知聊自慰，出門合轍本無期。讀律誰云吏可師，重重公案不妨詩，有餘何至嫌無暇，小黠元來是大癡。掉臂遊行殊自樂，賞心酬唱正當時。海棠雖落羣芳盛，佳句撩人更可期。

展兄題奬拙稿，賦謝『師、期』韻

懶溯琴心問穎師，萬緣俱寂且無詩。振衣岡頂臣甘拜，攘臂車前士笑癡。滄海東來能撼岳，小蟲秋響似因時。竹籬茅舍青山畔，敢事元龍百尺期。

原作『師、期』韻　　展堂

自以文章報友師，幾番愛屋及吾詩。狂為睥睨千秋想，應算生平第一癡。掃盡鉛華留本色，深研聲律遡當時。即今妙筆生芒角，百尺元龍是素期。

哭組庵

十載旌旄草木春，紛紜國事繫千鈞。朗懷照世梟雄懾，大度移風虎吏循。啄木聲中問饑饉，於菟咽後掃荊榛。五微深察良醫在，方卜人間有幸民。

難再名場論交友，不勝清淚讀遺詩。醇醪飲我真如醉，錦幕酬知惜已遲。燕羽簾櫳誰舊識，龍門風雨益秋悲。吳楓暫落滄江冷，書劍蕭條有所思。

偕易大厂登掃葉樓同賦

珠海滄波記得無，卅年寥索付嗟吁。雙清鬢影輕浮雪，偕老詞心總在湖。若夢春山人共倦，如秋楓葉韻隨枯。登樓我又傷離聚，且與凭欄盡一壺。

環陵路觀桃花與冒疚翁同作

環路桃花如往歲，落鴉湖影又斜暉。客愁擾擾理還亂，春草離離遊未歸。等是雨雲浮夢短，那堪顰笑夙心違。詩懷尚有依依在，惆悵江帆逐浪飛。

展堂十疊大厂掃葉樓韻見寄，依韻荅於海上

鍾陵俯瞰數椼樓，雨打風凌快又秋。歌嘯不妨傳遠訊，江湖寧許解沈憂。三山詩権精神滿，一刲棋生邊腹愁。滿意風雲重回首，江南猶有客勾留。

原作　　展堂

不堪歌嘯在吾樓，悵憶衡雲去歲秋。三月春窮寧獨醉，一時民病孰分憂。別離未是平生意，詩句終成肺腑愁。望望脊令難寄語，江南猶有客相留。

偶吟

無窮棖觸是光陰，如許詩塵又到今。青眼自來珍一盼，紅情誰解動微吟。蕲予福地因人得，

惜爾名山量力任。筆倦意傭[一]樓下雨，瀟瀟猶見落花深。

〔一〕［校］『意傭』：『傭』當作『慵』。

贈友

風烟過去已陳陳，汎濫洪流未易堙。獨醒真難問漁父，沈憂端許屬詩人。换移桑海微塵似，商畧濠梁夢影真。卻欲與君共杯酒，黄花滿意正逢辰。

遣悲懷四首

得醫方喜起沈疴，永訣翻驚一刹那。來日萬難託伊始，此心百悔怨誰何。死庸非福卿先覺，責本平擔我獨多。飢食寒衣兒女事，可能勝任此婆娑。

追隨甘苦廿年强，飲泣逢人問母鄉。婦德永思堂上愛，忠言欵待枕邊商。篋中荆布違時尚，廚下虀鹽費手量。但得爾憐含淚語，此生刻骨最難忘。

毋煩乳嫲與家傭，鞠育恩勤春又冬。軋軋鍼機慈母綫，齊齊書篋校堂鐘。女衣奪目心非喜，兒氣驕人棒不容。大婦所生多嫁去，歸來情話最喁喁。

一門生事緒如麻，轉眼都非往日家。塵侮奩前心愛物，雨欺欄畔手栽花。頑童懶掃經風葉，癡婢時斟隔宿茶。書亂燭殘庭露冷，更無人掩晚窻紗。

雪留痕館

了無痕處若留痕，池館人稀花木繁。梁燕似來相識客，庭陰都託舊培根。絃辭玉柱琴如夢，影度紗櫺月是魂。疑雪疑雲同一障，佛燈初上又黄昏。

爲冼玉清治印并系以詩

書史伶俜獨寫懷，妙清高潔越裙釵。和殘白雪幽琴遠，傾倒當年楊鐵崖。匳史分編話屑塵，翰壇文墨自彬彬。立功鄉國存文獻，嚾務窮搜得幾人。

少颿以其先人遺著墨跡影冊屬題

才人易舒藻，往往不自惜。翰墨馳四方，飄零等沙礫。幸有佳兒孫，涕泣念先澤。千百什一較，鱗羽概難得。觸眼生光芒，亦足一代特。君詩如明湖，秀色烟鬟俱。君書如明姝，風動輕羅裾。如此俊麗才，飛黄滯天衢。續騷掇香草，疏雅添魚梟。悟徹鴳行人，徒勞奔與趨。

默思聚首日，公府何潭潭。有老蝨其間，呷呷陳木庵。謂沈雁潭。歌詠發光怪，名物資評談。君性洽聲類，有如風與南。私以忘公我，茗椀樂共參。而今幾何時，思之味至甘。君早修文去，審世有明燭。風霜又十載，不問艱虞屬。遺編讀再四，鐃感我心曲。尚憶鴨塘西，高齋絶塵俗。清尊助吟興，良日集芳躅。風流頓消歇，歲月歎忽倏。鈔詩入吾話，商榷羣雅續。

過雙梧桐館，人亡物在，悲從中來。偶閲梁節庵集，拾其成句，得二律

淺淺堂扉爲我開，滄江掣淚忍重來。臨窓一鳥窺人熟，静院雙桐記此回。今日觚棱猶在眼，幾多琬玉化爲埃。十年魂夢如黄葉，白日浮雲并一哀。

無人會解湘靈瑟，襟抱如霜並者誰？亭館苦迷鐙燭亂，江湖多負鳳鸞期。倚天照海何曾夢，湘翁最愛朝霞。避地尋芳尚有詩。觀世至深交肺腑，芳菲時節竟誰知。

湘翁逝世週年，謁墓感賦

崇墳碧草嶙嶙石，死别流年日以深。借黎二樵句。每遇艱危想顔色，覺難跬步問身心。舊遊肝膽晨星數，後起風雲秋夢尋。魑魅逍遥泉下憾，松楸如怨我行吟。

又三週年謁墓

舊館龍泉冷，中原虎氣癡。蒼生難喚起，别夢枉尋思。片影重雲遠，新阡宿草離。老謀盤欝處，蕭颯作秋悲。

舊約山河渺，新懷秋後深。無多數行淚，灑向九原沈。憶子先機遠，愁予苦恨侵。桐陰人健在，必有慰悲吟。

寄展堂歐洲，步『至、味』韻

别如三秋度，書難一日至。孤懷萬千慮，漫與九十字。媕婀朝暮情，欷唶風雲思。一義徐勇爲，兩情曲相類。飲夢鵝黄醇，食歎雞肋棄。湖山醫者理，飢溺蒼生事。有道終求貫，無言等示意。舊談瀛海録，偶興騷壇幟。詩乞一篇和，韻飫百回味。

同石遺宿華首臺聽梵，用石遺遊羅浮韻

一入忘還古有言，孤青凹處見山門。境如滿月虧成半，峰似飛雲挾以奔。耆傑人間名易世，林巒仙處佛稱尊。梵音午夜蒼茫甚，了死明生總一源。

石遺留別，依韻荅幷謝挽繼室浣雪詩

冒雨尋山東復西，崟嵜君與古人齊。老親風雅明香瓣，別誦詩篇悵雪泥。四卷楞伽驚一瞬，六如電露畏重提。銘心水繪雄文外，猶有宗工老筆題。

次疢翁頤園賞菊韻

疢翁胸臆帶詩來，一讀千回減百哀。君論要留春意在，我心期向定中灰。當筵顧曲年俱去，舊願傳人夢又回。此老風懷起枯瘁，可能晨夕共深盃。

哭展堂妹婿

將死頻垂顧，回頭總費思。千金方莫得，百罪贖奚辭。簹力爲誰竭，榮聲益我悲。弱甥收痛淚，轉語慰支離。

華首歸來即，曹溪約興新。編詩疑有託，六日以詩集囑予續刊。絶筆似明因。越二日爲予書聯，集劉夢得、李太白句：『雪山童子應前世，金粟如來是後身。』繼後人何在，空前事又陳。卌年知己淚，點點是酸辛。

病中校不匱室詩集

老矣支離病以時，天教留命校遺詩。馳驅自得今生已，休戚人亡世路巇。傾海洗頑吾有淚，蓋棺論定世無辭。即今壇坫風微事，已乏高文爲起衰。言言有物辨忠奸，不薄俳諧小頡頏。鑄以雄詞通詰曲，賈將餘勇破艱難。功夫到聖氛霾後，瘦硬如人骨相間。孰是韓豪追一脈，三陵而下數青山。

楊雪公書來有詩即荅

攤書爲愛晚蟬吟，忘問潛龍易義深。壇坫響沈哀嘯侶，風雷吼歇愴琴音。壁籬間物恩無上，屋漏中來恥不禁。野意豪懷有同趣，青山百世是高岑。

原作　　雪公

十年厭聽長安事，且喜蠻夷尚可逃。老始讀書嗟已晚，病猶憂國悔徒勞。山中有客烹雙鯉，海上無人斷六鼇。暮齒又銜嬴博戚，傷麟泣鳳涕沾袍。

答蕭佛老用『難』韻

孰悟良時得最難，月團圓後又秋殘。藥求延病醫真苦，醪覺非醇席亦闌。倚劍鬢眉白於雪，寄詩心事曲如欄。裴裴自有琴中慕，肯任孤絃幽獨彈。

佛老將返暹，約予爲九龍之遊，詩以贈行

咄咄可兒成哭笑，前塵今夢費評量。名山過眼余爲主，佛老言：『對江山風月，我即主人。』異國多緣客作鄉。健者此生惟筆舌，向來吾黨各風霜。前人句。蒼黄未奠何曾老，且頌龐眉進一觴。

再賦疊『卮』韻

萬里風帆悵歸客，紓懷偏畏酒盈卮。雅遊爛漫同心見，近句頹唐老眼知。絃各孤彈離意共，藥多相遺病情宜。我詩自笑山樓夢，尚有雞聲夜起時。

得佛老書

難得高懷慰寂寥，接書今日是花朝。琴棋夜静梅村冷，燈火春深佛國遥。垂老夢魂陵闕樹，

欹眠憂患海門潮。閒情偏及丁香案，使我思量意也消。

寄佛老二首

佛地莊嚴著一身，甘陵寥落有斯人。沈憂論世明如鑒，辣手爲文老愈辛。偏向天涯思舊雨，不煩書卷索疑雲。篋中無恙龍泉冷，雞肋殘年語未真。

多病年時涕淚身，琴箏商榷屬誰人。消閒覓友情迂遠，避謗爲詩氣苦辛。春冷寒爐留活火，雨收荒野戀餘雲。不匱室句：『既雨餘雲猶在野。』海天萬里何曾隔，願我南床去夢真。

丙子七月廿三夜作於香江

去年今日顒園客，蕭索相逢問起居。風雨連宵晴此夕，坡陀一角黯吾廬。傷春往緒愁如夢，落月新吟喜未孤。水繪老懷應念我，拈髯沈著肯歸無。

丙子七月廿四日作

稱心千里高朋滿，美酒開懷各一卮。幾士歡顏湖海濶，十年清誼歲寒知。慰情尚有新詩到，中聽無如舊曲宜。良好秋風君莫去，釣鮮嘉味且閒時。

荅疚翁次前韻

去年今日顯園客，曾以雄文當酒巵。戒有心傳名士守，淚能交換故人知。撚髯覓句詩逾媚，屬意留春老更宜。未負山樓今度約，歸來剛近月圓時。

原作　　疚齋

去年今日顯園客，百罰難辭後至巵。王謝貴遊生性近。原嘗豪舉勝流知。華嚴眼界三千幻，居士頭銜六一宜。八座何如朱錫鬯，休官纔是著書時。去年今日顯園客，寂寞江樓共酒巵。念到全灰思已逝，心當臨別悔相知。重逢私冀天人許，少長無憂飲食宜。一任數來僮僕怪，踟躕分手不多時。

謝玉清女士贈豆花

清音吹自碧瑯玕，喚起山堂春夢闌。垂老詞心多少在，生涯真合惜餘歡。女士有惜餘歡詞詠豆花。珍惜名花風露欹，幽齋清課總相宜。年來筆墨寒灰委，懶學人間詠物詩。

越秀山堂雅集

海上躑躅歸來日，叢菊開纔秋已深。尚有靈光存榜字，『越秀山堂』四大字，青山所書。可無哀感託詩心。人寒薄袖瑯玕影，鶴唳閒雲碧落音。畫侶詩儔盡騷雅，酒邊花畔一沈吟。

還舊居新年得此

垂老心情多少在，看花如霧又新年。律驚神鬼囊詩富，客愛清狂甕酒先。棲可棲心安舊宅，園謀易米割春妍。黄梅總是吾家物，爲溯離因一惘然。

贈芑川

老懷相對無言裏，段段清愁各默知。鬒鬢斑如十年長，心情强入數章詩。身謀風雪隨陽雁，談屑滄桑感舊詞。不匱室中曾有説，閉門五字是吾師。

贈光宇

句除旖旎真情寫，界尚莊嚴法眼觀。一代風騷同黜陟，助編顒園詩話。廿年歌嘯共悲歡。搜羅百石供詩料，酬唱雙梧感歲寒。鶩座近來餐菊詠，盧前王後定評難。

寄皭然

吾輩生涯朝暮殊，金風玉露卅年俱。選樓分政春秋筆，山館懷人主客圖。南國訊來詩有夢，東陽瘦盡侶尤孤。老迂三復情何已。珍重霜枝歲歲腴。

贈硯山、緗碧、子樞、君碧，并呈粟若

不思學畫真餘憾，曾憶青山語未忘。胸際煙雲如有約，楮間粉墨愧無方。數君絶技筆千古，能事兼詩氣八荒。韋偃少年畢宏老，故交尤重醉三郎。

懷心一、希頴、履菴、紹弼、閏同，偶用齋壁所懸惺默齋詩韻，并呈疚翁

竟夕客不至，虚齋枯坐愁。意煩書束閣，人静月窺樓。塵薦桐將蝕，枰殘子孰收？商詩一老外，屈指五人謀。

次履庵感事韻二首

李子憂懷少日開，瀟瀟風雨足音來。溪雲有致承家樂，鵩鳥無端作賦哀。得酒狀君狂飲驥，催詩令我倒綳孩。青霄徐上應非晚，真爲明時惜雅才。

弓車既破憶前徒，逐兔難能又索烏。太息陵原芳草緑，漫云琴酒故山癯。胸中泰嶽尋常有，眼底寒流八百孤。我祇閒吟参一侶，看君才調入時無。

顒園夜談，和心一原韻

心静如歸萬里車，疏燈細雨竹籬斜。友來問訊敲成句，風到關情補種花。茶當濁醪良夜過，詩緣清債暫時賒。晴朝郭北橋南路，跌宕春光未有涯。

和少弼原韻

酒後花前漫意看，君家才調自盤盤。文成脱穎堪驅鬼，句出驚人勝得官。顧曲心夷歌律細，傾樽舌起劍芒寒。篇章尚有沈潛地，猛志能降境最寬。

壽演公七十原韻

老翁沈頓蝨天南，順逆紛紜一笑堪。鼎貴趨庭兒輩事，門功累葉世人諳。鄉方詩聞如滄趣，山寺書傳有上藍。世累足償禪悟遠，最清凉地佛前龕。

嚼然寄詩，次韻荅之，并眎光宇、惠泉諸子

暫得一家聚，危疑海外洲。江湖多涕淚，風雨小淹留。獨有傳詩業，斤斤未肯休。勤劬無益事，閉户且消愁。

地異鄉音熟，交深客面新。厭厭長日熱，念念故人屯。病最欺貧者，囊偏澀難人。亂離無好訊，翻畏得書頻。

疚翁寄詩，倒用原韻荅之

祇知海上可乘桴，誰信風波此地無。荆棘途長愁命續，江山跡蹂覺情枯。豈容涕淚天涯换，未信風騷刦後需。慘淡光陰能許否，此生重與故人俱。

原作　疚齋

散盡黄金命與俱，狐裘有幾此生需。如吾意出詞何苦，與日亡偕眼蚤枯。異國興居能適否，故園松菊到書無。錫蘭宿諾經年負，又夢南浮海上桴。

聞謝抱香卒於廣寧，詩以輓之

不隨光怪逐飛騰，酣寐羣囂寂似僧。友道襟懷如雪月，官聲天下有冰凌。盪愁金粉名流許，救難經魚古佛膺。最是生平孤憤處，興衰南北問甘陵。

憶夢廬

年年空篋音書絶，日日小樓風雨聞。病榻椰陰一片月，因詩求侶最傷神。筆墨荒蕪日再眠，沈吟多夢憶君偏。知君不忘天涯客，燈下談詩又十年。

寄余大

萬里鴻音話刦餘，亂離翰墨一嘻吁。天涯獨客偏多感，得子殷勤索我書。

戎馬聲中蜀道春，仳離風雅孰扶輪。浣花芳草峨嵋雪，遠憶南華舊主人。
故交故土若爲情，撫劍圖懸兩鬢星。病榻殘年棲海角，憂生觀化總難名。

寄嚼然、光宇

莽莽乾坤驀戰塵，別何容易見艱辛。百年苦短江湖遠，松石相依夢未真。
后山風度我低徊，病榻蹉跎興未催[一]。偶憶梅村曾有句，慣遲作答愛書來。
寒江一笠近如何？詩愈嵯峨境逾苛。苦念饔飧晨夕事，鄉園未必菊花多。
思君痛奏廣陵琴，老淚難降忽斷音。竟欲一航謀聚首，只虞相對益霑襟。

〔一〕〔校〕『興未催』：『催』通常作『摧』。按：二字可通。

寄誦先

老優滿腹古丹青，商我江干買醉亭。酒後一箋拘柳媚，紅樓夢覺又重聽。
故軸殘縑一寸無，六觀如是客心枯。三巴飄泊漁山子，肯爲顛園補一圖？
海邊何地可盤桓，慰子江湖畫骨寒。聞道風懷猶在柳，和煙和雨上欄干。

寄翼羣

憂生觀化語誰聽，苦樂人間到即經。海角樓頭今夜月，夢中惟有故山青。
故交故土兩多情，有客探懷刺未輕。病眼惺忪燈影亂，愛聞風雨送潮聲。
良將偏能是雅歌，年來詩筆定嵯峨。鬢華例與心聲老，料爾春風緑未波。
故情默默各秋懷，見或無言別亦佳。獨憶團圓秋月夜，有無杯酒論天涯。

戲爲悼霞詞

女郎命薄如桃花，桃花顔色如緋霞。緋霞散落桃花謝，篠竹棲魂是我家。阿儂生近吴江雪，
幼小愛歌黄埔月。十五十六藝初成，玉潔珠圓歎雙絶。梅花豔幟遍江湖，姊妹一雙紅氍毹。
以藝療貧士夫志，庭幃一樂豐膏腴。玉體横陳羞噲伍，阿儂學歌不學舞。骨醉徒爲天上魔，
紵殘能訴人間苦。江上峯青一曲終，閨心静默惟愁儂。燕隊鶯羣厭春鬧，遠山朗月多秋容。
裙屐波瀾狂似海，不惜黄金等青蓓。舞眉冷熱送情潮，冰心一片玉壺在。海角風塵鄭重商，
英多磊落屬何郎。巧緣曲曲蔦蘿婉，私語喁喁絲縷長。花訊年華君不負，踐盟海上鴛鴦偶。
儂非老大君風雅，此生願作商人婦。七日歡娱好事經，送君一別短長亭。申江碧漲濃於酒，

不及何郎醉我情。綺窓草色經年緑，蘭房静譜雙思曲。呱呱應夢喜一雄，頭角峥嶸美如玉。孤島搶攘風雨時，訊是郎家喜可知。稚子呀呀學娘笑，訝娘何事喜歸期。華鐙相覿如花燭，燭似未殘今復續。不怨雙栖鶼鰈晚，祇傷別後星霜速。榔陰榔月好家園，笑看含飴母弄孫。羅浮想像偕飛蝶，別有闌珊春夢痕。從來曇影如彈指，誰待雞皮耀眉史。萬古姮娥司擣杵，不藥佳人長不死。世間醫手豈有靈，經魚梵唄皆秋聲。凝鏡珠塵影猶在，手搴芙蓉慰伶俜。七月綢繆方告滿，弄人造物無遺算。任教死別七月長，限卻生離七日短。何郎酒熱淚如糜，屬予商畧悼霞詞。僕本恨人發深憶，悽然爲動古鬚眉。茫茫人海癡兒女，悲歡聚散多如許。從流時俗有荃蘭，騷心獨有邅迴處。愁苦爲膺句未佳，何郎當可遣悲懷。朝朝暮暮霞仍在，試看青天碧海涯。

陳君贈籬菊荒雞圖，小詩謝之

面面靈雲法眼觀，花間籬下即空山。雄聲有負荒雞意，祇當清鐘起夢闌。
心在南山花在籬，菊英何故託秋悲。知他栗里柴桑意，祇有山人顧绛詩。

癸未重陽，和魯叔畫家原韻

濁酒攄懷野趣真，黄花感舊又逢辰。詩魂楚雨含情地，畫意寒梅耐冷身。磨墨生涯吾志合，挑鐙風味夜來新。十年遲卻相逢日，終作籬間唱和人。

沈沈歌哭烟雲下，讀畫驚心身世謀。闌入秋聲添白髮，終非吾土厭高樓。吟餘几案鄉關恨，夢覺山林文字憂。舉盞祝君真健者，不虞嘯傲老滄洲。

題李魯叔山水册

坤軸掀騰西復東，茫茫禹域漂摇中。灰燼湖山慨今昔，縱有畫本無良工。東官李子風騷手，挾筆天涯傷路窮。牢落吟情有未盡，付之縑素披煩胸。錦囊江山信收得，祇傷慘淡難形容。含毫伸紙發玄想，意氣不必前人同。淋漓墨花落尺幅，幅幅不作晴天空。神明刻畫與變化，米老而外惟思翁。嗟吁無限託痕影，象外之賞難欣逢。墨林門外堪笑儂，邂逅談詩鐙伴紅。泠泠孤抱一點通，睞我天遊妙筆蹤。使我老眼開昏蒙，勝如飲我醪千鍾。吾儕没首烟霾下，流離萬族傷飄蓬。蕭散烟雲進一解，此如午夜鳴清鐘。勿作殘山剩水讀，行看大地迴[一]春風。

〔一〕〔校〕『迴春風』：『迴』疑作『迴』。

題李魯叔水墨梅花册

冰雪丰神玉女顔，墨工方顯化工難。請觀上翠烟鬟手，魯叔别有山水冊。不仿河陽著色山。
椰陰逼仄笑啼地，焉得梅花慰夢遊。寫出南枝絶塵壒，知君來處是羅浮。

劍父畫石榴，爲韶石題

一枝劍筆闖江湖，亂落珠璣世所無。兵火磨心年事去，天涯相望各情枯。

題張純初百花詩畫册示韶石

青取冰寒論在懸，隔山流脈自涓涓。能從詞筆抽玄秘，我愛花痕夢影妍。純初有花痕夢影詞。
有聲不少無聲輔，揭盡浮生有淚痕。風譽幾曾爲畫掩，依稀南雪是家門。
黄壚風雪不勝悲，猶幸君家有墨池。抱此珍瑜亂離世，名山何處即天涯。

容景鐸木棉畫屏

漢後英雄豈偶然，從來此樹獨撐天。花寧委地紅如血，色不因人巧弄妍。自昔青山鷓鴣影，於今殘照馬騾鞭。迎風拭劍何爲者，獨立呼鸞看木棉。

甲申重陽

一拳各握久要心，求侶殷殷我亦尋。人到天涯愁獨客，酒逢鄉味喜頻斟。雲沈五嶺家何處，節過重陽秋又深。杜老高樓曾有句，萬方多難此登臨。

乙酉重陽

月來消息未浮誇，秋色爲開滿意花。常慰孤吟三畫友，李魯叔、張韶石、容景鐸。共商歸計一鄰家。登山乏力聊開牖，送酒無人且盡茶。默念乾坤消刦後，雲林深處有袈裟。

韶石以所寫嶺南羣芳屬題，如見昔日純翁手筆，喜綴小詩

嶺海小南强，卓絶人間世。無怪洛陽園，稱之曰抹厲。抹厲、没利、末麗，皆以己意名之。

小笑解羅襦，對客殊歡愉。露下娟娟泣，知情獨大蘇。小含笑蓓蕾漸展，香尤酷列，蘇髯所謂『娟娟泣露，暗麝著人』者。

古貌亦古色，生長梵王家。何物輕狂子，刦之棲歲華。粵畫人寫吊鐘花者頗少，詩亦不多見，純翁於百花冊中曾有此作。

寂寂素馨斜，昔日花如霧。恨不莊頭村，一生衣食住。『悔不莊頭村裏住，一生衣食素馨花』，黄石溪句。

不羨江南槿，不羨中洲芍。除卻華首臺，此身無處著。扶桑即佛桑，昔盛於華首。

灼灼桃柳花，花落留顔色。留色異留香，觀物如有得。夾竹桃亦曰桃柳花，落地猶嫣紅鮮好，故又曰地開花。

葉以寫經貴，花以題詩壽。雅趣王阮亭，小試春風手。貝多羅葉可寫經，王漁洋南來植於使署，有詩。

匆寫杜鵑花，持贈天涯客。羅浮幾萬里，客歸歸未得。

丙戌生朝，步陸光宇韻，時初自越南歸

玉宇瓊樓高處寒，響人思慕海天寬。江山曠眼風雲淨，蓬蓽棲心燕雀安。難得故人賜顔色，獨留真感貯胸肝。延年酒熱春光好，敲句終慚老瓦盆。[一]

〔一〕〔校〕『瓦盆』：據原作，『盆』似當作『盤』。

原作

松壽千年保歲寒，體胖原自得心寬。登門早識門閭大，杖國同扶國步安。隨世功名都到手，藏山事業尚鎸肝。令辰恰合豳風頌，秋實爲供玉露盤。

光宇

壽光宇

卅年交誼十年别，寸心千里共明月。后山風度日益深，外示蒼然内腴絶。北遊南歸風雪縱，故山花事春光融。屠蘇酒即延齡酒，勸子開懷盡一鍾。

荅少颿

舊遊十九幸還家，藍縷琴尊度歲華。喜極故人詩柬到，關懷到我臘梅花。
吟望年來無所得，衹虞輕易混艱辛。荒蕪筆墨難成帙，碎稿零篇自笑貧。
鶯飛草長興悠揚，萬首將來滿篋箱。正是中原旗鼓處，祝君無限好時光。

原作　　　　少颿

顯園南望海雲遮，想見黄梅已著花。獨漉詩情饒别趣，白沙書法早成家。叨陪末座思投轄，掇拾蕪詞待點瑕。凡骨自憐還自笑，未將豪放换清華。

丙戌重陽

九載重陽悵海涯，餘生何幸遂歸思。雲山無似鄉園好，文酒常生刦後悲。遠地舊盟詩翰速，今年新膾菊花遲。賣成幾幅欹斜字，添得兒童度歲衣。

追輓李仙根

舊館高梧早雪霜，青山風樹又斜陽。以君知己淪亡感，换入予懷一樣傷。
故鄉文物苦搜羅，菊水叢殘悵恨多。珍玩枯琴惜耆舊，錦囊收拾到秋波。
大地翻騰冪戰雲，窮途奔命盡艱辛。吾儕自有甘心處，不必長安少一人。
海方消息恐迷離，嫂氏登樓問客歸。不識自何來老淚，素衣觸目已如縻。
歸來方喜舊儕多，二李一熊傷逝波。仙根、履菴、皭然。難道能詩應厄運，剩教孤老獨蹉跎。

西園遇公續

珠江最後一笙歌，悶雨疑雲障礙多。世上難忘惟舊友，縈縈秋夢夜如何。
兵火磨心近十年，故山琴酒已雲烟。今朝竟聚天涯客，可笑浮生真偶然。

題黎澤闓詩集

讀君一卷有聲畫，如飲七甌消渴茶。杖笠登臨多難地，情文哀慟故園花。金城珍重追劉後，君詩善五言。老嫗便宜擬白家。君詩多似白。暫束烽雲歸筆墨，觀生何有有無涯。

題蔚華樓師友遺墨

劫火驚餘問冷攤，破囊何幸浦珠還。師門友閈相漸雅，半世矜持總有關。
枝葉扶疎春在堂，瑞薇臺閣點芬芳。承平景色揞持下，展帙如窺現世妝。
風葉飄零念故山，幾能拾掇蠹蟫殘。知翁深有龍門感，無限前塵點髮斑。

張北海以舟中詩見眎，倒用其韻

避難餘生自滄海，棲心一閣等江湖。故檕秋夢人何遠，枯筆南床道已孤。苦以瓊瑶問迂我，喜從翎羽識真吾。建章重疊天荒濶，老馬何曾竟識途。

原作

北海

抱甕百年同過客，稽天大浸入窮途。桃源恍隔人間世，蝶夢親窺鏡底吾。尚想中山千日醉，不辭業海一身孤。艱難懷藥勞洴澼，敢慮瓠尊泛五湖。

依韻和紀彭跋愛竹軒詩，并眎卓平老友

攬轡澄清天下志，亦儒亦俠亦封翁。愛羣鸞鶴分霜雪，隔宿魚龍厭雨風。貨殖生涯原濶達，黨人碑字未朦朧。老成語業鳴秋籟，等是留痕一戲鴻。

贈紀彭兄

廿年悔卻疏攜手，刦後詩交幸一論。秋感同情蘭性老，士存豪氣草衣尊。鄉心細雨黄花路，

旅夢閒雲白下門。何似故山遲吟客，緑荷包飯侑芳罇。

葉遐菴以少時菊坡精舍課卷見眎，感書

我輩秋檠下，束髮各受書。執卷越山堂，史雋而經腴。余懷最深佩，無過葉與胡。胡子天下志，思以隻手扶。延延憂在國，心瘁忘其軀。長星早摇落，夕照東阡墟。校讀不匱詩，一字一淚珠。葉子好身手，濯濯名家駒。經綸在掌握，早譽蜚江湖。大陸息兵氣，傷心故園蕪。文澤沃桑梓，重荷當吾徒。翩然賦歸來，風土萬象蘇。追昔阮儀徵，校士洵良模。學術顯南國，才俊斐然殊。樹人常百年，不斷接步趨。願子爲靈光，巍然峙番禺。扶衰救弊事，干係非區區。青山長屹然，慰籍當何如。披卷思舊雨，别感增煩吁。

題葉遐庵鳳池精舍圖卷

海濶天空未老身，祖庭花木溯前因。江山自有閒風月，認得伊誰是主人。
大家風度數王蒙，墨戲淋漓不盡同。溶溢故人名實意，溪山空色有無中。
越王臺下小顒園，一變坳塘養鴨村。安得楞伽心訣妙，雪留痕館爲留痕。

葉遐菴以陳簡齋銅印相贈，賦謝

后山絶世難一笑，簡齋明麗時展眉。別裁風格酌腴淡，此印朂我從良師。野狐禪室真宗絶，靈物沈淪混歲月。黄梅館客更疎頑，衣鉢非人又何説。

原作　遐菴

南渡詩人空作相，今古紛紛付魚唱。剩此凋殘一寸銅，高吟猶想青墩上。昔歸隨園今顒園，風流相接七百年。願君珍重此衣鉢，不是詩家休浪傳。

遐翁贈句續成，用甲戌雪留痕館舊作韻

黄梅如雪僅留痕，遐翁柬云：弟入春體中似稍好，然心緒益劣，恨不克一面傾瀉之。雪與黄梅，擬下一轉語曰『黄梅如雪僅留痕』，不知上座印可否？即當留一公案。好句撩人心意繁。半世衾裯先宿草，一庭蘭芷自靈根。枯棋愴慟渾成夢，舊館歸來祇斷魂。剩得百年遺樹在，疎花猶傲月黄昏。

和作　遐菴

剎那春夢本無痕，刻畫徒增絲絮繁。腸結暫應成木石，心空何礙觸塵根。棋枰歛後寧爭著，香性灰餘或返魂。悵望停雲還靄靄，可堪八表已同昏。

題李研山花月宧消夏圖

故人一別縈秋夢，折簡裁書倩誰送。年前寄我蒼髯松，墨瀋毫光若生動。我今歸鄉君未歸，攜手越山心事違。烽火當年客消夏，知君彈淚寫芳菲。

題李研山山水長卷

挾筆天涯傷路窮，縱横收束入玄中。十年一別丹青手，吴下真非舊阿蒙。
風雲初淨道途艱，鄉土攖心萬里還。淡沱峯巒飄蕩水，新愁無限此江山。

題陸幼剛鎮海樓圖

烽煙一別滄波濶，畫技忽然氣蓬勃。擬以山陰陸山子，誰是老蓮授衣鉢。層樓無恙峙南天，依舊紅花開木棉。圖成别有滄桑感，文物消沈又十年。

送曾酌霞

襟江帶嶺號詩域，浩刧慘淡旗鼓寂。搜勝消息動羣雅，壇几掃塵起寥闃[一]。盛門風骨多清英，落花迴雪移我情。可惜醇醪僅一酌，風雨瀟瀟湖外聲。

〔一〕〔校〕『寥闃』：『闃』出韵，当作『闐』。

題歌樂山圖，余少颿屬

浮屠白石相犄角，降將知兵未可非。終慮此山危大業，方知丞相善觀微。

天生壁壘集風雲，石硅旗開鼓角紛。傳聞秦良玉練兵於此。陣熟弓强建瓴下，兵謀誰及女將軍？

左右峯巒闢廣場，高風輪翼好騰驤。凱歌唱罷樵歌和，此樂青山一笑長。

余大詩來，依韻和之

息影家園又一時，舊儕縈夢慰相思。詩中生活窮人戀，僚底功名羈客知。命賤不妨鄉米貴，官高多恨讀書遲。荔支正上羊城市，待子歸來滿一巵。

題冼玉清畫水仙卷

何時持上紫宸殿，隨緣流落野人家。俱山谷句。涪翁迄未思量當，位置冰清玉潔花。
曉夢盈盈湘水春，倪雲林句。凌波襪上惹埃塵。倪迂應識奇花品，怎學黄初賦洛神。
境界幽敻我意中，翠竿修影月玲瓏。瑯嬛萬帙爲花侶，冷眼人間春夢松。

借得故友詩詞讀之，用麥仲蘅夢中得句韻

江楓顔色好斜暉，只是將殘屬望微。薪釜相依前夢短，匡廬一我故人稀。金丸未懼飛鴻逸，
流水無情落葉歸。孰秉春秋褒貶筆，待將吟旨定從違。

謝六禾翁題像，再用前韻

垂暮尤珍一寸暉，商量舊藝各深微。局中施范何曾有，嶺外姜張今更稀。一老瀾翻滄海嘯，
孤山琴趣白雲歸。隨心揮斥六朝語，但恐詼評字字違。

浪淘沙集六朝人語題像　六禾

弘治自標鮮。韶舉軒軒。芳林楊柳似當年。企腳北窗天際想，鶴氅神仙。我與我周旋。披霧觀天。小頹風範爾時存。一壑一丘端合置，何必凌煙。

題李研山老翁畫扇，三用前韻

蒼茫老眼倦春暉，腰腳何堪上翠微。一杖江湖前路隘，十年歌詠故音稀。友無合約尋山去，樓且棲心待月歸。漫説漢家遺此皓，我情剛與畫人違。研山云是畫四皓之一。

謝伯端兄題像

家山烽火年來慣，艱苦原能卻病魔。小小勾留春意在，曉風殘月不須多。
縈縈秋夢十年酣，聚首人間味至甘。老去何情問楊柳，多君一闋望江南。
闖甚藩籬得妙詞，心光辨物細逾絲。秋山狂舞一丸月，照及畸人頰上髭。

憶江南　伯端

釣鼇手，珍重善藏刀。耆舊似聞尊九老，風流無愧擬三高。頰上欲添毫。

夏雨新晴，木棉作絮狂飛。詞家云：南方風物，聲詠所遺，不遇可惜，盍爲詞以彰之？繼有稱詩者，余得一律

難得晴天晴有絮，偏非雪地雪留痕。虹光海日前身事，鴣影江山一縷魂。寧可風懷讓楊柳，幾曾衣被慰黎元。詞人老作英雄語。指六禾翁。越嶠聲壇定一尊。

玉漏遲　闇公

越臺花事歇。匆匆過去，芳菲時節。一樹暄妍，聽到鷓鴣啼徹。幾日東風換了，有千片、落紅如雪。休重説。繁華舊事，雄姿英絶。　十尋俯睨羣芳，但卓立霞標，暗含冰纈。散作瓊瑤，不逐浪萍漂没。合是寒年纖纊，待南國、裁成雲氎。烽火刦。花中此爲豪傑。

留春令　　六禾

拆時桃艷，結時梨淡，餘霞成綺。眼底春魂竟難消，又飛舞、熏風裏。醞就奇温蜂蝶喜。總萬家衣被。偶爾飄零也英雄，斷不作、浮萍墜。

水龍吟　　伯端

似聞楊柳無花，怪看飛絮漫天起。東風遠引，江南春色，行雲萬里。遮莫離人，半襟幽恨，惹他香淚。算才華粉黛，飄零一例，何須問，天涯意。紅盡越臺花事，又匆匆、雪飛瓊墜。憑高却怕，斜陽如夢，鷓鴣聲裏。休詡層霄，頓驚殘刦，半閒身世。甚青絲易改，韶光暗換，物猶如此。

水龍吟　　白雲樵子

越臺吟徧濛濛，似憐殘霸彈清淚。劉王去後，昌華斜日，芳菲已逝。莫誚輕盈，搓酥團雪，褪花消膩。正濃鬟大面，英雄氣概，嗟垂白，風塵裏。幸免兒童捉弄，且休談、萬家衣被。炎方竄逐，會稀紅粉，歌殘玉蕊。不效楊花，浮萍易變，便隨流水。喜清圓自潔，裝成繡枕，任蘧蘧睡。

梅子黄時雨

詠雩

飛絮流光，又風裊落花，梨雲吹碎。看百越山河，夕陽如醉。歲月豈無遲暮感，英雄自有飛騰意。誰料理、冷煖世情，如許多事。　應是。匡時經緯。念繁華好夢，蔫繡酣倚。待衣被人間，歡顔相視。堪笑楊花無氣力，一生飄泊隨流水。春歸矣。鷓鴣亂啼聲裏。

仲衡

裂眥拏天訴不平，飄風迴雪轉輕盈。錯疑杜宇收殘血，應笑楊花恥化萍。身外豪華歸幻境，眼前事業被蒼生。雄姿英發知何用，始信經綸在老成。

少弼

徒負堂堂嶺樹雄，也隨楊柳裊晴空。開花元悟爲時晚，結果那堪自繭重。定是殘春難作態，故應煩思滿羅胸。從來不入詩人眼，一任畸零表越風。

酌霞

歌舞崗前玉露遲，霓裳舞遍濕臙脂。温柔無限如綿意，吟向天涯付阿誰。
絳節霓旌舊夢非，朝臺零落且因依。且將纖纊酬閭里，不待君王賜錦衣。

丁亥新秋飲小畫舫齋，夜歸感賦

老去邅迴惟舊友，用青山句。嘯歌欣喜有新盟。雅緣不爲閒愁累，勁侶都因結習成。刦後秋顏添嫵媚，花前酒氣顯平生。畫齋如舫初凉候，百感蒼茫一日并。

讀寂園荅旡菴詩得一絶

墮淚銷魂趁落暉，北風愁絶客南歸。人隨雲水心隨月，是否坡翁善學韋。坡公送蘇伯固詩，自注效韋蘇州。

原作　　寂園

遭亂十年餘，鬱鬱中腸結。殘陽滿天地，北風正愁絶。楚騷不可讀，讀之愁人心。湛湛瀟湘流，中有慷慨音。萬古惟此月，萬古惟此心。心月忽相觸，共墮雲水岑。鄰嬰妄笑啼，不自識其性。安心良獨難，歌哭亦吾病。丹鳳翔八極，寒蟲鳴諸天。虎谿得神遇，一笑千萬年。

熊潤桐録际與北海、寂園市樓夜集句，題一絶

相逢有酒氣如虹，酒後詩懷醒醉中。放下枯榮問寒燠，青氊一霸足稱雄。

原作　　潤桐

天南無雨一冬晴，北雪頻傳候已更。檻外枯榮疑可置，意中寒燠轉難明。人材豈復關鄉議，國論真同聽市聲。且喜杯盤還語笑，未妨肝膽自平生。

市樓燈火炫浮天，風味城西異昔年。儘有高談能越世，可堪華髮已盈顛。平生師友隨緣按，幾輩文章得幸傳。才拙愧無經國用，閉門聊霸一寒氊。

戊子壽疚翁

十載不見鄙吝生，詩心冷落詩才貧。風騷未免付洪刦，魂夢何嘗忘故人。黄金續命詞何苦，

荆棘異區無足數。慘淡光陰竟許吾，重隔天涯論肝腑。老鶴不見小鶴來，聊喜春風摇酒杯。尚冀江湖日斜夕，終有消息親談詠。聞得石園參史局，凍雲寒雪息窮踧。誰是良儔劉獻廷，縱論今古伴寒燠。白門桃花將次開，壽翁挈杖觴蓬萊。羣彦彬彬獻珠玉，鶯飛草長浮雲罍。老迂心花發桃李，無力飛騰尠千里。一箋迤邐紓我懷，淚珠交换情何已。大隱何須藥駐顔，劍南萬首莫須删。不遺室〔一〕壽鶴亭句。不匱室詩借成句，奚煩作頌頌南山。

〔一〕〔校〕『不遺室』：『遺』當作『匱』。

二南翁贈書畫兩箑并詩，賦謝

梅園落落寫懷作，畫即是詩周孟朔。蠅頭字字規矩中，八十强能文徵仲。於詩廹近西江壘，避其粗豪去渣滓。惓惓家法問誰屬，意是當年石籜子。名高三絶風雅林，兩箑清薰紓我襟。無可爲報以長吟，長吟不斷相思深。天涯十載各相望，每虞風雪摧苔岑。良辰天與幸今日，故山猶可商登臨。越臺煙雨珠江月，遲余友兮披素心。

原作

二南

遼海相望莽迴互，翁歸吾病滯猶今。何由共酒從容語，久識清詩道要心。喬木飽霜千萬歲，好秋涼吹妙靈襟。江關同滿蘭成思，暮靄餘紅耐索尋。

和莫子亭丙子[一]生朝原韻，并謝諸戚友助刻拙稿

生日與君同一月，十年以長更難尋。何妨世有耆英會，更喜人談嶺雅音。詩境雨涼情自遠，筆風秋勁力爲禁。棲心樓畔花如雪，獨客枯吭時一吟。

花晨月夕興遄飛，狂狷分投有妙機。怪事近來詩道廣，惱人病後酒杯稀。積書歷刦珠塵盡，舊夢傳人心願違。風葉感君重檢拾，回頭知我廿年非。拙詩十七年後署有存稿。

〔一〕〔校〕『丙子』：『丙子』原刻目録作『戊子』。按：由卷首葉序署年可知當從目録作『戊子』。

答羅雨山贈詩

風雅消沉悵廬嶽，此生孤抱近如何。詩髯未白藤先老，冷笑當年花下歌。

原作　　雨山

北園始識陳無己，南國元應有此賢。下士不因歸隱日，詩人已越古稀年。每從浩蕩窺微意，餘事波瀾壓萬牋。高詠江山知獨健，起衰猶擬待公傳。

讀蒹葭樓集，用吴三立原韻

韓豪李婉不關心，吟祭江亭意可尋。力棄豐腴存骨勁，苦爲淒冷應秋深。名花供養滋閒品，好鳥歸棲有倦吟。還是青山公論在，茅廬抱膝已同音。

原作　　三立

廿年未已説詩心，一往孤懷略可尋。風露入肝塵滓盡，蒹葭寄意溯洄深。南冠北客傷時語，菊晚荷枯帶淚吟。逸調堪追陳正字，長留天地作商音。

闔公瓊林宴後經六十年，戊子重陽後吟賀

感慨滄桑幾歲時，泠然一老雪霜姿。楊園自愛非名士，張履祥云『此名士，非儒者也』，謂黄太沖。稷若人同仰大師。『卓然經師，吾不如張稷若』，顧亭林語。長共羅浮壽風月，不因臺閣廢詩詞。試繙大郡人文志，一段優華未易期。

和答　闇公

桑海飄零守道身，楊園稷若一流人。紫陽學派淵源正，高密經師沆瀣真。世晚儒風多廢墮，俗衰禮教亦淪湮。區區一第猶慙負，況儗前賢恐不倫。

年來李卓立、陳道耕每自高凉贈詩，久未作答。病中得句，聊寄離衷

多難餘生苦別離，夢中兩友鬢如絲。君家邀月無如酒，老子閉門方覓詩。處世惟甘舊風雪，論交共勗古心期。迢遥一柬如相見，肝膽懷人兩地知。

原作　卓立

海外歸來杖國人，江山如故景都新。復瞻光霽知何日，儻會耆英念此辰。別久起居詩代柬，懷遥言笑夢如真。風霜吾黨今無幾，珍重元龍老健身。

原作　道耕

同甫當年爲國憂，于今天外且昂頭。居夷興歎傷尼父，浮海相從愧仲由。舊雨有時思入座，春風無賴怯登樓。花開陌上歸休緩，雲落黄梅爾許愁。

哭雲陔

書生智瞻[一]起風雷，嶺外江山得此才。赤手南陲軍纛豎，片帆西渡錦囊開。處身不爲功名顯，佈政都從謹愿來。難後衹堪容一面，病牀研淚寫沈哀。

[一][校]『智瞻』：『瞻』當作『贍』。

與石君慵石有師弟之誼，一别四十餘載，忽自潮安寄詩，喜而和答

七三七十年相若，范陸歐蘇我未能。刦後琴書苦零落，筆間風力缺崚嶒。爾知大句從真氣，如解空王説上乘。慚愧涓涓小流脈，水寒當讓一壺冰。

師期疊疊事寧癡，草長鶯飛又一時。不厭湯波浴塵垢，更教霜雪沁心脾。留花吏部歸來晚，專壑荆文識者稀。君上青山數雲物，中原猶憾此旌旗。

原作二首。題是讀不匱室詩鈔，用集中『師、期』韻。　維巖

無分登臺叩老師，徒知事外有餘詩。胸中墳典自三古，聖處工夫抵一癡。能以沈言出

真氣，定知刻意是憂時。杜韓已往黄陳盡，試説何人可與期。
行爲儀表足人師，歎息惟留數卷詩。自昔先生真倔强，寧容老子作頑癡。求田玄德向
何地，專壑荆文肯負時。欲問斯人如可作，麟傷鳳落邈無期。

跋

番禺陳協之先生，國楨鄉望，餘事爲詩。謝政以還，纂述日富，尤以讀嶺南人詩絶句四千餘首，自唐張曲江以迄民國能詩諸先輩，搜羅宏備，評隲精詳，可稱粵中唯一巨著。其他存稿，獨攄淵抱，刊盡浮辭，空谷孤芳，自成馨逸，于嶺海詩壇獨標一幟，實握轉移風會之樞，宜與海内人士以共見。今擬由同人付印行世，刻日成書，爲先生壽。凡諸事例，附列左方，敬請署名，期快先睹。（諸事例及署名略）